경이로운
동그라미

경이로운
동그라미

정재운 소설

강

차 례

경이로운
동그라미

최준엽

공부를 다시 해보려고. 다른 긴말도 없이 그랬다. 현철 샘, 공부를 시켜야지, 무슨 지가 한다고 난리세요. 거기까지 말하기가 무섭게 준엽이 나자빠졌다. 누가 밀치기라도 한 것처럼 그는 등받이 없는 의자를 앞으로 넘어뜨리며 엉덩방아를 찧었다. 넘어진 의자가 양은 테이블을 때리는 바람에 쇠젓가락이 요란한 소리를 냈고, 국물이란 국물은 죄 출렁거렸다. 나동그라진 소주병은 반나마 있던 술을 쿨럭쿨럭 뱉어냈다. 너는 새꺄, 공부를 안 하니까 만날 그 모양이지. 나도 영선 샘처럼 긴말하고 싶지 않았다. 뒤통수로 날아드는 준엽의 원망에도 돌아보지 않았다. 홀로 일어나지도 못할 만큼 취해버린 놈이 욕지거리 말고 무얼 할 수 있으랴. 대로변으로 나가 택시를 잡아타겠다고 허공에 찌른 팔을 마구 휘저을 때까지, 나는 한 번도 돌아보지 않았다.

준엽은 며칠째 지칠 기색을 모르고 부재중 전화를 남기더니 공세가 한풀 꺾였다. 미친놈이 아닌 바에야 그렇게 할 이유도 없는데, 참 고집스러운 놈이었다. 이런 자들더러 사회는 돈 안 되는 인간이라고 하질 않나. 달리 말할 것 없이 딱 그 케이스였다. 나도 돈 되는 인간이랄 순 없지만, 돈 될 가망도 없는 자와 동급은 아니었다. 아니, 우리가 무슨 사이라도 되느냔 말이다. 기껏해야 직장 동료쯤? 그것도 이젠 전(前)자를 붙이지 않을 수 없는 사이가 됐다. 그놈의 동그라미, 지긋지긋한 이름이었다. 세상에 완전한 구(球)가 존재하는가? 있다 해도 적어도 우리 같은 인간들한텐 나타나지 않는 것이 바로 구의 세계란 것 아닌가. 그런데도 준엽은 있다 믿었다. 그게 놈과 내가 결정적으로 다른 점이었다. '결정적'이라는 분기점에 도착하기 전까진, 그러니까 누구에게도 알리지 않고 센터를 그만두기까지는 나 역시 오랜 시간 믿었다. 그 어딘가엔 요철 없이 매끈한 구가 있으리라고. 영선 샘이나 나, 그리고 준엽이 모두 파리끈끈이에 들러붙은 양 허우적거리면서도 이놈의 동네가 아니더라도 어느 곳엔 반드시 있으리라 믿었다. 이제는 놈 빼고 아무도 믿지 않는다. 모르겠다. 그 친구도 믿는 척하는 걸지도. 하기야 졸업 전 단순 봉사활동으로 처음

동그라미와 연을 맺었던 그 무렵부터 세면 믿어도 너무 오래 믿어온 게다. 나도 영선 샘 따라 공부든 뭣이 됐든 둘러대고 진작 빠졌어야 했다. 알고 보니 제일 똑똑한 사람부터 공부를 찾는다. 그러니 못하는 놈은 계속 못한다. 아주 나중까지 못한다.

모자란 놈이 부끄러운 줄도 모르고, 뭐래는 거야? 대꾸를 않으면 침묵으로 답을 돌려준 것으로 알아먹으면 되지, 말 같지도 않은 소릴 하고 있어, 대꾸해줘야 해? 배신감이라고? 준엽이 뱉은 말을 나는 얼른 이해할 수 없었다. 본인이 느꼈다는 감정은 물론이고, 아이들이 받았다는 것에 대해서도 마찬가지였다. 어디서 배신감 같은 말을 지껄여. 분을 삭이고 있는 내게 준엽이 연달아 메시지를 보내온다. 그런 줄 몰랐는데 현철이 너 참 독한 놈이구나. 진구 기억나냐? 우리 동그라미 온 첫해에…… 아빠가 국숫집 했었고. 군대 간단다. 걔가 현철 샘 너 보고 싶대. 번호 알려달라는 거, 안 알려줬다. 생각 있으면 네가 연락해봐. 이제 내가 너 차단이다. 개새끼야.

오진구

내가 진구를 처음 만난 것이 스물여섯이었나 일곱쯤이었으니, 걔도 군대 갈 나이가 되긴 했겠다. 그 세월 동안 누구는 성장해 청년이 되었고, 누구는 개새끼가 된 게지. 번호를 받은 그 순간부터 전화를 걸어야 한다고 생각했다. 날 보고 싶

경이로운 동그라미 | 11

다질 않나. 나도 오목이가 보고 싶었다. 눈코입이 오종종하게 모인 진구더러 동그라미 센터 애들이 부르던 별명. 기억에 과학 시간이었다. 오목거울과 볼록거울이 각각 세상을 어떻게 비추는지 들여다보고 있을 때, 교실 뒤쪽에서 누가 신호탄을 쏘아 올렸다. "오목거울로 보니 세상이 전부 진구처럼 보인다!" 스물네댓쯤 들어차 있던 교실은 순식간에 끓어 넘쳤다. 초보 교사였던 나는 감당이 되지 않았다. 덩치 큰 놈들은 책상까지 두드리며 웃어댔는데, 한두 녀석을 족친다고 잡힐 분위기가 아니었다. 바이러스처럼 퍼진 소란의 한가운데에서 내가 할 수 있는 건 조용! 조용! 외치면서 난리를 키우는 것뿐이었다. 그 허수아비 같은 짓만으로도 충분히 굴욕적인데, 더 참기 어려운 것은 내 행동과 말투를 흉내 내 조롱의 대상으로 만들고 있는 무리였다. 내가 무슨 죄를 지어서 이 악마들 앞에 던져진 것일까. 수업은 별거 아닌 걸로 쉽게 망쳐졌다. 하루 이틀 일이 아니었다. 오목이야 금방 진구로 당첨됐는데, 볼록이를 맡을 만한 애는 보이지 않는다며 아수라장이 벌어지던 그때, 복도 쪽으로 난 창문이 흔들렸다. 아이들이 일제히 소리 나는 방향으로 눈을 돌렸고, 교실은 순식간에 얼어붙었다. 잠깐의 휴지 끝에 다시 창문이 저 혼자 움직이기 시작했다. 여자애들의 비명이 특히 높이 올랐다. 마침내 창문이 확 열어젖혔다. 물론 여전히 귀신이라고 소리 지르는 한둘이 있었지만, 그쯤 준엽의 장난질인 걸 대부분은 알아챘다. 유치해요! 준엽의 머리가 쑤욱 올라와서는 공기 인형처럼 고개를 좌우로 흔들었다. 잔뜩 바람을 불어넣은 볼 때문에 말도 못하고 있는 준엽에게 애들이 야유를 퍼부었다. 어떤 놈은 지우개를 토막 내 던지기도 했다. 무슨 장난질인지 이해할 수 없는 나야 황당하기만 했다. 대체 뭔데? 하고 물으니, 그제야 입을 뗀다. 나? 볼록이. 나는 눈을 질끈 감아버렸었다. 그게 다 언제냐 싶다. 언제긴, 내가 사람 새끼이던 시절의 얘기겠지.

그 시절을 헤적이고 있으면 감자 알갱이 같은 기억들이 딸려 올라온다. 진구는 내후년이면 중학생이 되는데도, 갓 초등학생이 된 아이들과 발육 상태가 비슷했다. 그렇다고 성격까지 모나지는 않았다. 오히려 덩치를 앞세워 귀찮게 군다 싶은 놈들한텐 곧잘 성질도 낼 줄 알았고, 공부도 동그라미 안에서는 제일 잘했다. 당시 센터에서는 낡은 봉고 한 대로 아이들을 실어다 날랐는데, 진구는 예외였다. 걸을 만한 거리가 아닌데도 악착같이 차보다 십 분쯤 먼저 도착한 진구는 곧장 교무실로 향했다. 빠끔 고개를 들이밀면 선생 중 누구라도 먼저 발견하는 쪽이 일어났다. 나와 슈퍼에 갈 때는 주로 아이스크림을, 영선 샘 손을 잡은 날은 고래밥을 골랐다. 진구 입장에서 가장 운 나쁜 것은 준엽 샘과 눈이 마주치는 것이었다. 교무실은 선생님들 공간이니 용무가 없으면 오지 말라고 혼꾸멍을 냈다. 그뿐이 아니었다. 얼굴이 빨개지는 오목이를 기어이 빈 교실에 데려다 놓고는 우는 척해봐야 소용없다는 쐐기까지 박았다. 한 번은 진구가 자기를 쫓아내는 준엽이더러 씩씩거리며 따진 적도 있었다. 용무 있거든요! 선생님한테 말고 현철 샘한테 용무 있어서 온 거예요! 하면서 가로막고 선 준엽의 겨드랑이 밑으로 쏜살같이 돌파해 내게 안기는 것이었다. 오목이는 나만 들을 수 있게 속삭였다. "샘! 샘! 심부름! 뭐라도 빨리!" 그런 녀석이 어처구니없기도 하고, 사랑스럽기도 해 너털웃음이 나왔다.

그 꼬맹이가 군대에 간다는데, 잘하고 돌아오라는 별 도움 안 되는 얘기라도 해줘야 하지 않겠나. 이런저런 흰소리라도 둘러대다 보면 개중 쓸 만한 말을 하게 될지도 모른다. 살아 보면 알겠지만 군대나 사회나 중간이 제일 좋은 거라는 둥, 남들 다 피운다고 담배 배워서 나오지 말라는 둥, 아니다. 그런 얘기는 불러내어 술이라도 한잔 사 먹이면서 해줘야지. 당장은 나도 손가락 빠는 처지에 비싼 걸 사줄 순 없겠지. 하긴, 꼬맹이가 먹어봤자 얼마나 먹겠나. 옛날에 따로 불러내서 내가 참 아이스크림 많이 사줬었는데…… 그 포도맛 쭈쭈바, 이름도 기억 안 나네. 아버지는 건강하신지, 국숫집도 여전한지 궁금하다. 줄줄이 꼬챙이로 꿰어도 어려울 것 하나 없어 보이는 이 말들을 해내려면 당연하게도 전화를 거는 것부터 시작이다. 이미 번호 등록까지 해놨으면서 왜 휴대폰을 만지작거리기만 하고 걸지 못하는 걸까. 내가 진짜 사람 새끼가 아니라 개새끼라면 이리 고민하겠나.

진구칼국수를 찾았던 때가 엊그제처럼 떠오른다. 다저녁때가 돼서야 아이들은 봉고를 타고 집으로 돌아갔다. 퇴근길의 부모가 직접 아이들을 데려가기도 하고, 개중 엎어지면 코 닿을 거리의 아이들은 걸려서 보내기도 했지만, 그런 경우는 몇 되지 않았다. 미어터지도록 아이들을 채운 봉고에 영선 샘과 내가 돌아가며 퇴근길에 몸을 실었다. 선생 하나는 꼭 동승해야 해서 어쩔 수 없었다. 준엽은 준엽대로 당시 기준으로 십 년 넘은 프라이드 해치백에 아이들 서넛은, 많게는 네댓씩 꾹꾹 채워야 했다. 겪어보지 않은 피란길을 상상하면 우리가 겪는 매일의 퇴근길이 딱 그 모양이었다. 그 피란길에도 세상모르고 자는 아이가 있었다. 타고나기를 멀미 체질인지, 체력이 약한 까닭인지 진구는 차에 타자마자 까물까물 머리를 떨구었다.

한편, 세 선생도 피곤하긴 매한가지였지만 하루가 멀다고 회식이었다. 안에서나 밖에서나 동그라미 얘기뿐이지만, 그 빤한 애깃거리들이 끝을 모르고 쟁여지는 바람에 퇴근길의 종착에서 셋은 다시 모일 수밖에 없었다. 영선 샘과 나, 둘 중 하나가 봉고를 타고 아이들을 내려주고 가장 늦게 호프집에 도착하면, 남은 하나는 털레털레 걸어가 가장 먼저 도착했다. 프라이드를 몰고 온 준엽은 항상 중간이었다. 셋 중 가장 술값을 자주 낼 정도로 경제관념이 투철하지도 않았던 준엽은 유독 대리비에만 인색하게 굴었다. 자기 차에 대한 애정이 대단해서도, 낯모르는 대리 기사를 불신해서도 아니었다. 추측해보면 자기가 누군가를 부리는 걸 못 견뎌 하는 그 성정 때문이었는데, 이 설명되지 않는 고집 탓에 손해도 많이 봤다. 준엽은 밤새 한길에 차를 세워놓고 택시를 타거나 내 자취방에서 자곤 했다. 언젠가 준엽을 붙들고 택시를 타는 것은 '부리는' 게 아니냐? 물은 적도 있었다. 택시 기사는 부려도 되고, 대리 기사는 부리면 안 되냐? 그럼 네가 부리지 못해 대리 기사는 손가락 빨게 생겼는데, 그건 어떻게 생각하느냐? 캐묻자 준엽은 대답 대신 자기 손가락만 빨았다. 아무튼 그 친구가 겪는 손해가 무엇이냐 하면, 다음 날 점심쯤 프라이드를 빼러 가면 거지반은 꼭 딱지가 붙어 있던 것이다. 심지어 견인된 날도 있었으니, 그 황망함을 어찌 말로 다 하리. 그렇게 플러스마이너스를 따지면 아무래도 수지맞는 장사가 되지 못하는 세월이었으나, 준엽은 다 그럴 만한 나이 아니냐는 늙은이 같은 소릴 해대며 눙치고 넘어가곤 했다.

　그런 인간을 지근거리에서 보게 되면 그 손해가 되게 신경쓰인다. 보려 하지 않아도 저 멍청한 놈이 또 손해를 자처하는 것이 눈에 들어오고, 아무리 귀를 틀어막아도 안 해도 될 수고가 차곡차곡 쌓이는 소리가 들이치는데, 쪼다 같은 놈이 저만 모른단 말인가. 기사 아저씨가 우리가 있는 호프집으로 진구의 가방을 들고 왔을 때만 해도 그렇다. 녀석은 고민조차 않고 내가 우리 진구 집에 금방 넣어주고 올게, 라고 손을 드

는데, 왜 내 눈은 감지도 않고 그걸 다 보고 있으며, 내 귓구
멍은 주변의 소음을 뚫고 준엽의 목소리만 또렷이 빨아들이
는지 미칠 노릇이었다.

"내가!" 내가 주고 올게. 아니, 주고 갈게. 안 그래도 피곤
해서 일찍 들어갈 생각이라고, 가는 길에 진구 집에 가방 넣
어주겠다고, 묻지도 않은 말을 주절거리다 얼른 낚아채버렸
다. 갑자기 가방을 뺏겨버린 준엽도, 영선 샘, 기사님도 모두
입을 벌렸다. 현철이 너, 안 가봤잖아? 진구칼국수 알아? 아
이 시발, 지만 아는 줄 아네. 네이버 지도 검색하면 다 나오
지. 야, 거긴 안 나와.

십수 년이 흐른 지금 검색해도 안 나올까? 그때나 지금이
나 생각뿐, 손가락 꿈지럭거릴 줄을 모른다. 드디어 진구 번
호로 전화를 걸었을 때는 아무도 받는 사람이 없었다. 번호
를 받은 날로부터 한 달이 채 지나지 않았는데, 그새 군대에
가버린 걸까. 모르겠다. 연결이 되지 않아 아쉽다는 내 마음
조차 모르기로는 매한가지였다. 오목이였던 칼국숫집 아들
이 입대할 만큼 장성한 시간이면 거대 포털이 충분히 진구칼
국수를 찾아냈을 것이다. 아직 그 자리에 있어주기만 한다면,
아버지께서 건강하시기만 한다면 여전히 그 자리에 칼국수를
하고 계시리라는 희망적인 생각이 들었다. 맛 하나는 아주 일
품이라고 선생들마다 한입 모아 얘기했었지. 그런데 그게 누
구에게 희망인가? 진구 아버지가 긴 세월 한자리에서 면발을

뽑아내는 것이 내 인생에 무슨 희망이란 말인가? 손바닥 뒤집듯 말을 바꿔서 그렇지만, 맛이 일품인지 이품인지 그런 걸 가려낼 만큼 미식가들이신가? 칼국수 맛이란 게 거기서 거기 아닌가?

검색 엔진에 기대지 않고도 더듬더듬 찾아갈 수 있었던 것은 아이스크림 사러 갈 때마다 진구에게 약도 아닌 약도를 듣고 또 들었던 덕분이었다. 현철 샘이 한 번만 우리 집 칼국수 먹으러 오면 소원이 없겠네. 인마, 그렇게 소박한 건 소원이라고 부르는 게 아냐. 소박이 뭔데요? 너는 낼모레 중학생이 될 애가 '소박하다'도 모르냐. 그래서 뭐냐고요. 대박 반대가 소박 아니냐. 그럼 그거 나한테 소원 맞아요. 대박 소원. 녹는다, 어서 먹어. 그때 난 내가 왜 너희 집 칼국수를 팔아줘야 하냐고 물었다. 녀석은 지는 기색 없이 틀림없이 돈 안 받을 거예요, 라고 했다. 그건 돈 받는 사람 마음이지, 네가 뭔데? 난 그 집 아들인데요? 아들이 벼슬이냐? 벼슬이 뭔데요? 쭈쭈바 녹는다. 아빠가 돈 버는 건 다 저를 위해서랬어요. 그 밤에 꼬맹이의 설명에만 의존해 어떻게 거길 당도했는지는 안개 속처럼 세부가 흐릿하지만, 잠긴 유리문 너머로 흔들리던 가겟방의 촉 낮은 불빛만은 점정(點睛)처럼 또렷하다.

심현철

그날의 잠긴 문처럼 준엽이 놈이 알려준 번호로 몇 번 더 전화를 걸었으나, 대답은 없었다. 공부도 제자리걸음이었다. 나이를 핑계 삼고 싶진 않지만, 새출발을 하기 너무 늦은 것만은 분명했다. 대안도 없이 택한 백수 생활의 불안은 내 알량한 앎의 땅뙈기 밖에 우글거리고 있던 복병 그 자체였다. 몇 달이 흐르는 동안, 나는 평균인들이 꿈꾸고 누릴 만한 것들부터 포기하기 시작했다. 아이 둘로 이루어진 단란한 가정부터 결혼, 연애가 도미노처럼 스러졌다. 개중 다행인 건 집, 차 같은 물질적인 기준이야 동그라미 때부터 포기했다는 것. 그러나 현실은 무엇을 더 내놓을 것이냐 하는 물음을 매 순간 갱신했고, 이대로 직장 같은 직장을 계속 갖지 못한다는 가정은 끼니조차 줄여야 한다는 절박한 자각으로 이어졌다. 편의점 도시락마저 백 원이라도 싸고, 칼로리는 높은 것으로 고르던 나날 속에서 나는 세 권의 책을 주문했다.

잘못 걸려오는 전화조차 없는 몇 달이 지났다. 이렇게 아무 일도 없이 세월이 흐를 수가 있나. 믿기지 않기에 피어 오른 의심은 스스로를 갉아먹어갔다. 누군가 내 전화기의 착발신을 차단시킨 것은 아닐까? 차라리 내 의심병이 그 흔한 의처증 같은 거라면 어디 가서 밝히지 못할 것도 없을 것이다. 그런 자들을 위한 매뉴얼도 얼마든지 개발되어 있을 테고. 세상에 널린 갖가지 망상증 가운데 저가형 알뜰요금제를 의심한다? 멀쩡한 휴대전화 기기를 의심한다? 그런 자에 관한 레퍼런스라는 게 과연 있기나 한 걸까. 이 같은 내밀한 진단을, 고립을 깰 수 있는 것은 전화 받지 않는 친구든 누구든 살아 있는 타인의 목소리뿐이었다.

책 산 이야기를 하다 말았다. 진정 정신질환 탓인지 몰라도 어떤 생각이든 매끄럽지 못했다. 주문한 책은 반나절 만에 도착했다. 나란 인간이 사회에서 완전히 도태되었음에도 세상은 아무런 실금도 가지 않았다. 세 권 중 가장 먼저 집어든 것은 『공부의 철학』이라는 책이었다. 저자의 얘길 좇다 보면 그사이, 누군가 전화를 걸어올지 모른다. 자, 제목도 제목이지만, '깊은 공부, 진짜 공부를 위한 첫걸음'이라는 부제가 도시락 세 개 값을 지불하게 만들었다. 아직 완전히 돌아버린 것은 아니기에 저딴 문구야 한 권이라도 더 팔아먹기 위해 출판사에서 붙인 거라 추리할 수도 있지만, 그런 의심이 뭐가 중할까. 의심도 모두 상상력의 박약에서 나오는 것 아닌가. 책장을 넘기기도 전에 벌써 공부라는 것이 되고 있는 기분이다. 준엽이 놈이 이런 날 봤다면 이딴 책에서 말고 동그라미 속에서 진짜 공부를 찾으라 했을 것이다. 네가 겪는 동그라미의 현실 자체를 보라고, 너에겐 지나가버린 한때에 불과할지 모르나 그 한때라도 우리가 얼마나 절절히 찾아 헤맸었냐고, 아주 그악스럽게 따지고 들겠지. 뭐, 혁명은 거창한 구호와 팔뚝질로 이루어지는 것이 아니라 믿는 자의 헌신 속에 갈마든다는 얘기도 했을 거야. 지금보다 십오 년쯤 아니, 거기까지 거슬러 올라갈 것 없이 오 년 전의 준엽이라면 말이다.

실은 제가 하는 말이야말로 거창한 수사가 얼마나 그득한지는 생각도 못하겠지. 못했겠지. 그래도 그땐 뼛속 깊이 대본을 삼킨 신인 배우처럼 막힘없이 말도 참 잘했다. 그게 다 현실의 경이로움을 믿기에 가능한 것이었다. 모르는 사람들에겐 운동권 선배들의 언어를 답습한 작위로 보이겠지만, 내가 보는 준엽은 적어도 선배들의 진부한 케이스는 훌쩍 뛰어넘은 사람이었다. 혁명이니 투신이니 하는 그 같잖은 말들이 머릿속에서 지어낸 관념이 아니라 동그라미라는 현실에 뿌리를 두고 있었으니까.

모르는 부분은 모르는 채로 읽어나가길 며칠이나 됐을까. 전화기가 울었다. 이불 속에 파묻혀 있어도 그 울음이 얼마나 절박하던지…… 여보세요? 샘, 전화 많이 하셨더라고요. 진구니? 오진구라는 발신자명을 확인하고 받았음에도 물음이 가파르게 올랐다. 변성기가 지난 목소리는 처음이었다. 진구야, 샘이 소주 한잔 사줄게.

진구는 아이스크림이면 되는데, 하면서도 질겅질겅 막창을 씹으며 소주도 홀짝홀짝 잘도 비웠다. 녀석도 군에서 갑갑했겠지만, 나 역시 외출다운 외출은 수개월 만이었다. 통장 잔고는 생각도 않고 녀석이 말하는 건 다 먹이고, 또 사주고 싶었다. 야 인마, 요즘 군대는 휴대폰도 다 쓰게 해준다던데, 왜 진작 콜백하질 않았냐, 요즘도 백일휴가가 자대배치 받고 처음 나오는 휴가냐, 그게 딱 백 일 만에 나오는 건 아니지 않냐, 요즘도 엠십육이더냐, 북한은 무슨 총 쓰는지 아냐, 에이 케이사칠인 거 처음 듣는단 말이냐, 왜, 우리 총검술을 연무형이라 부르잖냐, 그건 왜 그런 줄 아냐, 너 논산훈련소 출신 아닌가 보구나, 북한에서는 창격술이라고 부르는 건 아냐, 요즘도 그 피알아이(Preliminary Rifle Instruction)라는 거 하냐, 하기야 기본 아니냐, 요즘도 피나고 알 배기고 이 갈린다고 부르냐. 샘샘, 현철 샘, 도대체 샘이 말하는 요즘이랑 샘이 복무할 때랑 몇 년이나 차이 나는 줄 알아요? 왜, 많이 변했어? 아뇨, 완전 똑같아요. 정말이냐? 군대란 진짜 꼴통 같은 곳인 거 같아요. 근데 샘은 훈련소 때 얘기만 하시네요. 전 자대배치 받고는 완전 다 까먹어버렸는데. 그러냐? 야, 가까운 기억이라고 꼭 먼 것보다 더 오래가는 건 아니더라. 지금 샘이 하는 말, 무슨 말인지 알겠니? 응?

　야, 샘은 오랜만에 마셨더니 무지 취한다. 그래도 오목이랑 같이 있으니 밤새 마실 수도 있을 거 같다야. 구래서 영우는 딸배가 됐단 말이지. 딸배란 말 첨 듣는다. 야, 구새끼 구거 등치가 아깝다야, 응? 안 컸어? 초딩 때 그대로라고? 걔는 안 크고 뭐 했다니. 우리 오목이가 더 큰가, 그럼? 또, 수진이는? 걔가 그렇게 예뻤잖어. 눈이 반짝반짝하고…… 뭐? 구럼, 샘 눈에는 다 예뻐 보이지, 뭐? 인마 이거 뭐라 그러는 거야? 족견이가 뭔데? 조건? 뭐? 몸을 팔아? 중딩 때부터? 진작부터 아예 그 길로 갔다고? 그 길이 어딘 줄 알고, 인마 내가 어떻게 알아? 야, 샘이라고 다 아냐? 자식이 무슨 소릴 하는 거야? 야, 샘이야! 나 심현철이라고! 사람 이상하게 보고 있어. 뭐? 좀 크게 말해. 동그라미 출신 중엔 너랑, 도영이 빼고 다 했다고? 샘도 달라 그랬음 줬을 거라고? 오목이 너, 취했냐? 샘 진짜 화낸다. 인마, 똑바로 앉아!

기도영

그날 내가 화를 냈는지 안 냈는지는 끝내 흐리마리하다. 안간힘을 다해 정신을 모아보고, 카톡 메시지에서 단서가 될 만한 구석을 짜 맞춰보려 해도 확신할 만한 것은 보이지 않는다. 모르겠다. 책이나 펼치자. 눈은 무난하게 글자를 따라가는데, 내용은 하나도 머릿속으로 들어오지 않는다. 수진이 걔가 그렇게 됐다는 말이지…… 하 시발, 똑같이 얼굴 팔아먹고 살아도 누구는 연예인이 되는데 누구는…… 생각을 말자, 하면서도 자꾸 괴어드는 걸 막을 수 없었다. 수진이의 선택이, 행보가, 타락이, 실패가 곧 동그라미의 결말과 연결되는 것도 막을 수가 없었다. 그날의 난 취한 와중에도 아니, 취해서 그럴 텐데, 자꾸만 쓰레기 같은 생각이 들러붙고 있었다. 수진이 같은 애도 진구나 도영이 같은 애한테는 안 주는구나, 눈이란 게 있으니까. 가만, 생각만 하고 있었던 거 맞지? 설마 입 밖으로 걸레 어쩌고 지껄이진 않았겠지? 머리를 쥐어뜯어 봐도 돌이킬 수는 없지만, 의심 때문에 미쳐버릴 것 같

다. 오목이 그 자식은 도영이 얘긴 왜 꺼낸 건지…… 도영이
는 떡치고 자시고 할 시간이 없었거든요. 왜? 시설 들락날락
거린다고. 시설? 네, 시설. 무슨 시설? 아, 생각보다 현철 샘
모르시는 게 많네요. 군대도 훈련소밖에 모르더니. 인마, 그
럼 내가 공익 출신인데, 훈련소 말고 진짜 군대를 알겠냐? 자
식아, 하던 얘기나 계속하라고, 무슨 시설? 무슨 시설은 무
슨 시설이에요. 소년원 몰라요? 아! 그만하면 알아들었는데,
나는 등신같이 더듬거리며 또 묻고 있다. 감빵? 하하. 네, 감
빵요. 도영이 걔, 빵에서 수진이한테 편지 많이 썼어요. 편지
를? 네. 도영이는 수진이 진짜 좋아했거든요. 그래서 걔는 걔
랑 할 수가 없었던 거죠.

　전날 벌어진 술자리의 퍼즐을 짜 맞추면서 동시에 아주 오
래된 퍼즐 맞추기에 도전한다. 도영이, 도영이…… 하고 있
는데 진구가 힌트를 준다. 샘, 생각 안 나시나 봐요? 제 짝꿍
이었잖아요. 하긴, 샘은 동그라미에서 나만 좋아했지. 아예
모르시겠어요? 기억을 불러올 수 없다는 게 이렇게 부끄러울
일인가? 따져 물을 수도 없고, 우선은 아는 체하기로 했었다.
그렇게 넘어가나 싶었는데, 진구가 카톡을 보내온다. 샘, 오
늘은 도영이 만나요. 둘 다 갇혀 있어서 못 보나 했는데, 어제
출소했대요. 도영이도 샘 보고 싶다는데 저녁에 봐요. 대상이
눈앞에 없을 때야 척하고 넘어갈 수 있지만, 이렇게 된다면
이야기가 달라진다. 거의 형을 갖추어가는 전날의 퍼즐을 밀

쳐두고 그 옛날의 퍼즐을 바투 끌고 온다. 오진구 짝꿍. 까무 잡잡하고, 키가 작다…… 그나저나 그놈은 왜 감방에……

이 자식들이 시간 어떠냐는 거부터 물어야 하질 않나. 순 막무가내로 선생을 끌고 다니려고 하네? 괘씸한 마음이 왜 안 들었겠냐마는 나는 어느 순간 걔들을 기다리고 있었다. 요즘도 백일휴가는 삼박 사일인가? 나야 공익이지만, 준엽이는 병장 제대했다. 자식이, 삼박 사일이 아니라 삼쩜 사초라고 어찌나 징징거리던지, 지금 이 나이가 되도록 엊그제만 같다. 생각해보면 그 귀한 시간을 나한테 할애한 것이 아닌가. 도영이는 어떻고. 출소하는 그길로 나를 보고 싶다질 않나. 미안한 얘기지만, 나는 하나도 기억 못하고 있는데 말이다. 그래, 이렇게라도 동그라미에 묶였던 세월을 보상받는 것 아니겠나 싶다. 생각하기 나름이라고, 동그라미에서 보낸 청춘도 마냥 꼬라박은 시간이겠나. 잘하지도 못하는 계산, 시시콜콜 플러스마이너스도 그만 따지자. 선생 된 자의 보람까지 운운하긴 과하지만, 뭐 어때. 속으로 무슨 생각을 한들 누가 잡아가.

도영이 잡혀 들어간 것은 특수절도죄 명목이었다. 자식이 한 집만 털지, 아예 귀금속 상가를 줄줄이 털었고, 그 과정에서 흉기를 꺼내 위협까지 했더랬다. 황당한 것은 도영에게 잭나이프로 위협을 당한 자는 금은방 사장도, 경찰도 아니었다. 골목에서 급한 요의를 해결하곤 바지춤도 다 정돈하지 못한 채 복면 도둑을 맞닥뜨린 주취자였다. 제 한 몸 가누지 못하면서 도도, 도둑? 하고 턱을 달달 떨어대던 그는 도영이 칼을 꺼내 들자 냅다 비명을 지르고 만 것이다. 그렇다고 도영이 그 칼로 해코지를 한 것은 아니었다. 다만, 제 몸에서 빠져나온 물줄기로 흠씬 젖은 담벼락 앞에 무릎을 꿇리고, 양손과 입을 청테이프로 꽁꽁 묶어버린 것이 다였다. 그만하면 해코지로 쳐야 하나? 양쪽 모두에게 불운이 된 그 목격으로 인해 이미 동일 전과가 있는데다 나이도 찰 만큼 찬 도영은 더 이상 소년원이 아닌 교도소에서 이 년 반을 살다 나오게 된 것이었다.

선생으로서 무슨 말이든 해줘야 할 텐데, 나는 앵무새처럼 도영의 말끝만 따라 중얼거릴 뿐이었다. 그렇구나, 운이 좋지 않았구나, 해코지로 볼 수도 없구나, 살다 나왔구나…… 너무 고갯짓을 많이 했더니 어지러울 지경이었다. 선생님은 어제 진구하고 술을 좀 과하게 했거든. 오늘은 널 만난 것만으로도 충분히 기쁘니 술은 안 할게. 그러세요, 선생님. 그런데 진구 이 녀석은 자기가 불러놓고 연락이 안 되네. 네 연락은 받니? 안 해봤어요. 한번 해봐. 왜요, 저는 선생님하고 둘이서도 괜찮은데.

한창 절도와 특수절도 간의 차이까지 듣던 중이었다. 안간힘을 다해 참는다고 참았지만, 비어져 나오는 하품은 틀어막아지질 않았다. 도영은 하던 얘기를 멈추고 나를 보았다. 아이고오, 선생님이 미안, 과음이 문제야. 도영은 방금까지 변호사처럼 각종 범죄와 형량에 대해 나열하던 입매가 다물어지더니, 무표정한 얼굴이 되었다. 새끼, 선생님이 하품 한번 했다고 띠껍게 보기는. 나는 녀석의 잔을 채워주며 말했다. 세상 좋아졌다, 그치? 우리 도영이 애새끼였는데, 오목이 짝꿍한테 선생님이 잔도 다 채워주네. 내 앞의 빈 잔에도 술을 채우며 자작을 하는데도 놈은 요지부동이었다. 이 새끼가 보면 어쩔 건데 싶은 불뚝 성질이 올랐지만, 나는 선생이 아닌가, 참자. 진구 녀석은 내일 복귀라고 했는데, 자식이 샘을 불러놓고…… 선생님, 아까 그 얘기 하셨어요. 응? 아까도 진구 찾으셨다고요. 어, 했지, 했지. 근데 부른 놈이 안 나타나는 거 있냐? 선생님. 왜. 세상이 좋아졌나요? 도영아. 선생님, 그거 아세요? 진구 걔, 오목이 그 별명 진짜 싫어했어요.

그러냐, 하고 말았다. 무슨 말을 더 하랴. 시비도 아닌 것이 대화도 아닌 것이 알 수 없는 곳으로 흘러나가고 있는 와중에도, 내 머릿속은 산만한 상상이 뻗어가고 있었다. 야상 주머니에 숨기고 있는 녀석의 손이 잭나이프를 만지작거리고 있을지 모른다는. 나는 도영과 헤어지기 전에 넌 동그라미 때 별명이 있었느냐 물었다. 별명 없는 사람도 있나요. 제 별명 들으면 저 기억하실 거 같은데……

이번에도 그러냐, 말고 다른 말을 해주지 못했다. 처음 듣는 별명이었다. 선생님, 악수해요, 하고 녀석이 주머니에서 손을 끄집어냈다. 나는 그 하얀 손바닥을 잠깐 내려다보다 손을 맞잡았다. 어떻게 손바닥만 저렇게 휠 수가 있지. 잠시만, 선생님이 현금을 잘 안 가지고 다녀서…… 택시 타고 가. 짧은 순간이지만, 그 손에 다시는 잭나이프가 쥐어질 일이 없길 간절히 바랐다. 잔고가 바닥까지 얼마 남지 않았지만, 그래도 괜찮다. 원래 선생이란 직업은 가난한 것 아닌가.

임수진 외

도영에게 연락이 왔을 때, 나는 두번째 책인 『논어』를 읽고 있었다. 공자께서 말씀하셨다. "모난 술그릇이 모가 나지 않으면, 모난 술그릇이라고 할 수 있겠는가! 모난 술그릇이라고 할 수 있겠는가!(觚不觚, 觚哉! 觚哉!)" 여보세요. 두 개나 붙어 있던 느낌표가 눈앞에 어른거렸다. 도영은 전화기 너머로 훌쩍거리기만 할 뿐, 아무 말도 못하고 있었다. 몇 번인가 무슨 말인가 하려 했지만, 힘이 드는지 긴 숨을 몰아쉬거나 사레들린 듯 심한 기침을 쏟아내기도 했다. 나는 인내심을 가지고 기다렸다.

그에게 다시 전화가 걸려왔을 때는 이런 구절을 읽고 있었다. 공자의 제자 증자가 말씀하셨다. "나는 날마다 세 가지 일로 나를 돌아본다. 남을 위한 어떤 일을 할 때 최선을 다했는가? 벗과 사귈 때 진실하였는가? 배운 것을 제대로 익혔는가?(吾日三省吾身: 爲人謀而不忠乎? 與朋友交而不信乎? 傳不習乎?)" 여보세요. 세상엔 훌륭한 말씀도 참 많다. 그러나

이 훌륭한 말씀도 들을 준비가 된 자들에게나 소용이 있지, 이렇게 울기만 하는 자에겐 당장 몇만 원 쥐여주는 수밖에. 처음에야 그렇게 생각했지만, 재차 이런 전화를 받게 되니 부담스럽지 않을 수 없었다. 녀석의 계좌번호는 있으니 이번에도 오만 원을 송금했다. 아무 고민 없이 공부만 하는 것도 욕심이란 말인가.

세번째 전화가 왔을 땐, 책장을 덮고 전화기만 노려보고 있던 차였다. 언제 또 전화가 올지 모른다는 생각 때문에 공부가 통 되질 않았다. 전화를 받자마자 놈이 또 흐느끼기 시작하는데, 진짜 미친놈인가 싶기만 한 것이다. 도영아, 선생님도 지금 빠듯해. 먹고사는 일이 만만치가 않단 말이야. 너는 그 몸으로 알바라도 구해봐. 맨날 전과 핑계 대지 말고. 여보세요? 듣고 있어? 그렇게 울고만 있다고 무슨 답이 나오냐, 까지 듣던 놈이 갑자기 낄낄거리기 시작했다. 야, 너 지금 웃어? 아, 아니에요. 그, 그럴 리가요…… 너 지금 또 웃었잖아. 저, 배가 고파요. 선생님, 심현철 선생님, 저 오만 원만…… 진구한테는 잘만 사주시면서…… 너 지금 어디야? 어디면 뭐? 찾아오시게?

인간 안 되는 놈들 혼쭐내는 것이야말로 선생이 할 일 아닌가. 오라는 곳도 참 얄궂다. 아니, 매미나 달팽이도 몸집이 커지면 집을 옮기는데, 이 새끼는 여전히 지은 지 오십 년도 훌쩍 넘은 이놈의 아파트로 사람을 부르나. 오란다고 정말 올

줄은 몰랐을 거야. 제까짓 놈이 빵에 갔다 온 게 벼슬도 아니고…… 산복도로까지 오르는 동안 이미 땀에 흠뻑 젖었는데, 엘리베이터 없는 아파트의 사층까지 또 올라야 했다. 숨이 턱까지 차올랐다. 선생 알기를 개똥같이 알고 말이야. 세상이 아무리 썩어빠졌기로서니 말이야. 기도영! 큰소리 내고 싶지는 않지만, 어쩔 수 없었다. 문 열어! 부식을 면치 못한 철문은 손바닥으로 두드릴 때마다 부스러기가 떨어졌고, 사마귀처럼 달려 있는 벨은 태곳적에나 작동을 했는지 허연 먼지를 뒤집어쓰고 있었다. 선생님이다! 문 열라고! 안에서 누가 달려 나오는 소리가 났다. 정말 왔어! 어떡해? 열어줘? 하는 소리들이 뭉개져 들려왔다.

너, 수진이니? 어머, 쌤 저는 바로 알아보시네요. 응. 수진이 팔을 끌며 들어오라 하지만, 발 디딘 딱 고만큼의 현관에서 나는 신발을 벗지 못하고 머뭇거렸다. 연놈이 사는 곳인지는 모르겠지만, 바닥에 쌓인 먼지와 터럭은 대체 얼마나 방치된 것인지 알 수 없었다. 집 안은 과해서 어울리지 않는 붉은색 몰딩이 액체처럼 천장과 벽면을 휘감고 있었다. 내가 과거, 그것도 아주 오래된 옛날로 이동한 것은 아닌가 싶어 어지러웠다. 어지럼의 보다 직접적인 원인은 냄새였다. 생전 맡아본 적 없는 퀴퀴한 내가 마치 질량을 가진 고체처럼 부유하고 있었던 것이다. 선생님, 먼 길 오셨지요. 어서 들어오세요. 소리를 따라 안방에서 트렁크에 러닝셔츠를 걸친 도영이 저

벅저벅 걸어 나왔다.

도영이 너, 선생님 놀리는 게 재밌냐? 죄송해요. 도영이 놈이 공손하게 머리를 조아리며 말했다. 그래, 다음부터 그러지 말고. 여기까지 오셨는데, 가시게요? 얼른 보기엔 긴소매를 입은 줄 알았던 놈의 몸은 문신이 뒤덮고 있었다. 선생님은 너희 사는 거 봤으니 됐다. 아니에요, 선생님. 뭘 보시고 나서 봤다고 하셔야죠. 신발도 좀 벗으시고요. 아, 선생님이 양말을 안 신고 와서…… 신고 왔는데? 흰 양말 신었구만. 수진이 쪼그려 앉아 내 바지 아랫단을 들췄다. 하, 시발 선생님이 거짓말을 하고 그러세요.

소파에 앉아서 좀 계세요. 오랜만에 동그라미 친구들도 불렀거든요. 홀린 듯 소파에 앉으면서도 싸구려도 싸구려도 이런 싸구려 레자는 어디서 구했나 생각했다. 그렇죠? 선생님. 응? 제 말을 통 안 들으시네요. 저번에도 하품 막 찍찍 하시더니. 미안하다. 옛날 사람들이 좋다고요. 수진이도 그렇고, 현철 샘도. 사회에 나가서 만나봐야 다 건달 아니면 양아치밖에 없더라고요. 도영아, 진구처럼 착실한 애도 있잖아. 선생님은 또 진구 얘기하시네요. 미안. 진구 걘 괜찮은 애 맞아요. 근데 개도 어떻게 될지 몰라요. 수진이 끼어들었다. 걔 아버지가 글쎄, 면 뽑는 홍두깨 있잖아요? 그걸로 진구 엄마를 그렇게 팼대요. 더 같이 살았다간 딱 죽겠다 싶거든? 결국 애까지 버리고 도망가버린 거잖아. 정말이냐? 내가 쌤한테 구라를 왜 처. 진구가 자기 아버지 안 좋게 얘기하는 거 본 적 없는 거 같은데…… 그러니 걔도 개새끼인 거죠. 개 밑에 개새끼 아니겠어요? 수진아, 너 입이 걸구나. 걸구나가 무슨 말이야? 니 주둥이가 걸레라고, 이 멍청한 년아. 어, 현철 쌤도 아셔? 뭐, 알겠지. 동그라미 출신 중에 임수진 걸레인 걸 누가 몰라. 하이 시발, 쪽팔리게. 야, 어디가? 얘들아, 근데 창문 좀 열면 안 될까? 이 걸레 년이, 나가려면 술이나 사와. 돈도 안 주면서 시키고 지랄이야. 얘들아, 날 왜 그렇게 보는 거냐?

나는 참다 참다 자리에서 일어났다. 답답하지 않니? 창문이라도 좀 열자꾸나. 도영은 들은 척도 안 했다. 제발 부탁이다. 그때였다. 밖에서 요란한 오토바이 배기음이 지축을 울렸다. 남자애 둘이 더 왔고, 이제 막 열네댓쯤밖에 안 보이는 여자애가 하나 들어왔다. 인사해. 동그라미 선생님이셔. 소파에서 우물쭈물 앉아 있는 내게 다들 구십 도 가까이 허리를 굽혀 인사했다. 이 인간들도 다 동그라미 출신이라는데, 영우 빼곤 다들 기억에 없는 얼굴들이었다. 놈들은 어디서 구해왔는지 요샌 잘 보이지도 않는 무가지를 바닥에 아주 넓게 깔았다. 내가 앉은 소파만 빼고는 가구 하나 없는 좁은 거실이 거의 신문지로 빼곡하게 덮였는데, 마치 영화나 드라마의 세트장을 보듯 현실감이 없었다.

저 개만도 못한 것들이 내 돈으로 시킨 중국요리를 놓고 둥그렇게 앉아 잘도 처먹는구나. 짜장면 한 젓가락 하시라는 애기도 없었다. 고량주를 탄 맥주가 떨어지자 무서운 속도로 소주를 비우더니, 놈들은 무슨 신호에 따르는 기계들처럼 일제히 담배를 피우기 시작했다. 나는 다시 한번 창문을 열기 위해 조심스럽게 일어났다. 앉아라. 도영이 뇌까렸다. 도영아, 선생님한테 반말은 좀…… 맞아. 쌤한테 너무하잖아. 수진이 조잘거렸다. 너희가 동시에 담배를 피우니 아주 숨을 못 쉬겠구나. 창문은 왜 열면 안 되는 거냐. 호소해도 연놈들은 대꾸도 않고 저희들끼리의 대화에 빠져 다시 시시덕거렸다.

그렇게 이놈들 집에 갇힌 지 사흘이 지났다. 이것들은 보이지 않는 끈으로 나를 소파에 친친 묶어놓은 채, 내 카드로 저희들 먹을거리만 사 오거나 배달시켜 먹었다. 극도의 허기와 두려움에 사로잡히면 오히려 잠에 빠지기라도 하는 모양인지 나는 가뭇가뭇 정신을 잃곤 했다. 눈을 뜬 것은 수진이의 신음 소리 때문이었다. 소리는 아득하게 아주 먼 곳에서부터 들려오는 것만 같았다. 이 짐승들이 대체 무얼 하고 있는가. 눈을 비비고 머리를 흔들자, 몸뚱어리 다섯 개가 뒤엉켜 있는 광경이 눈에 들어왔다. 도영이 어린애랑 붙어먹고, 개처럼 엎드린 수진의 앞뒤로 두 놈이 교접하고 있었다. 시선 둘 곳도, 기력도 없는 내 눈이 도영과 마주쳤다. 그는 땀에 전 어린애를 들어서는 소파에 던지듯 내려놓았다. 여자애의 비명이 튀어나왔지만, 거기 있는 누구도 신경 쓰지 않고 각자 하고 있는 일에만 열중이었다. 소파에 다가선 도영은 한쪽 발을 소파에 올려 지지하고는 여자애를 밀어붙이기 시작했는데, 반쯤 누운 자세로 있던 여자애의 몸이 도영의 공격으로 허물어지며 자꾸만 내 어깨를 짓눌렀다. 절정으로 치달아가는 도영은 마구잡이로 밑에 깔린 여자애에게 침을 뱉어댔다. 놈은 여자애를 깔아뭉갰고, 어느덧 내 몸은 그 애 밑으로 깔려 완전한 햄버거가 되었다. 나는 또 나를 밀어 올리는 싸구려 레자의 스프링을 아주 아작내겠다는 듯 짓이기는 꼴이 되었다. 다 쌌으면 좀 바꾸자. 야이 이것들아, 다 좋은데 창문 좀 열면 안 되겠니?

최준엽과 심현철

놈들은 체크카드가 긁히지 않자, 나를 일으켜 세웠다. 도영이 내게 신발을 신으라 명령했다. 나흘쨴가 닷새쨴인가 머릿속이 자꾸만 딸깍 꺼진다. 사오십 일이 흐른 것 같기도 하고, 네다섯 시간쯤 머물다 일어서는 것 같기도 했다. 옛날, 준엽이 놈은 그렇게 삼쩜 사초라며 가는 시간이 아까워 발발 떨면서도 나왔다 하면 나하고만 술을 폈다. 바닥이 솟고 빙빙 돌아 현관 바닥에 주저앉아서 겨우 뒤꿈치를 밀어 넣는데, 팬티만 입은 수진이 다가온다. 쌤. 이년이 귀에다 대고 뭐라고 한다. 현철 쌤, 안녕히 가세요.

집으로 돌아와서도 아무것도 먹지 못한 채, 잠만 잤다. 잠속에서도 나는 편안해질 줄을 몰랐다. 현실보다 끔찍한 악몽

이 덮쳐왔다. 버르적거리며 일어나면 어느 낮이었고, 또 깨면 어느 밤이었다. 세보지 않았지만, 굶은 게 보름쯤은 족히 지속됐으리라. 팔꿈치로 몸을 질질 끌며 포복해 닿은 곳은 쌀통이었다. 손을 집어넣자 드글거리는 쌀벌레가 만져졌다. 그것들이 타고 오르는 감각은 모골이 송연했으나, 허기를 이길 수는 없었다. 쌀은 주먹의 반의반도 안 되는 양이었다. 턱을 벌릴 힘조차 없어 겨우 혀만 내밀어 손바닥을 핥았다. 진땀이 났다 마르길 반복했던 손바닥은 짜디짰다. 불어낸다고 냈으나, 입안으로 들어온 쌀벌레가 혓바닥 위를 기어다녔다. 묵은 쌀 내가 구역질을 일으켰으나, 씹으면 씹을수록 단맛에 침이 고였다. 위액 속에서 녹아버리는 것이 이 벌레들의 운명이라면, 내 운명은 아직 모른다. 끝이 얼마나 남았는지, 혹 시작도 하지 않았는지.

지갑이 돌아왔다. 산복도로의 그 낡아빠진 아파트에 두고 온 것도 몰랐으니, 이것이 발이 달려 찾아왔나 싶기만 하고, 죄 헛것 같았다. 이 헛것 속엔 무엇이 들었나 헤적여보기로 했다. 현금이야 원래 남아 있지도 않았고…… 다시 말하지만, 뭘 도둑맞은 거라도 있나 해서 뒤지는 것은 결코 아니다. 무용지물이 된 체크카드는 패스. 주민등록증, 어머니가 돌아가시기 전에 넣어준 부적까지 모두 그대로. 빈한한 내용물들을 다 끄집어냈는데도 지갑이 왜 이리 뚱뚱한가 싶어서 보니 쓸모없는 명함들이 그득하다. '동그라미로 그리는 사람들, 청소년지도사 심현철' 도영이놈, 영우, 수진이 가릴 거 없이 지갑을 벌려보고 뒤져보고 다 했겠지만, 그래도 이 명함만은 보지 않았기를.

준엽에게 전화를 건다. 신호가 간다. 그럴 줄 알았다. 니가 모진 놈이 아닌데, 차단 박는 짓은 아무나 하는 줄 아나. 놈이 받으면 무슨 말부터 할까. 근래 내가 책 세 권을 샀거든. 그중 두 권은 읽었고, 한 권은 아직 넘겨보지도 못했단 말이야. 들어본 이름일 거야. 요한 하인리히 페스탈로치라고. 당연히 외국인이지. 그 선생의 평전이 있더라고. 그런데 말이야, 급하게 읽을 필요 없겠더라. 못 알아듣긴. 내 공부는 끝났단 얘기야. 자, 연습은 끝났다.

신호 끝에 준엽이 받았다.

"최준엽."

"왜, 심현철."

"준엽 샘."

"왜, 현철 샘."

"아무 의심 없이 믿기로 했다."

"……"

"현실의 경이를, 동그라미의 완전함을."

준엽은 뭘 아는지 모르는지 긴 사이를 두고 대답했다.

"그래, 믿는 수밖에."

레이니
데이

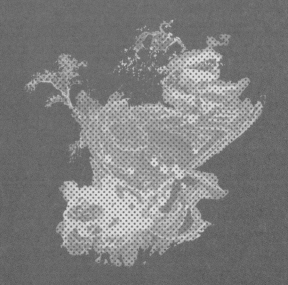

1. 안다, 기억이 시작될 무렵부터

구금비 씨가 바깥의 궂은 일기를 알아차린 것은 그녀의 딸, 신은비 양이 길쭘한 배추 잎사귀를 찢어내고 있을 때였다. 은비는 오른손에 쥔 포크수저로 고춧가루 듬성하게 묻은 김치를 찍어 비틀어댔다. 배식 아주머니는 다른 친구들에겐 모두 잘게 잘린 김치를 주면서 왜 나한테만 넙데데한 걸 얹었을까, 은비는 갸웃거리지 않았다. 그건 은비도 알 만큼 안다는 얘기였다. 엄마 금비 씨만 몰랐다. 은비가 알고 있다는 것을. 사실, 은비가 알아차린 건 꽤 오래전의 일이었다. 누군가 그게 언제부터였냐 묻는다면, 은비는 이렇게 말했을지도 모른다.

"아마도…… 기억이 시작될 무렵부터?"

2. 상대가 김치이기 때문

은비가 아무 이유 없이 그렇게 말하는 것은 아니다. 정말, 기억이 시작될 그 어린 시절부터 은비는 어린이집에 다녔고, 그때부터 알고 있었다. 자신이 다른 아이들과 다르다는 사실을. 그리고 차별이란, 이 다름에서 오는 것이라는 걸. 금비 씨는 은비를 맡김으로써 본인의 노동을 팔 수 있었다. 박한 도매금으로 매겨진 그녀의 노동은 하루하루 매진이었다. 먼지털 기운도 모두 빠져나간 후에라야 금비 씨는 은비를 찾으러 갈 수 있었다. 은비는 떨어져 있던 시간을 만회하려는 듯 금비 씨의 품을 파고들었다. 깊은숨을 들이켤 때마다 맡아지는 엄마 냄새는 시큼털털했다. 금비 씨는 바디샤워로 꼼꼼하게 씻었지만 그때뿐이지 오래가지 못했다. 바디샤워향이 엄마 냄새가 아니었던 적 없던 것처럼 이 냄새 또한 엄마 냄새라고, 은비는 눈을 감았다. 금비 씨는 몸을 앞으로 기울여 눈감은 은비의 얼굴에 그늘을 만들었다. 그늘진 얼굴을 내려보며 금비 씨는 속으로 새기고 또 새겼다. 자신이 할 일일랑 열심히 버는 것밖에 없다고.

은비가 김치를 잘게 자르는 데에 성공했다. 포크수저와 젓가락이 일군, 오직 도구만으로 이룬 쾌거였다. 은비의 젓가락질 수준은 교실에서 최고였다. 많은 친구들이 손가락 자리가 고정된 교정용 젓가락을 사용하고 있었다. 초등학생쯤이나 됐는데 말이다. '유치원 후배들 보기 부끄럽지 않은가?' 은비는 당당히 물었다. 그런데 저편에서 들려오는 목소리도 못지 않은 것 같다. '젓가락질 따위 때 되면 누구나 하는 거잖아. 한국인이라면.' 생각이란 걸 좇다 보니 이상한 데로 괴어들었 다. 은비는 찢어낸 김치 한 점을 입에 넣었다.

돈. 그것이 전부가 될 수 없음을 모를 리 있나. 전부라 여길 만큼 벌 방법도 알 리 없다. 금비 씨는 아는 걸 까먹지 않는 것조차 힘겨웠다. 그래서 그런지 금비 씨는 중얼거리는 습관 이 붙었다. 지금도 그녀는 머리칼을 쓸어 올리며 중얼거리고 있다. '최소한, 최소한의, 최소한이야……' 고개를 드는 바람 에 아이의 얼굴엔 그늘이 걸렸다.

은비는 다른 친구들이 천대하는 김치를 남기는 법이 없었 다. 그것도 먹기 싫은 것을 먹듯 삼켜버리는 것이 아니라, 다 른 어떤 반찬보다 바지런히 씹었다. 꼭꼭 씹다 보면 어떤 음 식이든 그 고유한 맛이 나온다고, 엄마가 그랬다. 뭐, 은비가 또래들 사이에서 별나게 엄마 말을 잘 듣는 아이라거나 착한 아이라는 건 아니다. 다만, 상대가 김치이기 때문이었다.

3. 마흔 살이 다 돼도 모르는 것을

그렇다면 은비는 김치만의 고유한 맛을 알고 있는가 하면 그것까진 잘 모르겠다. 과연, 여덟 살짜리가, 적어도 삼사학 년은 되어야 알까 말까 한, 아니다. 사학년이라고 뭘 알겠는 가. 마흔 살이 다 돼가는 금비 씨조차 모르는 것을. 실은 금비 씨도 김치를 좋아하지 않았다. 좋아할 턱이 있나. 공장에서 매일같이 치대고 담그는 것이 저 김치인 것을.

금비 씨의 공장에서 하루 생산하는 김치는 사 톤이었다. 그렇게나 많이 만든다고? 믿기 힘든 무게 같겠지만, 날이 차가워지는 가을부턴 믿을 수 없을 정도로 물량이 늘어나니 모르는 사람한텐 사십 톤이래도 믿을 것이다. 자기 사업에 자부심 강한 사장을 똑 빼닮은 반장의 독려 멘트 속에도 빠지지 않는 것이 이 '사 톤'이었다.

"자자자자,"

'짝짝짝짝!' 네 번의 박수 소리와 함께 네 번의 '자'가 터져 나오면 그때부터 자동으로 '사 톤'이 따라 나오게 되어 있는 것이다. "자자자자, 얼마 안 남았어요! 오늘도 달립시다! 사 톤을 향해! 아자아자!" 그렇게 달리기 위해 공장은 사위가 어두운 새벽부터 분주했다. 속이 꽉 들어찬 배추들로 빈자리 없이 빼곡하게 채운 박스가 공장 안으로 하차하면, 잎사귀에 맺힌 이슬이 걷히기도 전에 배추는 새벽조원들의 손을 탔다. 기계처럼 허리를 굽혔다 펴는 그들은 박스에서 배추를 뽑아내 식칼로 밑동을 쳐냈다. 무심하지만 불필요한 동작이 없는 그 손길을 지나면 배추는 운반 장치에 실려 절임통으로 떨어졌다. 그사이, 자동절단기의 톱니가 배추를 반으로 길게 잘랐다. 대형 절임통에선 허리까지 올라오는 바지랄까 장화랄까 부르기 고민되는 그것을 입은 작업자가 층층이 배추를 쌓았다. 벽돌과 벽돌 사이 시멘트를 바르듯, 잘 쌓인 배추 위에 또 다른 작업자가 소금을 뿌리며 농도를 맞추면 이날의 염장이 끝났다. 여기까지가 고된 일과의 전부였으면 좋겠지만, 그제야 보통 사람들의 출근길이 열릴 시각이었다.

그즈음 금비 씨도 눈 비비는 은비를 떠밀어 학교에 보내고 공장에 도착했다. 아침을 들러 간 새벽조원들은 식후에 휴게실에서 한 시간가량 오수에 빠졌다. 그사이, '화이트맨'으로 변신을 마친 금비 씨가 전날 절여놓은 배추의 세척 작업에 들어갔다. 작업복, 앞치마, 고무장갑 할 것 없이 온통 흰색으로 감싼 뒤, 마스크 걸이가 달린 모자까지 쓰고야 화이트맨으로의 변신 완료였다. 금비 씨는 온통 여탕인데, 왜 '맨'이 붙나 의문을 가진 적도 있었다. 하긴, 바이오맨도 후뢰시맨도 모두 남자들로만 구성된 것은 아니질 않나. 여기도 새벽조가 물러간 자리엔 오직 여인들의 힘으로 공장이 돌아갔다. 거긴 베트남에서 올라온 응언이나 중국에서 건너온 왕팡도 있었다. 왕팡이 공장에 온 첫날, 작업복을 갈아입고 나온 그녀가 모델처럼 한 바퀴 뱅그르르 돌더니 한 말이 바로 이것이었다.

"온니들, 화이트맨!"

눈만 빠끔히 내놓으니, 맨인지 우먼인지 누가 알까. 갓 스무 살을 넘겼던 응언도 왕팡도 이제 어른어른 삼학년이 가까워왔다. 이곳의 언니들은 다들 순순히 나이를 부르는 법이 없었다. 학년, 반으로 일컬었다. 금비 씨도 한참 오지 않을 것만 같은 사학년이 어느새 코앞이었다.

　사학년이 되면 알게 될까? 김치의 맛을? 모르면 어떡하나?
그럼 금비 씨는 자기도 모르면서 은비에겐 왜 그렇게 얘기해
왔던가? 꼭꼭 씹으면 뭐든지 고유한 맛이 난다고. 그 이유까
진 알 길 없으나, 어쨌든 은비가 먹기 싫은 김치를 꼭꼭 씹듯
이, 금비 씨도 곱씹기 싫은 것을 새기고 또 되새기고 있었다.
오늘만 해도 그렇다. 딸내미 손에 우산 하나 쥐여줄 정신도
없이 일터로 향했던 발자국에는 그날 하루치의 되새김질된
다짐이 뚝뚝 묻어 있었다.

4. 꼭꼭 씹느라 턱이 바쁘다

　은비는 김치처럼 다른 것도 꼭꼭 씹는 편이었다. 그래서 일
학년 사반의 점심시간엔 은비 주변만 조용했다. 은비는 그게
다 자신의 꼭꼭 씹는 습관 때문에 그런 거라고 생각했다. '내
턱은 너무 바빠서 말할 새가 없지!' 그러나 점심시간이 끝나
고 수업 시간에도 은비에게 장난을 걸거나 귓속말을 하는 친
구는 없었다. 쉬는 시간에도, 체육 시간에도 은비는 침묵에
에워싸여 있었다. 침묵 속에서 은비는 질긴 공상을 이어갔다.
'점심시간이 아닐 때에도 모두들 꼭꼭 씹기 바쁜 턱을 가졌으
면……' 모두라고 했으니, 선생님들도 예외는 아니다. 오물
오물 씹기 바쁘니 하기 싫은 공부를 가르칠 이도 없을 테다.
훗날 어떤 존재가 되고 싶다 생각해본 적은 없지마는 은비는

턱이 바쁜 선생님을 대신해 수학 선생님이 되는 상상에 잠시 빠져보았다.

"여기, 열심히 달리느라 배가 홀쭉해진 마을버스 한 대가 기름을 먹으며 쉬고 있어요. 그동안 먼저 출발했던 버스들이 운행을 마치고 돌아오기 시작하네요. 한 대, 두 대, 세 대째 나 돌아올 때까지 차고지를 나가는 버스는 한 대도 없었어요. 실컷 배를 채운 버스가 따사로운 볕에 그만 잠이 들었지 뭐예요. 누가 잠든 버스 좀 깨워줘요!"

"선생님, 그래서 문제가 뭐예요?"

"음, 지금 차고지엔 모두 몇 대의 버스가 있는 걸까요?"

그러면 골똘하느라 잠시 턱이 덜 바빠진 녀석 하나가 이렇게 토를 달지 모른다.

"선생님, 전 버스 같은 거 안 타는데요?"

은비는 저도 아이지만, 순진함을 가장한 아이들의 공격이 무서울 때가 많았다. 그들은 깊은 생각 없이 사람과 세상에 대해 지껄이곤 했다. 문득, 은비가 처음 그 단어를 들었을 때가 생각난다.

"우리 아빠가 그러는데, 너 같은 애를 부르는 말이 따로 있대."

은비는 무슨 말인지 알아들을 수가 없어서 얼른 기분이 나쁘지도 않았다. '튀김?' 그건 은비가 정말 좋아하는 것이다. 다시 말해달라고 요청하는 것도 우스운 노릇이어서, 당시엔 그냥 잘못 알아들은 채로 넘어가고 말았다. 무어라 불렸든 굳이 엄마한테까지 그 말과 뜻을 물어볼 필요는 없다고 생각했다. 시간이 지날수록 알 것 같았기 때문이다. 친구의 입에서 나온 말이 튀김이었다면, 그 같은 표정을 짓고 있었겠는가. 맛있는 튀김과 반대로 '퉤퉤' 침을 뱉는 것만 같았던 표정은 은비로 하여금 자신이 남들과는 다른 존재라는 걸 다시금 각인시켰다.

가만 생각해보니 모두가 꼭꼭 씹느라 바쁜 턱을 가진다면, 공부는 일기 쓰기나 독서장 숙제로 많은 것들이 대체될지 모른다. 은비는 자기더러 어떻게 부르건 글씨 하나는 저희들보다 훨씬 반듯하게 쓸 줄 안다고 생각했다. 한번은 머릿속에 들어 있던 우스운 발상을 행동으로 옮긴 적이 있었다. 일부러 책상 끝 아슬아슬한 자리에 독서장을 놓고 쉬는 시간 내내 기다렸다. 십 분간의 쉬는 시간이 한 시간보다 더 길게 느껴지던 그쯤, 책상 사이를 운동장처럼 뛰어다니던 말썽쟁이 하나가 은비의 독서장을 치고 지났다. 독서장은 공중을 붕 날아 바닥에 떨어졌다. 활짝 날개를 펼치듯 떨어진 노트를 주운 녀석은 절로 감탄을 흘리고 말았다. 그것은 은비가 그토록 듣고 싶었던 말이었다.

"우와, 어른 글씨 같다!" "어디? 어디?"

독서장이 은비에게 오기도 전에 뭐든 호기심으로 똘똘 뭉친 사내 녀석들이 은비의 독서장을 둘러쌌다. 터져 나오는 감탄이 조금이라도 오래 이어지길 바라며, 은비는 일부러 제 독서장을 빨리 낚아채지 않았다. 그때, 앙칼진 목소리 하나가 튀어나왔다.

"근데 은비 독서장에는 왜 선생님이 아무 말도 안 남겨놨지?"

아이들은 그러고 보니 그렇네, 하며 웅성거렸다. 워낙 아는 게 많은 은비라지만, 그것만은 몰랐다. 선생님이 독서장에 꼭 몇 자라도 빨간색으로 확인을 남긴다는 사실을. 하다못해 '참 잘했어요'처럼 의미 없는 말이라도 없었다. 턱은 꼭꼭 씹느라 바쁜 거라지만, 선생님의 손가락은 무엇으로 바쁘기에 은비의 독서장에만 아무 말도 남기지 않은 걸까?

은비의 점심시간이 다 끝나가고 있었다. 마지막까지 꼭꼭 씹자. 금비 씨는 그렇게 꼭꼭 씹고 되새기다 보면 영양소가 고루 쌓일 거라고 했다. 그녀도 그렇게 되새기는 노동의 가치, 의미가 새록새록 쌓이면 좋겠다고 생각한 적 있다. 그러나 갈수록 그녀가 실감케 되는 것은 돈의 가치, 위력뿐이었다.

5. 청춘이 기억하는 언어들

구금비 씨가 꿈꾸었던 세상은 누구나 저만이 가진 향기를 아뜩하도록 뿜어내는 아름다운 곳이었다. 그녀가 공장에 들어온 지 얼마 되지 않았던 시절이었다. 어느 날, 왕팡이 자취를 감추었다. 마스크에 가리었지만 누구보다 쌩글쌩글 자주

웃던 그녀였다. 그녀의 웃음소리가 사라졌어도 수소문하는 이는 아무도 없었다. 하루 이틀은 몸살이 났나 싶어 기다렸고, 그 뒤론 "역시 짱껄라 아니랄까 봐" 하는 얘기가 아무렇지 않게 돌았다. 그녀를 향해 관리자가 했던 유일한 말은 이것이었다. "배가 불렀지, 어디 궁해보라고, 제까짓 게 어딜 가겠어." 금비 씨도 한 사람의 노동자일 뿐, 왕팡의 주소를 알아낸다거나 팔을 걷어붙일 깜냥은 없었다. 그러나 언제부턴가 그녀의 귓전에 왕팡의 웃음 섞인 목소리가 떠나지 않았다.

"온니들, 화이트맨!"

왕팡의 집으로 향하는 마을버스에 몸을 싣고서부터 금비 씨는 차창에 머리를 찧고 싶었다. 그렇게라도 하질 않으면 번다한 생각들을 내쫓을 수 없을 것 같았다. 그런 건 왜 물어보냐는 반장의 뜨악한 표정부터, 막상 왕팡을 맞닥뜨렸을 때 할 말도 좀체 떠오르지 않았다. 빠진 사람 몫을 고스란히 나눠 안은 남은 자들의 고충을 대변하기 위한 행차인가? 아니면, 이주여성 노동자들의 빤한 삶을 목격하기 위해서? 봉고보다 조금 큰 덩치의 버스는 검은 매연을 뱉어내며 산복도로를 달리고 있었다. 사념이 거기까지 괴어들자 금비 씨는 뒤늦게 자신의 처지를 돌아볼 수 있었다. '은비한테 오늘 늦을 거란 얘기도 못했는데……'

금비 씨는 전날 절여놓은 배추의 뿌리 부분을 제거하기 시작했다. 밑동 잘린 배추들은 총 세 번의 세척 과정을 반복했는데, 기계가 아무리 발달해도 마지막 세척 과정만은 꼭 사람의 손을 타야 했다. 속을 뒤집어서 한 장 한 장 씻어주는 과정이 오전 내내 반복됐다. 뒤집어 차곡차곡 쌓아 올린 배추에서 물이 빠지길 기다리는 동안, 그들은 점심을 뜨러 이동했다. 구금비 씨가 바깥의 궂은 일기를 알아차린 것은 그녀의 왼뺨으로 한 방울의 비가 긋고 지났기 때문이었다. 그녀의 턱이 절로 위로 들렸다. 컴컴한 색의 구름이 덩치를 부풀리고 있었다. 하늘은 금세 먹빛으로 옷을 갈아입었다. 금비 씨는 중얼거렸다. '원래 하늘이 무슨 색이었지?' 푸르렀던 모습이 도무지 떠오르지 않았다.

며칠…… "며칠만 더 있다가……" 왕팡은 채 말을 끝맺지 못했다. 그녀는 고개를 외로 돌렸다. 그녀의 시선을 따라 금비 씨도 고개를 돌렸다. 그때 보았던 하늘도 푸른색은 아니었다. 다저녁의 어둑선한 하늘빛과 꼭 같은 색의 어둠이 왕팡의 왼쪽 눈두덩에도 내려앉아 있었다. 왜…… "대체 왜"라는 무기력한 말이 금비 씨의 입에서 흘러나왔다. 왕팡은 대답 대신 물었다.

"언니, 내 이름요, 무슨 뜻인 줄 알아?"

"으응? 몰라."

"향기. 향기로운 사람."

"……"

"근데 냄새난다고 맞았어."

금비 씨는 벌건 것들로 채워진 식판을 내려보며 '비정규직 철폐'라는 단어가 떠올랐다. '왜?'라는 의문을 가질 새도 없이 막 단어가 튀어나오는 것이 아닌가. 김치지짐이를 찢을 때는 '외국인노동자 인권'이라는 말이 쏜살같이 지나갔고, 김치찌개를 뜰 때는 '총파업'이라는 말이 앵앵거렸다. 대체 웬 말들이냐? 금비 씨는 어디 먼 나라의 언어처럼 들리는 그 말들이 던지는 생경함에 어리둥절했다. 그때의 왕팡도 틀림없이 어리둥절했으리라. "한국 사람들은 다 김치 냄새 좋아하는 줄 알았어." 어리둥절함이 걷힌 자리에서 금비 씨는 왕팡처럼 작게 고개를 끄덕였다. 지금이야 어디 먼 나라의 언어처럼 들리지마는, 실은 그것들 모두 금비 씨의 청춘이 기억하는 언어들이었다. 다 잊어버렸다지만, 데자뷔처럼 생기하는 그 말들에 '화이트맨'이라는 단어도 포함시켜야 할 것 같다는 생각을 했다. 멍이 삭을 며칠 후엔 꼭 화이트맨으로 변신하겠다던 그녀의 모습은 더는 볼 수 없었다. 금비 씨도 다시 그녀를 찾진 않았다.

'다 좋아할 줄 알았지? 아냐. 나만 해도 꾸역꾸역 먹고 있는걸. 이 벌건 것들…… 우린 화이트맨이 아니야. 퇴근 때 한번 봐, 보라고. 벌건 양념에 푹 절인 우린 레드맨이야.'

금비 씨는 체하지 않도록 꼭꼭 씹었다.

6. 금비에게만은 언제나 새로운 은비다

은비에게 '신'이라는 성씨를 붙인 것은 전적으로 금비 씨의 감각이었다. 그녀의 이름에 '구'가 붙었으니—혹시나 해서 덧붙이는데, 구금비 씨의 성이 '옛 구(舊)'를 쓰는 것은 아니다!—은비의 삶이 저와는 전적으로 달랐으면 하는 소망으로 '새로울 신(新)'을 붙인 것이었다. 그 같은 한자를 성씨에 사용하는지, 그래도 되는지 모르지만 성명학 따위가 금비 씨 청춘의 언어를 구성할 리는 없으니 아무렴 어떠랴! 그러나 개명 신청은 쉽게 받아들여지지 않았다. 제도뿐이 아니었다. 선생님도 친구들도 자기들과 이름만 비슷해졌지, 눈코입은 여전히 낯선 모습 그대로인 은비의 새로운 성을 받아들이려 하지 않았다. 그러거나 저러거나 금비에게만은 은비는 언제나 새로운 은비였다. 금비는 은비에게 드리울 오래된 그늘일랑 그늘은 죄 걷어버리려 했다. 설령 그것이 사랑했던 사람의 성씨라 할지라도 말이다.

벌건 것이 묻어 경계를 넓힌 입술이 움직임을 멈췄다. 뭔가를 잔뜩 문 채 콧김을 내쉬었다. 꼭꼭 씹다 보면 그렇게 턱이 아프기도 한 법. 너무 바삐 씹었나. 금비 씨는 멍하니 벽에 붙은 시계를 올려다봤다. 그러곤 누가 세게 등을 때리기라도 한 것처럼 몸서리치며 다시 맹렬하게 턱을 움직이기 시작했다.

금비 씨는 작업반장에게 오늘은 평소보다 조금 일찍 퇴근해도 되겠냐고 머리를 조아렸다. 씨알도 먹히지 않는지, 반장의 목소리가 냉랭하다. 금비 씨는 급한 마음에 반장의 손을 덥석 잡았다가 뜨거운 걸 만진 것처럼 얼른 놓았다. 반장의 노기는 일시적으로 놀람에 치였으나, 금방 그 자리를 짜증이 대체했다. 그런 반장의 표정은 사장의 복심이 되어 완장을 차기 전부터 지금까지, 지긋지긋하게 보아왔다. 거인이 함부로 눌러 빚은 것처럼 납작하고 길기만 한 얼굴은 하관까지 빤 탓에 그를 보는 누구든 어떤 나라를 떠올리게 했다. 저 멀리, 가본 적 없는 남아메리카 대륙의 칠레라는 나라를. 거기에 생산량을 핑계로 직원들을 잡도리할 때면, 그는 밀려오는 짜증으로 가파른 안데스산맥을 일으켜 세웠다. 그 압도적인 길이는 직원들이 외면하고 싶어도 시야의 끄트머리 어드메엔 꼭 들어오기 일쑤였다. 자전하는 지구처럼 아예 고개를 돌려버리지 않는 이상. 금비 씨의 수그린 고개가 허리까지 내려온 이유도 다른 데 있는 것이 아니었다.

"자기야, 안 그래도 손 없는 공장에서, 정말 이러기야?" 반장이 거기까지만 나왔어도 금비 씨의 숙인 허리는 언제라도 더 곱아들 수 있었다. 까짓것 꿇으라면 무릎쯤 뭐가 어려우랴! 괜히 쓸데없는 속말까지 뒤엉키고 있는데, 반장이 입을 뗐다.

"자기도 왕팡처럼 허파에 바람 들었어?"

금비 씨는 허리를 일으켜 세웠다.

"뭘 봐?"

은비는 그 말을 하지 못한 것을 두고 몇 날 며칠을 앓았다. '뭘 봐!' 단 한마디를 하지 못한 은비는 기어들어가는 목소리로 "줘⋯⋯"라고 했다. 몇 번이나 반복해서. 다음 수업 때에 맞추어 선생님이 들어오시지 않았다면 독서장이 은비에게 돌아올 수 있었을까. 손바닥으로 교탁을 두드리는 선생님이 "왜 이리 소란하죠?"라고 물었다. 아이들의 대답이 없자, 반장 쪽으로 고갤 돌려 턱짓을 했다. 반장은 은비에게 손가락을 쭉 뻗으며 답했다.

"은비 독서장 때문에 남자애들이⋯⋯"

"거기 뭐가 쓰여 있었지?"

"아무것도 안 적혀 있었습니다."

선생님은 그럴 리가 없지만, 아무것도 안 적혀 있다면 뭘 보기 위해 그렇게 둘러싸고 있었느냐고 물었다. 반장이 어깨만 으쓱 올리자, 선생님은 은비에게 눈을 돌렸다. 은비는 손에 들린 독서장을 가지고 교탁 앞으로 나갔다. 독서장을 펼치던 선생님은 그제야 알아차렸다. 아무것도 적지 않은 것은 선생님의 글씨였다는 걸.

"한국 사람이면 한국말을 알아들어야지"라는 선생님의 말이 은비의 심장을 찌르고 들어왔다. 학기 초, 은비는 담임선생님 난이 따로 질러진 독서장을 사지 않았다. 다른 친구들처럼 금비 씨가 은비의 가방, 신발주머니, 필통 등을 챙겼지만, 독서장 같은 건 챙기지 못했다. 은비 또한 제가 보기에 엄마는 독서장 말고도 신경 쓸 일이 많았다. 은비는 금비 씨가 준 푼돈을 아껴 정식 독서장보다 조금 싼 보통 공책을 독서장으로 장만했던 것이다. 이제 한 권을 다 채워간다. 은비는 조금만 더 버티자고 생각했다.

"들어가!"

금비 씨는 뒤돌아 작업대로 향했다. 그냥 조퇴 처리해버리라고, 일당에서 반 토막 내라고 겨우 할 말은 했다지만 분이 풀릴 리 없었다. 잘 알지도 못하면서 왕팡을 올리다니, 장화 속으로 진땀이 흘렀다. 몸이 떨렸다. 분노하는 법쯤 다 잊어버렸다고 생각했었는데…… 금비 씨의 입에선 바람 빠지는 실소가 새 나왔다.

폭이 넓은 스테인리스 판에 양념이 카펫처럼 두텁게 깔렸다. 이 양념은 오수에서 깬 새벽조원들이 돌아가면서 만들었다. 물에 불린 태양초를 통마늘과 함께 거대한 기계의 주둥아리에 집어넣어 곱게 갈면, 숙성한 액젓과 끓여 식힌 해물 육수를 부어 섞었다. 거기 채 썬 무와 파를 쏟아붓고 한 시간가량 섞어주면 이 붉디붉은 카펫이 완성되었다. 내리깔린 카펫으로부터 올라온 매운 공기가 공장을 메웠다. 스테인리스 판을 사이에 두고 마주 선 작업자들은 벌건 양념을 훔친 고무장갑으로 절인 배추의 속을 연신 드나들었다. 작업복 속은 너나 할 것 없이 젖어가기 시작해 작업이 끝날 무렵엔 흠씬 비를 맞은 것처럼 장화 밑바닥이 질척질척했다. 맨 앞에 선 사람이 듬성듬성 양념을 뿌리다시피 하면 중간 그룹이 섞어주고, 뒤로 갈수록 양념이 뭉친 곳은 닦아내고, 허연 부분은 색을 입히는 과정이 반복됐다. 무청과 배추를 골고루 섞어서 비닐에 넣는 마지막 단계까지 끝나면 반장이 공기가 들어가지 않게 비닐을 최대한 압박하고 꼬아서 케이블타이로 매듭을 묶었다. 볶음김치, 맛김치, 총각김치, 묵은지…… 김치의 종류는 다양하기만 하지만 치대고, 치대고, 또 치대는 궁둥이들은 모두 같은 모양이었다. 한창 치대기에 여념이 없는 금비 씨는 모를 테지만 말이다. 다른 작업자들도 마찬가지였다. 반장한테 쪼이고, 사장의 부릅뜬 눈에 어디 남들 궁둥이 볼 겨를이 있어야지. 봤다면 틀림없이 소녀들처럼 웃음을 터뜨렸을 것이다.

금비 씨의 청춘 시절도 어디 분노와 투쟁의 언어로만 빼곡했으랴. 카심, 그와 나누었던 무언의 수다는 사랑의 언어가 아니었나! 그의 이름은 카심 토카레프. 금비와 카심의 수다는 일상의 언어로 옮아가기도 전에 끝을 맺고 말았다. 그는 금비, 은비의 곁을 떠났다.

7. 시간을 통과하면 웬만한 것은 다 알게 된다

점심시간이 끝난 아이들은 방과 후 돌봄 프로그램의 일환으로 두어 시간 더 학교에 남아 있을 수 있었다. 점심시간 내내, 은비는 창밖에 눈을 던진 채 오물거리고 있었다. 말동무가 없어서 그 눈길이 창 너머를 향하고 있었던 것은 아니라고, 누가 묻는다면 은비는 얘기하겠지만 그렇게 물을 사람은 아무도 없다. 이유야 어쨌든 그 덕분에 은비는 일학년 사반에서 창을 길게 그어가는 빗줄기를 처음 발견한 친구가 되었다. 그리고 가장 오래 지켜보고 있을 아이도 다름 아닌 은비의 차지가 될 것이다. 은비는 알고 있었다. 아울러 시간이 지날수록 긴가민가하던 것 하나도 점점 확신할 수 있을 것 같았다.

'내리는 저 비는 아무리 기다려도 그치지 않을 거야!'

은비는 생각했다. 제아무리 긴가민가하던 것도, 알쏭달쏭한 것도 시간을 통과하면 다 벗어진다고. 멀끔한 꼴로 알아차리게 된다고. 하지만 여전히 불가해의 영토에 갇힌 채, 한 발짝도 움직이지 않는 것도 있다. 카심이 떠난 지 벌써 몇 해가 흘렀지만, 그것만은 이유를 모르겠다. 엄마는 왜 '그것'을 버렸을까. 은비의 동의 따위 받질 않고, 카심의 허락도 구하질 않고. 분명 그것은 카심의 것이었다. 그가 남긴 몇 안 되는 유품이었다.

유품? 일개 물건일 뿐이라 여길 순 없었나? 꼭 그같이 무거운 의미의 딱지를 붙여야 했던 걸까, 하고 은비는 고개를 떨어뜨렸다. 엎질러진 물을 주워 담을 수 없다는 걸 알지만, 은비는 이미 사라져버린 '그것'을 두고 생각을 이어가고 있었다. 그것은 카심이 금비 씨를 만나기 이전부터, 그러니까 그가 고국으로부터 가지고 온 자그마한 짐 가방 속에 당당히 한

자리를 차지하고 있었다. 금비 씨도 얼마나 소중한 것인지 모르지 않았으리라. 왜냐하면 카심이 아니었다면, 카심의 그것이 아니었다면, 너무도 빨리 지나가버린 청춘 시절의 금비를, 그녀가 내던 빛을 가둘 길은 아마도 없었을 터이기 때문. 그러나 이미 사위어버린 청춘의 소실점에 선 이즈음의 금비 씨에게 그와 관련한 유품 따윈 그녀의 딸, 은비에게 드리울 그늘 이상도 이하도 아니었다. 거기까진 은비도 다 아는 사실이었다. 그렇다면 '그것'에 관해 금비 씨만 알고, 은비는 모르는 것이 있을까. 일학년 사반에서 제일 아는 게 많은 은비조차 결코 알 수 없고, 차마 닿을 수 없는 어떤 이야기가 있을까.

8. 금비 씨만 알고, 은비가 모르는 것

반장은 금비 씨의 길을 쉽게 열어주지 않았다.

"하나만 묻자. 금비 씨, 어딜 그렇게 바삐 가?"

"지금 가야 해요."

"누가 가지 말래? 어디 가는지만 알자고오." 금비 씨와 반장을 제외한 작업자들의 눈길, 손길은 여전히 스테인리스 판으로 쏟아져 들어오는 깍두기에 벌건 옷을 입히기 바빴으나, 그 속도가 눈에 띄지 않게 느려진 것은 사실이었다. 말이 없는 금비 씨의 입만 좇던 한 작업자는 하마터면 그녀를 향해 소리칠 뻔했다. '언니, 그냥 죄송하다고 해!' '아무 말이든 하라고!'

금비 씨가 마스크를 벗었다. 팽팽한 공기를 끊어낸 금비 씨의 입에서 튀어나온 말은 그들의 기대와는 퍽 달랐다.

"제가 반장님한테 그런 것까지 보고해야 합니까? 네? 내가 공무원이라도 되나요?"

반장은 맥이 탁 풀린 사람처럼 턱을 떨어뜨렸다. 은비가 봤다면 한마디쯤 쏘아주었을지 모른다. '아저씨, 꼭꼭 씹질 않고요!'

꼭 그 말을 듣기라도 한 것처럼 반장의 턱이 올라붙었다. 그래봐야 칠레가 어딜 가나. 그는 붉게 물든 고무장갑을 벗고 있는 금비 씨의 팔꿈치를 낚아챘다.

"이 누님이 미쳤나? 방금 얘기 사장님께 똑같이 전한다?"

그는 턱을 당겨 앞이마를 금비 씨 쪽으로 디밀었다. 미간에 굵은 줄이 패고, 매부리 콧등이 안데스처럼 융기했다. 그쯤 작업대의 궁둥이들은 모두 움직임을 멈추고 금비와 칠레로 눈길이 모였다. 금비 씨가 말했다. "밖에 비 오는 거 몰라?"

칠레가 갸웃했다.

"비켜."

사고 당시, 카심이 누운 자리 근처에서 '그것'이 발견됐다고 했다. 현장의 동료들은 그가 산재 판정을 받는 데에 불리한 증언을 했다. 작업이 잠시 쉴 때마다 그는 그것을 들여다보거나 그것으로 풍경을 담곤 했다는 것이었다. 금비 씨는 의아했다. 그의 작업장은 아름다움과는 한참 거리가 먼 곳이라고만 생각했기 때문이다. 그리고 유품으로 돌아온 그것에는 아무런 풍경도 들어 있지 않았다. 얼마간의 시간이 흘러 그녀는 더디 깨달았다. 동료들의 증언이 진실인지 아닌지만 좇느라 싸움에서 이길 수 있는 프레임이 완전히 이지러져버렸다는 것. 비록 그들의 증언이 거짓이 아니더라도, 그것이 그의 죽음에 어떤 원인이 되었음을 입증하는 것은 아무것도 없었다.

'조작이다!'

뒤늦게 외치고 또 외쳤지만, 아무도 금비 씨에게 힘이 되어주지 못했다. 이상을 위해 싸우는 줄로만 알았던 높으신 분들 역시, 한 불법체류 노동자의 죽음 앞에 가능성을 이야기했다. 확률에 대해 말했다. 그녀만 공중에 붕 띄워놓고 모든 이들이 현실과 납작하게 밀착되어 있었다. 그녀도 오래 버티지 못하고 내려올 수밖에 없었다. 은비와 함께 생을 이어가기 위해. 그러기 위해선 '그것'부터 버려야 했던 것이다.

9. 세상이 번쩍이고, 손이 하얗게 변하고

한참 동안 떨어뜨린 고개를 들자, 처마 끝에서 수직으로 떨어지는 빗줄기가 눈에 들어왔다. 은비는 무언가 큰 결심을 한 듯 한 걸음, 또 한 걸음 빗속으로 내딛기 시작했다.

금비 씨는 두방망이질하는 심장 소리가 귓전을 때리는 와중에도 '이게 얼마나 오랜만에 타는 택시지?'라는, 다소 엉뚱한 생각을 했다. 그리곤 누가 보는 사람도 없는데, 머리를 흔들어 생각을 쫓아버렸다. '벌써 가버리진 않아야 할 텐데……' 우산을 쥔 금비 씨의 손이 하얗게 변했다.

눈꺼풀을 올리자, 하얗게 변해 부들부들 떨리고 있는 손이 눈에 들어왔다. "비켜" "못 비켜"가 몇 차례 반복되던 것까진 또렷한데, 대체 그 뒤에 펼쳐진 상황에 대해선 현실감이 들지 않았다. 칠레가 두 팔로 금비 씨의 어깨를 밀친 것은 순식간이었다. 그리고 그만큼이나 삽시간에 욕설들이 튀어나왔고, 아니 그보다 먼저 포기김치가 별똥별처럼 공중을 날았다. 절박하게 내지르는 칠레의 높은 비명 소리와 "가!" "금비야, 가!" "허파에 바람이 안 들면 죽지, 죽어!" 같은 외침들이 뒤엉켰다. 금비 씨는 뒤로 넘어지면서 질끈 감았던 눈을 겨우 떴다. 삐기라도 한 듯 손목에 저릿한 통증이 지나갔지만, 그렇게 손바닥으로라도 짚은 것이 다행이었다. 흰 손바닥이 빠르게 붉은빛을 찾는 걸 보니, 모든 것은 정상이었다. 금비 씨는 누가 뒤에서 그녀의 궁둥이를 밀기라도 한 것처럼 스프린터로 분해 공장을 빠져나갔다.

택시에서 내리자마자 세상이 번쩍였다. 하늘 어딘가 구멍이 뚫린 것 같은 소리가 뒤이어 따라왔다. 운동장을 대각선으로 가로지르는 저만치 먼 곳에 은비가 있었다. 은비는 번개가 칠 때마다 우뚝 멈춰 서서 하늘을 올려다보았다. 그리고 다시 작은 몸을 움직였다. 그 모습을 보는 금비 씨의 목을 무언가 꽉 잠그고 놓아주지 않았다. 입을 떼면 금방 울음이 터질 것만 같아 아주 잠시간, 금비 씨는 은비를 부르지 못했다.

10. 둘의 하늘은

금비 씨는 거친 숨을 뱉으며, 은비의 어깨를 꽉 움켰다. 다행히 은비가 우산 없이 걸어온 거리는 그리 길지 않았다. 되돌아 둘이 운동장을 지를 길은 꽤 멀어 보였다.

"비 맞잖아. 엄마 기다리질 않고."

"엎질러진 물 대신 비로 채우기로 했거든."

"응?"

"아냐. 그냥 괜찮다는 말이야."

"은비야, 엄마한테는 그런 말 안 해도 되는 거야."

"괜찮다는 말?"

"그래."

"고마워. 와줘서."

"그 말도 마찬가지."

"몰랐어."

"뭘?"

"엄마, 엄청 빠르다는 거."

"빠르긴, 오늘도 엄마가 제일 늦었잖아."

"아니야. 체육 선생님보다 더 빠르겠던데?"

"비밀 지켜줄래? 실은 엄마 뒤엔 누가 있어. 화이트맨이라고…… 가끔 급할 땐, 아까처럼 뒤에서 밀어줘."

"믿어줄게."

"그래. 고맙다."

"그런 말 안 해도 돼."

"응. 비야, 번개 칠 때 많이 무서웠지?"

"아니. 하나도 안 무서운데?"

"그럼 왜 그때마다 멈추고 하늘 올려다봤어? 엄마가 다 봤는데?"

"봤어?"

"엄마가 미안, 다음엔 꼭……"

"하늘에서 카심이 사진을 찍어주거든."

"응?"

"또 번쩍일 땐 같이 찍을래?"

운동장이 끝나는 지점에서 다시 세상이 번쩍였다. 금비은비는 "김치"라는 말과 함께 고개를 들었다. 녹슨 우산살이 둘의 하늘을 만들고 있었다.

섬
자장가

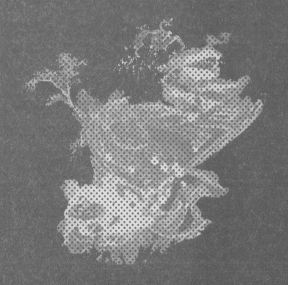

저기, 사내가 온다. 아무렴 인자는 사내라고 불러야겠재.
갯바램이 불 쩍마다 속절없이 벗어지는 알머리하며, 검버섯
으로 얽은 뺨을 가진 얼라를 본 일은 이날 입때껏 없으니까.
참말 오래 걸렸구나. 늬 섬 떠나고 다시 오는 길이 일 주갑(周
甲)이다. 시알릴라꼬 시알린 기 아이라 딱 마침하게 왔네. 뭐
시 산 세월이 이만하면 일일이 손꾸락을 접어가 시알리도 천
장에 새빌(샛별) 뜰 때꺼정 다 못 신다. 인자 그랄 총기도 읎
고. 바당 우남 내려앉은 봉래산 대강이맨치로 흐리터분해가
내 나가 멫인지도 모린다. 일 주갑인지 십 주갑인지. 안즉 소
실되지 않는 거를 보믄 얼매나 더 살아야 살 만큼 산 기 되는
지 모리겄다고, 고 장석처럼 붙은 대강이만 흔들고 있는 기

재. 그캐도 저런 자석을 보면, 고마 고만 살아야재 싶은 마음만 굴떡이재.

어휴, 야 일마야, 저게 뭔 지랄을 떠는 기고.

손 없는 날 고집한다꼬 용달기사 오만 원 더 얹어준 거도 모잘랐던 갑지. 용한 짓거리는 골라감서 지 혼자 다 한다. 하꼬방도 하꼬방도 저런 하꼬방이 있나. 그런 집구석에 겨들어감서 뭐시 어째. 성주를 찾고 있어. 놀고 앉았다. 성주가 다 뭐꼬, 고것들 다 나자빠진 지가 은젠데. 고놈의 숨만 붙어 있던 성주들, 조왕들 밥 채려줘도 어데 힘달가지나 있나. 꼴값 떨고 자빠졌다. 자빠라졌다 앉았다가 아주 옘빙이 났네. 옘빙이 나. 아이고, 소금 쳤으면 됐지. 팥도 가왔나? 하는 김에 쑥도 태우고 바가지도 깨고 아조 야단벅구통을 만들어보지. 아야, 거 멀쩡한 빗자루는 와 분질러뜨리노. 아주 골고루여, 골고루.

이것도 집이라고 골랐냐, 이노마야.

수정동 산비탈에 똬리 틀어 앉은 성주가 아이고 성님 카겠다. 아미동 저짝 무덤 우에 올린 집도 이보다는 낫겄다 자석아. 니가 섬바람을 그새 이자묵었나. 봄가을은 우야든동 난다 캐도 저 꼴같잖은 바람벽으로 동장군을 우째 막아낼라 카노. 또 염하(炎夏)의 볕은 저 선풍기 한 개로 식힐라꼬? 하이고, 집은 집이다. 그쟈? 무덤도 집이라 안 카나. 여가 니 못자리재? 암만 그캐도 벌씨로 종칠 자리 찾아오는 건 안 맞지. 너거들 명줄이란 게 다 정해진 지력시가 있는데, 안 그릏나? 정 그리 갈라꼬 발버둥이믄 내캉 가티 가자. 신도 다 죽어 나자빠지는 시상 아니냐. 나도 얼마 안 남았으이께, 세상 베릴 때 가티 가믄 안 되겠나. 나가 니 안아가 갈꾸마. 가서 염라한테 꿇어앉히가 어리석고 불쌍한 놈이라꼬 말 한마디 얹어줄꾸마. 근데 나가 지끔 무신 소릴 씨벌이고 앉았나. 노망이 나도 단단히 났는가 부네. 죽을라꼬 하는 인사가 저리 공을 들여서 썰고 닦고 할 리가 읎재. 그래, 살아라, 살아. 암만 그캐도 니 사는 동안은 내 안 사라질 텐께. 아야, 고만 닦아라. 문설주 내리앉는다.

하이고, 것도 짐이라고 부둥키고 왔냐.

어여 풀어보그라. 내사 이래 단출한 살림은 츰 본다. 장군님이 한양으로 바람처럼 다말아갈 쩍에도 등허리에 멘 활통하고 칼 한 자루가 전부긴 했재. 근데 그건 휘하의 졸개들이 바글바글하이 그랄 수 있었재, 안 그릏나? 졸개들꺼정 죄 단출했을라고. 니놈 보면서 장군님을 입에 올리는 게 참 가당찮은 소리다. 현철이쯤 되면 모를까. 와, 그새 아들래미 이름도 까묵었나? 갸가 장군감은 염팡 장군감이었재. 갸는 우리 최영 장군님 말고 촉나라의 관우 장군, 딱 그짝 상이었재. 아닌 기 아이라 펭소엔 허여멀겋던 얼굴도 심을 딱 줬다 카면 나무 둥치맨치로 뚜껍은 모간지부텀 시뻘겋게 오르는 기 자가 니 자석 맞나 싶었재. 관우사 본 일이 읎으니 힘이 얼매나 씬지 모른다 카지만, 현철이 갸가 목이 다 시뻘게지면 쌀포대쯤 곡마단 광대가 짜글링 다루듯 우스웠재. 한껏 익은 솥방구를 갖다 붙인맨치로 억수로 크다란 코볼꺼정 벌겋게 오르면 아조 당수치기 한 방으로 멧돼지도 때려잡았재. 실제로 봤는가 물어보면 곤란하겄재? 어데 혼날라꼬 할망 말에 부레이끼를 걸어쌌노. 기왕에 밟는 김에 좀 더 밟아보자. 저짝 구평동 을숙도대로하고 암남동 남항대교를 이사 붙이는 천마터널맨치로 양놈들 못잖게 옴폭하니 짚은 눈을 지나, 넓기는 어찌나 넓은지 붕붕 날아대던 파리가 내려앉았다 카면 여가 바로 내를 위한 딴스홀이구나 싶어 다시 나를 줄 모리고 한참 춤을 춘다고 잘생긴 이마꺼정 벌겋게 달아올라삐면, 그카면 우째 되는 줄 아나?

아야, 뭔 청승을 떨라꼬 손꾸락을 멈추나.

퍼뜩퍼뜩 해치우질 않고. 것도 다 버리고 오지 그랬냐. 암만 디다봐도 씨잘디없재. 어리멍텅한 낯판때기 보니 저거 저거 모린다. 지가 나온 사진인데도 어느 제인지 모린다. 자석아, 니도 이기 있을 수가 있는 일인가 싶재. 도둑놈이 사진 보고 늬 아들이라 카겠다. 어휴, 주둥이서 바램 빠지는 소리가 절로 난다. 앳된 상판은 어데 버리고 왔노. 허긴, 요새 도둑놈이 어디 있겠냐마는, 밤손님이 아니면 어느 연놈이나 이길 찾아오겠냐. 죽은 니 새끼 현철이가 살아 돌아오겠냐, 오길. 저 삐뚜름히 열린 문이나 닫아라. 바램이 차다.

니놈은 날 원망했재. 할망이 데려갔다고.

아야, 나가 뭣 하러 그러겠냐. 쎄맨 바닥으로 그대로 내다꽂히는 거를 나가 목덜미라도 낚아채가 명줄을 이은 거도 모리고. 안 그랬으모 그 자리에서 모간지가 부러졌어. 일마야, 바보 자석으로라도 니놈이랑 그러커름 십 년을 더 살았다. 자석 귀한 줄 알았으모 금이야 옥이야 모시고 살아야지, 목에 걸고 코에 걸어야 고것이 금붙이구나 싶냐. 니 눈에 금이면, 남들 눈에도 금이다. 니 눈에 귀하면 남 눈에도 귀해 갖고 싶고, 못 가지면 망가뜨리고 싶은 거이 인간들 맴이다. 힘이 있는 줄 알았으모 힘을 숨기고 살고, 머리 좋은 놈은 그 머리를 닭 새끼처럼 파묻고 살아야 지 명대로 산다. 그러게 왜 애 새끼한테 쌈을 가르치냐 가르치긴. 나가 와 유도를 몰라. 사롬 패대기치는 거지. 그거이 그거 아니냐. 그러니까 못된 머스마들이 들러붙는 거 아니냔 말이다. 가르치려거든 그 힘을 쓸 줄 아는 머리도 가르쳤어야재. 하다못해 제힘과 어울릴 성깔이라도 키우게 했어야재. 그놈의 성정이 니놈을 빼다박았으모 장군 쪽으론 처다보지도, 고갤 돌리지도 말고 어데 농투성이로 살게 했어야재. 남들처럼 와이셔츠 입히가 회사엘 보냈어야재. 안 그릏나. 장군의 명예야 목을 내놓음으로 완성되는 거라지만, 니깟 놈을 아비로 둔 죄로 현철이는 뭣이 됐냐. 고놈은 각다귀 같은 놈들에 에와싸여 피를 빨리고 있을 때도지 머리끝까지 시뻘겋게 물들일 줄을 몰랐재. 맹추 같은 자석이 그 와중에도 심은 매트 깔린 유도장에서나 쓰는 거라 참고 있는 거라. 그러니 고 잘생긴 이마꺼정 벌겋게 달아오르면 우째 되는지 내라꼬 알겠냐. 애초에 그런 적이 없으이.

더 말해봐야 뭣 해.

아이다. 어요, 보소, 좀 보소. 니놈이 현철이한테 시킨 고유도라 카는 것도 왜놈들 거이 아니냐. 말이 나와서 말이지, 이 할망이 섬 떠난 새끼들한테 해코지한다꼬 퍼트린 것도 다 왜놈들의 간계(奸計)가 아니냔 말이다. 망할 종자들 같으니라고. 어데 그뿐인 줄 아나? 섬이 왜국으로 날아가는 생이 모양이라꼬 말 같지도 않은 흐리터분한 소릴 떠들어댔재. 와 가만히 있는 섬을 보고 도세기 먹따는 소릴 하노 말이다. 아이고 더 말해봐야 뭐 하겠노. 니가 암만 나가 들었어도 다이토아쿄에이켄〔大東亞共榮圈〕 해싸며 왜가 조선을 삼키고 아가리를 더 찢어가 만주에 괴뢰국까지 세웠던 세월꺼정은 알 턱이 없재. 아무래도 나가 너무 오래 살았는갑다. 다리를 쫙쫙 찢어대는 영도다리서부텀 태종산 구석꺼정 이십 리도 안 되는 이 코딱지만 한 섬에 무슨 기억할 거리가 이리 많은지 모리겠다. 벅수 같은 니놈 하나만 해도 흘러넘친다, 넘쳐. 싸게싸게 짐이나 풀그라.

이놈 새끼가 사진틀을 안 치우니 나가 한참 보고 앉았네.

여 사진 속 여가 거 아이가. 니놈이 츰으로 책상 명판에다 소장 직함 떡하니 박아 넣고 채린 사무실. 거가 맞네. 그때도 할미 싱각은 터럭만큼도 않고 엄한 신들한테 고사 지냈재. 맞다, 맞다. 저놈 저거 고때 한창 교회도 댕겼재. 왜정 지나 전쟁 겪더만 늬 그튼 예수재이들이 섬이고 반도며 오월 죽순 솟듯 한 집 걸러 한 집씩 들어앉았대. 엄한 구름들더러 똥구녕 안 찢어질라믄 잘 피해가 다니라꼬 그러커럼 십자가라는 거를 삐죽하게 올리고 또 올렸재. 심보따리가 아조 고얀 놈들 아니냐. 예수 고것도 오만하기는 저거 새끼들하고 한 가지재. 지 말고는 뭐라 카더라. 우상이라 캤나 뭐시라 캤노. 참

나, 니놈도 지 빼고는 다 잡신이라 카는 예수 그 양반 믿기로
했으모 예수재이답게 처신할 것이지, 돼지머리는 또 와 올리
는데? 거도 보통 꺼벙이 짓이 아니지만, 참말로 지끔 생각해
도 기가 맥히는 거는 예수 믿는 건 믿는 건데, 와 내를 욕하냔
말이다. 어찌나 예수한테 씹어대는지, 고마 귀때기를 확 낚아
채가 묻고 싶더라꼬. 니가 믿는 예수가 내 씹으라꼬 시키더
나 어. 기가 맥히나 안 맥히나 말이다. 니 사무실 자빠라진 것
도 내 탓이라 캤었재. 봐라. 어느 소대강이 같은 종자가 사오
십 프로씩 떼이감서 어음깡을 치노. 아랫돌 빼서 우에 얹어가
일바세울라 캤더나. 나가 니 꿈자리 뒤숭시릅게 해작질 놓은
게 그 벅수 짓 말릴라꼬 했던 거 아이가. 그런 내를 탓을 해!
이 눈치대가리 없는 것을 우짜면 일깨우나 싶어가 매일같이
늬 꿈에 나왔다 아이가. 나가 소일도 없이 심심해가, 아조 하
품이 찢어지는데 그랬겄나. 니놈 새끼는 잘도 까먹었는지 모
리겄다만 이 할미는 어제 꾼 꿈처럼 또렷하다. 나가 일러주면
틀림없이 니놈도 선뜩하게 떠올릴 수 있을 게야.

   나 하는 말을 들을 수만 있다면 말이재.

   하루는 말이다, 니놈이 낚숫베를 타고 나간 거라, 개서 운
좋게 도다리를 낚았재. 그거이 줄창 허탕만 치다가 낚아 올린
그날의 유일한 수확이었재. 그것도 전장 두 자는 족히 될 법

한 말도 안 되는 놈이지 뭐꼬. 니는 바지게만큼 벌어진 입을 다물 줄 몰라. 꿈 밖에서야 물것보단 뭍에서 나는 것들을 밝히는 니지만 말이다. 꿈속에서는 꺼꿀로였재. 심지어 고 자리에서 회를 떠가 반다시 한 점 입에 능어야 직성이 풀리는 그 짝이었재. 딴은 섬 사내다 이거재. 그런데 간장이 없네? 간장이라는 기 배에 굴러다니야 정상인데 고놈의 간장이 다 어데로 증발해삐맀는가 몰라. 아, 왜 그릏겄어. 꿈이니까 그런 기재. 니는 초장이라면 싫어하다 못해 아조 몸서리를 친다 아이가. 초장이 회 맛 다 조진다 카믄서 말이재. 확 마 배를 돌려 섬으로 돌아갈까도 고민했지만, 아가미를 시근벌떡하고 있는 놈을 보마 젓가락을 안 들 수가 읎었재. 한 점 입으로 안 가져갈 도리가 있나. 니는 홀린 것맨치로 벌건 초장을 뚝뚝 흘리며 한나, 두나 입에 능기 시작하재. 그러다 각중에 목구멍이 조여드는 게 아니겄나. 니는 온몸을 덜덜 떨어대면서 태가리(턱)를 타고 흐르는 핏덩이 같은 초장을 닦아낼 싱각도 못해. 고때만 싱각하면 내가 얼매나 네놈 목을 세게 쥐었는지, 눈알이 다 튀어나올라 캤었지. 또 하루는 말이야, 아주 지독한 교통사고를 당한 꿈도 꿨을 거라. 니가 고맘때 프라이든가 쪼맨한 거 몰았재? 일할 때 움직거리는 다마스 말고. 고 프라이드에 지름이 간당간당해가 정신없이 주유소를 찾아댕겼재. 근데 아무리 헤매도 주유소가 안 나오는 거라, 실은 그 지경이 되기꺼정 니가 한두 군데 흘려보낸 거이 아니재. 아모리 이해

하래야 할 수 없을 만치 지름깝이 비쌌기 때문이재. 니는 꿈 속에서 귀신이 곡할 노릇이란 말만 되풀이했재. 귀신? 그깟 기 어딨다꼬 말이다. 차가 멈추기 직전에야 니는 저만치 주유 소 간판을 보고 몰아 들어가. 거게 역시 어이금사리읎는 깝이 긴 맨한가지였지만, 니는 만땅으로 채우기로 했재. 이미 식 겁을 할 만큼 했기 때문이재. 그런데 고놈의 기름이 끝도 없 이 들어가. 니는 허둥대며 고만 늫으라고 보턴을 찾아 누지르 지만 먹혀들지가 않재. 그런 니 뒤통수에다 각중에 귀를 찢을 듯한 크락숀이 쏟아지는데, 고개를 돌리자마자 불이 붙은맨 치로 썹지근한 고통이 온몸을 휘감재. 니는 진땀에 흠씬 젖어 가 깨어나긴 나는데, 무신 놈의 꿈이 이리 시퍼렇노 하고 감 을 지댈 힘도 읎재. 어요, 나가 말라꼬 이런 심보따리를 부려 놓겠나. 대강이가 있으모 싱각이라는 거를 해보라꼬. 니놈은 이 벨나디 벨난 꿈들 속에서 단서라 카나, ㄲ태기를 찾았어야 재. 찾아가 살금살금 피해 갔어야재. 버얼써 다 지나간 거를 말해 뭣 하겠노 싶기만 하지만서도, 여직 짐작조차 못하는 니 놈을 보면 속이 문드러진다. 니를 덮친 그 차가 와 굳이 쥐색 스텔라였겠노? 니 목구멍을 콱 쪼인 게 와 자연산 도다리였 겠노 말이다. 그 사기꾼 새끼가 그리 밝히던 기 자연산 도다 리 아이가? 고 바로 다음 날, 고놈 차 타고 가서는 자연산 도 다리 앞에서 도장 찍지 않았나 말이다. 이 오줄없는 자석아. 오죽했으면 어느 하루 꿈자리서는 대놓고 나가 니 입술을 그 어쨌재? 인중 가찹게 길게 찢어서 입술을 말아버렸다 아이가? 이보다 더 우예 해야 니놈을 건져 올릴 수가 있겠노. 언청이놈 절마 저거 사기꾼이라꼬 이만큼이나 와작거리모 됐지. 더 어떻게 말해줘야 알아묵겠노 말이다. 문디손아.

낫 놓고 기역자 모른다 카는 거는 니놈 얘기재.

책 속에 파묻혀 있으면서 거대한 밀림을 떠올리지 못하는 책상물림들맨치로, 충만의 숲에서 정작 지 영혼의 빈곤은 구제하지 못한 사제들맨치로 니가 섬을 등져야만 했던 게 누 탓인데. 누 탓이기는, 섬 할매 내 탓이었지. 나가 다 막아주고, 살뜰하게 보살폈으면 니가 그래 섬을 버렸겠나. 내 피가 끓고 애가 다 녹아삐는 거는 나가 너거 따라 섬을 떠날 수가 없으니께 안 그릏나. 너거 다니는 데로 부산으로, 서울로 다 대닐 수 있으모 따라다니믄서 잘되나 엎어지나 들여다봤을 끼라. 하다못해 꿈자리라도 뒤숭시릅게 들쑤셨을 거 아이가. 섬이 코딱지만 하다몬 기껏해야 나라는 손바닥만 한데, 개서도 이 할미가 도무지 닿을 수 없는 곳으로 가뿌리모 우야노. 삼면이 바다로 둘러싸인 나라에서 니는 해풍조차 끊어진 깊숙한 내륙으로 가 다시 뿌리를 내리려고 했재. 와, 모를 줄 알았나. 들여다볼 순 없어도 니놈 얘기는 어느 구룸을 타고 섬까지 흘러들어와 다 듣긴다. 아야, 내 하나 물어보자. 내사 니 말마따나 망조 짙은 니 인생의 젤 앞세울 미운 새끼라 치고, 그라모 바당은 무슨 죄고? 소복하니 내려앉은 빛의 호위를 받으모 어울렁 더울렁 오르내리는 저 물이 잘못한 거는 뭣인데 그리 부리내키 섬을 등졌노. 저 칼 같은 자갈들 순박해지라꼬 평생을 핥아대는 파도가 잘못한 거는 뭣인데. 저 갈매기가 니 대강이에 똥을 싸드냐, 몬생긴 갯강구들이 니헌티 해코지를 하더냐, 것도 아니면 삐죽한 해송이 니를 찌르더냐. 묻고 싶은 게 하나가 아인데, 나가 돌려받을 수 있는 대답은 한 개도 없네. 그러커럼 자불고 있지 말고, 한구석에 짐 밀어놓고 이불이나 깔아라. 내도 자러 갈란다. 지랄한다꼬 밤에 이사를 오나. 와, 내 잘 때 올라꼬 그랬나. 니놈이 다시 겨들어온다 카는데 나가 눈이 감기나. 오던 잠도 달아난다.

아야, 이불 피다가 와 또 손꾸락을 멈추는데? 참말로.

도망간 마누라 싱각하나, 아니면 뉘 어매 싱각하나. 마누라야 딴 놈이랑 벌시로 눈 맞고 배 맞은 거를 모리고 그카이 벅수가 돼 앉았나. 생각을 해보그라. 그라모 한나뿐인 바보 자석 세상 배리고도 니캉 계속 살 수가 있겄나. 현철 어매도 고생한 세월이 오죽이나 했나. 니가 사업 털어묵고, 아들 그리 되고, 살 까닭이 없는 거를 나가 니 모리게 보내줬다. 늬는 모리겠지만, 십 년은 됐다. 현철 어매가 섬에 왔었다. 다른 데서 목숨을 배릴라 캤으면 모릴까, 나가 있는 섬에 와서 그카는디 나가 손발이 묶인 거도 아이고 가만있으야 되겄나. 섬 어델 그리 깊숙허니 들어가나 싶어가 안 따라가봤나. 아니나 다르겄나, 태종대 절벽에 서가 몸에 힘을 탁 빼는 거라, 참말로. 그기 뭣이겠노. 지 발로 후련허게 세상 배릴 독한 맴꺼정 도저히 못 묵겄고, 어디 건들바램이라도 지를 밀어달라는 딱 그 본서더란 말이지. 아조 부부가 모자란 짓은 부지런도 하다 싶어 내사 뒤져뿌리등가 말등가 딱 못 본 척할까보다 싶었다. 안 그릏나. 지 발로 명줄 끊는 기도 엄연히 인간사의 호꼼(조금)만 한 부분인데 나가 만다꼬 챔견이가 싶다가도 그기 또 그래 안 되대. 돌아설 때 홱 돌아서더라도 어매 발치께에 확 입바람을 불었다 아이가. 안 카더나, 누가 이 할망 손발 좀 묶아놓지 말이다. 그래가 종주먹만 한 돌띵이 하나가 절벽 끄티서 휙 날았다. 고거 보더만 현철 어매가 고대로 주저앉아가 다리를 덜덜 떨어대. 원체 즈이 집 뒷산맨치로 여기고 살았던 바당이고, 끄티다 아이가. 인자 실감이 난 기라. 죽을라꼬 찾아온 자리서 시퍼런 물속으로 내다꽂히는 포물선만 허망이 좇아. 고것을 보고 있으이 속에서 천불이 솟아가 에레이 요년아, 이래도 뛰어내릴래 카면서 나가 막 된바람을 불었재. 어매 머리가 산발이 되고 아조 비명을 꽥 질러대. 죽는다 카이 무섭고, 인자 살고 싶어진 거라. 이년 살리는 방섭은 얼른 뒈져버리질 않고 뭣하냐는 식으로 밀어버리는 수밖에 없

재. 얼매나 불어재꼈는지 볼때기가 다 저릿저릿해. 어매는 오
줌을 지리가 속속곳이 짙어질 때까지 바짝 엎디가 할매요, 할
매요, 나 좀 살려주이소 카대. 지 직일라꼬 카는 기 눈지도 모
리고 말이재. 초주검이 돼가꼬 섬을 빠져나가는 거를 내 따로
전송도 안 했다. 그길로 목숨 버리겠다는 맴이야 접었지마는,
술만 푸는 니놈 잩에서 죽은 자석 떠올리며 죽은 기나 다름없
이 연명하는 그 꼴은 나가 더 못 보겠더망. 내 보라꼬 그카는
지, 숨만 이순다고 살리는 기가 시워하는 거도 아이고.

　죄 안 짓고 못 살고, 살라 카모 질 수밖에 없는 기 죄라는
긴데, 고 죄란 죄 중 하나만 안 짓고 살어라 카믄 뭣을 골라야
하나 모리겠재. 기중 한 개만 지울 수 있다모 사롬이 사롬 미
워하는 거, 그거를 지아야 한데이.

　그래가 니헌티서 뚝 떼가 타지로 보내삐렸다. 오줄없는 지
서방 놔두고 등질 때, 이미 현철 어매도 잡술 만큼 나이를 잡
솼재. 그러니 니놈의 망령 들린 상상맨치로 어데 사나랑 붙어
먹을라꼬 짐 싼 거도 아인기라. 아야, 이본 참에는 연이 다했
으이 고만 붙잡그라. 나가 우째야 니놈의 미망을 납작하게 밟
아삐릴 수가 있겄노. 알아서 뭣 하나 말이다. 허긴, 알아서 좋
을 꺼도 읂지만, 지 각시가 어데로 내빼가 우째 사능가 몰른
다는 거도 심든 거는 마천가지겄재. 그거를 민게(핑계)로 죄

의 굴렁쇠를 굴리는 거도 겔국 늬한테 안 좋은 거닝까……
주디를 한본 뻥긋 벌리주야 하나, 날더러 우째하라꼬. 아. 아
이다, 아니야. 아야, 어느 천년에 이불 필라꼬 안즉이가……
주디 다물고 있으이 속에서 날벌레가 까맣게 끼는 거맨치로
몬살겄네. 기왕에 나가 하는 말, 늬한테 들리도 않는데 나가
말라 참을끼고. 늬 이녁, 현철 어매 말이다. 아무개 산에 들어
가 머리 밀었다 아이가. 고기, 고까지만 이바구하지. 야가 근
데 나가 하는 말 안 들끼는 거 맞재. 오늘내일하는 사롬맨치
로 더럽게 굼뜨네. 아야, 들끼더라도 더 들을라 애쓰지 말그
라. 내도 섬 밖에서는 힘달가지가 떨어져가 보이도 안 한다.
지나가는 바람처럼 늬놈 인생에 중한 거리도 못 되는 이바구
에 묶이가 죄짓지 마라 이 말이다. 중한 기 뭣이냐 따지고 들
지 마래이. 할매도 썽나믄 무십데이. 하이고 신소리는, 나가
말라꼬 늬한테 성을 내겄노. 다 하는 말이재. 열한 주갑도 넘
어 나를 먹었어도 농할 기력은 남았구만. 기여, 그렁께네 귓
고녕 열고 기담아들어. 이녁하고 산 채로 현생의 연이 끊어진
거도, 현철이 앞세운 거도 중한 거 아녀. 중한 거이 사롬 안
미워함서 네 갈 길 옳게 가는 거, 그뿐이여. 그 중한 거도 모
리고 살믄서 마누래가 중하나? 자석이 중하나? 차례 숙제가
남은 놈이 진즉에 핵교 마치고 집에 가 붕알 긁고 있는 자
석 걱정하는 꼬라지 아니가. 그거이 그기 사리에 맞나 말이
다. 나가 어매를 살고 죽고의 기로서 확 낙도로 안 끌고 간 까

닭이 뭐겠노? 어데 다른 데서 죽으면 몰라, 것도 태종대서라
카믄 아녀자 목숨 하나 좌지우지하는 거는 노지에 대강이 들
고 서 있는 민들레미 홀씨 홑는 거보다 쉽재. 말라꼬 볼때기
아프구로 바람을 불겠노 말이다. 숙제 안 하고 토낄라는 거
잡아다 다시 앉춘 거라 싱각해야겠재.

아야, 숙제가 너무 많나? 그캐도 낫 보고 기역 모냥은 떠올
릴 수 있어야재.

아까 점부터 숙제 타령하고 앉았는데, 기실 어매 명줄이 그
릏게 끝날 이력이 아니기 때문도 하지만 살은 거도 죽은 거도
아니믄서 제 길 잃고 헤매고 있는 니놈이 어이금사리읎이 따
라 죽어삐는 꼬라지 안 볼라꼬 그란 거 아이가. 아야, 늙수그
레하나 앳디나 각시는 각시인 거를 나가 나서가 고 부부의 연
을 기냥 뚝 뗐겠나. 나가 아모 조치도 없이 그랬겠나 말이다.
니헌티도 하나 안 붙이주더나. 니를 괜히 벅수라 카는 기 아
이재. 그치도 여관밥이로 굴러먹은 세월 때문에 안 팔리가 그
렇재, 가심은 을매나 찹쌀모찌카모 비단이며 속은 또 을매나
진국인 줄 아노. 지랄을 헌다꼬 니가 그거를 엎나 엎기를. 아
조 축구선수를 카지 그랬노. 복이란 복은 뻥뻥 잘도 차대. 와,
벌써로 이자먹은 거는 아니재. 현철 어매 찾는다꼬 방방곡곡
칼칼히 디비고 다닐 적에 말이다. 어라, 가만있그라. 나가 각

중에 열이 뻗치네. 올바른 성신 백인 놈이모 해가 중천에 뜰 꺼정 술이 안 깨고 채가 있나. 그래가 무슨 요술로 각시를 찾 겠노 찾기는 이늠아. 바른대로 말해라. 현철 어매 찾는다는 기도 하기 십은 말뿐 아니었나. 평생을 놀러 대닐 민게거리로 그만한 구실 읎다 싱각한 거 아니냔 말이다. 아이고 나가 깜 짝 속았구만. 그런 거도 모리고 늬 방에 각시를 밀어 넣었재. 안즉 예관 이름도 시퍼렇다. 동백장이었재. 니가 거서도 들앉 아가 메칠을 취해가 안 있었나. 갸가 본래 들어가기로 한 방 에 안 드가고, 고 옆 방인 늬 있는 방에 노크해가 들어간 기 다 나가 기린 작품 아니냐. 늬도 어지간히 속이 넝큼해가 갸 가 쟁반 우에 받쳐 든 물수건으로 니 그 쿠리터분한 몬뚱어리 를 닦을 쩍에 가마 덥은 숨만 뿜고 앉았대. 예인네 손길 받아 본 지가 온제고 싶은 기, 고마 꿈인지 생신지도 모리겄고 그 릏터재. 기냥 여가 극락인가 싶고 말이재. 그라모 울기는 말 라꼬 우는데, 허긴 햇노인 다 된 낯모르는 사나 하나가 얼라 맨치로 눈물을 뚝뚝 쏟으이 갸가 넘어갔겄재. 함부레 누우뿌 라 안 하더나. 엎디린 니 우에 올라타서는 땀을 뚝뚝 쏟으모 주물러줬재. 뼈마디 이염이염 손꾸락 지나는 자리마다, 살거 죽 덮인 곡곡마다 안 쑤시는 자리가 없다꼬 니는 얼라처럼 코 까지 흘리모 껵껵거맀재. 나사 고까지만 보고 돌아나섰다 아 이가. 고라모 사나하고 가스나캉 방구석에 들앉았으모 할 일 이 무에 있겄나. 인자 만니장성을 쌓든 봉수대를 쌓든 즈그 알아서 할 일 아이가.

섬에 들어올라믄 서방, 이녁 둘이 손 꼭 붙들고 오지.

아꼽아가 그란다 아이가. 하이고, 나가 이불 까는 놈더러 밸소릴 다 한다. 아깝긴 뭐시 아까워. 갸가 온제 한본을 돈 돌라꼬 한 적 있더나. 그라는데 이 벵신 같은 자석이, 지가 몬데 봉투를 꺼내고 엠빙을 떨고 자빠지냐 자빠지긴. 갸가 오죽이나 기가 맥혔으모 떼꾼하니 꺼진 눈을 댕그랗게도 떴더만. 이기 모예요? 하는데 니가 뭐라 캤노. 우물쭈물하고 있는 니를 노리보는 눈이 점점 세모지게 찢어지는 기 나가 봐도 무섭대. 니도 딴은 안 죽고 싶어가 싱각이라는 거를 했는지 몰라도 정지서 봉투를 꺼냈으모 고대로 식칼이 배때지를 갈랐을 끼고, 측간이었다모 틀림없이 똥구디에 냅다 꽂혔을 끼라. 칼도 없고 똥도 없다는 걸 알았는지 갸가 힘을 착 빼대. 그라더만 마지막으로 묻소, 카대. 이기 뭐요. 하는데, 누가 봐도 모리겠나. 말끝이 가라앉은 모냥이 몰라서 묻는 기 아이야. 그제라도 오목하니 골이 진 입중 밑에 달린 기 주디가 아이라 입이라모 모냥 좋은 말이라도 해야 할 거 아이가. 돈 드는 거도 아니고 말이다. 근데 뭐시라 캤노. 들리게 말해보소, 하고 갸가 다그치니까는 니가 잘난 게 뭐 있다꼬 감을 빽 질러삐대. 화대라 싱각해라꼬. 얼처구니가 없어가 나가 귓고냥만 후비고 있는데, 갸가 이래. 화대라 카믄 그날 그 밤에 동백장에서 주지를, 고 밤 후로 몇 해를 가티 살아놓고 각중에 얼어 죽을 화대요. 고까지만 하고 돌아서도 될 거를 구티여 지 마음 아닌 소리로 갸 속에 못을 박재. 각중은 나가 할 소리, 각중에 열녀가 됐나. 갈보는 빨아도 갈보다.

섭지근한 말들이 베고 찌르는 거를 떠올리면 진저리가 다 쳐진다. 퍼뜩 불 끄라. 깜깜이라도 해야 싱각도 딸깍 꺼뜨릴 수 있지 않겄나.

일마가 안 일라나. 불 꺼야재. 에라이 고마 키고 자라. 인자 부텀 전기 아끼가 떼부자 되겄나. 갸한티 화대라꼬 내밀은 봉투에 꼴같잖은 자존심꺼정 탈탈 털어 넣지만 않았어도 이리 방도 아이고 굴도 아인 데로 들어올 일은 읎었을 거를. 인자는 니 그 속을 털어놓을 때도 안 됐나. 안즉 눈앞에 시퍼렇다. 니가 체암으로 세상 빛을 볼 쩍에 얼매나 상통을 찡그리고 있던지. 갓난앨라들이 다 그런 거를 내 모리지 않는데, 니는 유달시럽게 못났대. 그때부터 이적지 나가 니라며는 모리는 기 읎다. 딱 한나 빼놓고 말이다. 갸를 그릏게 모질게 떼낸 이유가 도대처 뭐시고. 정말 갈보라 그런 기가. 그카믄 섬 들어오기꺼정 살뜰하니 정 붙이고 지낸 그 세월은 다 뭐시냔 말이다.

밤은 깜깜해야 하는 긴데, 이리 벌게가…… 나가 대신 끌 수도 읎고.

뭐시기는, 겔국 현철 어매하고 똑같은 거겠재. 진즉 지나간 연 붙들고 있다는 거이 똑같다 아이가. 내도 참말로 무슨 답을 들을 끼라고 한 말 또 하고, 한 말 또 하고 앉았노. 그라모 이 자석하고 나가 한 개씩 주고받은 택인가. 요 머스마도 즈이 각시 떠난 이유를 모리고, 내도 가스나랑 갈라서고 빈손으로 섬에 들어올 적의 저놈 맴을 모르이. 허긴, 지나간 시간마다 째깍째깍 이유를 붙일라 카면 하루도 몬 산다. 속에 비울 수 있는 것부텀 재게재게 비워가 빈자리를 마련해야 하는 거라. 안 그릏나? 품이 솔은 데서는 힘달가지를 쓰래야 쓸 수가 없다 아이가. 나도 더 알라 안 할꾸마. 밀어내볼꾸마. 니도 니안에 도무지 요지부동으로 자리 잡고 있는 거 죄 밀어내보그라. 근데 또 각중에 열이 뻗치네. 나가 니보다 십 주갑도 늦게 더 살았는데 말이다, 니가 지금 할망하고 맞먹는 기가? 하기는 멘상만 보곤 누가 칠십 살이고, 누가 칠백 살인지 모리겄재. 누가 신(神)이고, 누가 사롬인지 모리겄재. 낄낄 웃음이 난다. 웃음이 나. 하이고, 와 이래 상해가 돌아왔노. 불 밑에 있으이 안 상한 데가 읎네. 어여 자그라.

여럽지만 자장가라도 불러줄까?

근데 자는 아가 와 이래 상통을 찡그리고 있노. 주름에 깨미 찡기겄다. 내도 봉래산에 올라갈라 카는데 발이 떨어져야 말이재. 어매야, 야가 야가 꿈꾸는 갑다. 나가 내두룩 떠들어가 꿈자리가 사납나. 아야, 뭔 꿈이 그리 험하길래……

야가 야가, 육십 년도 더 된 꿈을 꾸고 있노!

이기 언제고, 즈그 어매하고 섬 떠날 때 아이가. 그때도 밤 손님 달음질 놓을 때처럼 섬 한 바꾸 빙 돌아가 빠져나갔재. 요것들이 내가 자는 줄 알더라꼬. 다 늙어빠지가 인자 밤잠도 없는 거를 모르고. 성주들 픽픽 쓰러질 때, 내라꼬 영성(靈性)이 안 벗어지고 배기나. 요새는 최영 장군님 찾는 점바치들도 없더만. 암만 그캐도 이마에 내 천(川) 자 패고 있는 일마 이거 잠 깰 때꺼정은 까딱없다. 할미 쏜가락이 약쏜가락 아니냐. 니놈 쬐깐할 쩍에 태풍 사라가 왔었다. 어느 양노무 제집자석 일훔을 갖다 붙있는가 아조 벨난 거이 왔었재. 다저녁때부터였을 거라, 남쪽에서 불러오는 댑바램 같은 거이 해가 딱 넘어가기가 무섭게 회리바램으로 바뀌더라꼬. 할망 맴 같아서는 이런 거는 확 마 태풍의 대강이를 틀어잡고 대마도로 날리버렸으모 싶지만 태풍의 대강이라는 거이 어딨고, 그거이 잡아지지도 않는 거를 나가 우째 하겄노. 이래가 한밤을 우예 건너겠나 싶을맨치로 작살 같은 비가 섬을 퍼부어대. 바당은 미친년 널뛰듯이 섬을 삼키고 토해내길 데풀이하는데, 그 지랄을 무슨 수로 전디긴 전디나. 그때, 늬 어매하고 살던 판잣집이 아조 박살이 난 거라…… 아야, 세상 일찍 베린 너거 아방 기억나나? 안즉 시퍼렇게 떠오른다. 어매가 그래 말려도 배 건사하겄다고 안 나갔나. 저 하나 북망산자락 가는 거이 안 무십어도 배 잃으모 니캉 자석새끼들꺼정 다 가티 간다꼬. 아방 뒷등에다 너거 어매가 욕을 개떼같이 했재. 그캐도 사나새끼들이 말귀를 들어처묵나. 내도 장군님 기다리다 봉래산 꼭대기서 돌땡이로 벤한 거이 아니가. 어둠 쪽으로 사라지는 딧모습 보마 할매요, 할매요, 뭐 하는교 하는데, 밤새 등드리 피멍이 들 때꺼정 섬을 싼다고 감쌌는 거 말고 나가 할 수 있는 거이 무스거 있겄나. 그캐가 젖먹이 니는 살렸다 아이가.

아이다. 아이다.
꿈이다, 꿈.
어여 자라, 자라.
잘 자그레이.
우리 간얼라야.

물이
물속으로

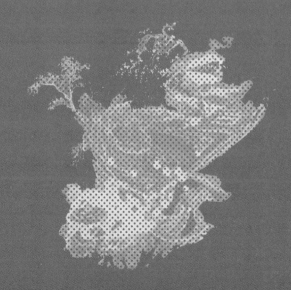

한마디로 그녀는 남자들의 넋을 쏙 빼는 쪽과는 전적으로 대척점에 있을 것만 같은 스타일이었다. 그렇다고 숫기가 없거나 귀하게 자란 공주 타입이라는 얘기는 아니다. 그만의 생각인지는 모르지만, 그녀는 특유의 총명함이 있었다. 누군들 삼십 분만 대화를 나눈다면 이를 느낄 수 있을 거라 자부할 수도 있다. 애써 뽐내지 않아도 기어이 상대에게 어필이 되고야 마는 지점, 그리고 심지처럼 박힌 그 총명함의 끝을 장식하듯 하고자 하는 말을 마쳤을 때 보이는 특유의 행동이 매력이랄지, 그녀다움을 완성하고 있었다. 둥글게 앞으로 말린 어깨선을 들썩이는 것. 물론 요란하지 않게, 아무도 모르는 재미 포인트를 혼자 찾은 듯이 말이다. 그런 사람과 내밀한 사이까지 갈 수 있었던 걸, 둘을 아는 사람들은 한입 모아 그더러 운이 좋다 했다. 주제에, 하면서. 몇 년의 시차를 두고 생각해도 좁은 마음보가 획기적으로 넓어질 리는 없는지, 그 작고 얇은 입술과 일직선으로 굳게 다문 입매 때문에 각진 하관처럼 기억하지 않아도 좋을 것들만 도드라진다.

한밤중에 걸려온 전화에 잠이 깼을 때, 그는 손 뻗으면 닿는 반경의 안경과 휴대전화를 차례로 더듬어 쥐었다.

"나, 돌아왔어."

문자메시지 같은 짧은 알림이었다. 불 꺼진 휴대전화를 다시 깨웠다. 새벽 세시였다.

한동안 몽유병자처럼 오뚝하니 섰던 발을 창가로 끌었다. 줄을 잡아당겨 블라인드를 올리자 흘러넘칠 듯 출렁거리던 어둠이 한 움큼 덜어졌다. 길게 내려온 이중 막이 칠이 된 면끼리, 칠이 없는 면끼리 겹쳐져 밖이 드러났다. 은행잎 하나가 소리 없이 떨어지고 있었다. 고인 물 위에서 잎은 오랫동안 움직이지 않았다.

얼마나 익숙한 목소리인가! 목소리야말로 사람의 외형보다 더 오래, 지문만큼이나 변함없이 그이다움을 가려내는 인덱싱이 아니냔 말이다. 잡생각이 꼬리를 물었다. 그는 알라딘의 요술램프라도 되는 양 전화기만 매만지고 있었는데, 그러는 줄도 까맣게 모르는 눈이었다.

　벌써 삼 년이었다. 이웃 나라 대도시의 한 횡단보도는 그 길이가 족히 백 미터가 넘는다지. 칠이 된 면과 투명한 면이 교차한 저 블라인드 같은 길을 사이에 두고, 저이와 내가 양 끝에 서 있다면 우리는 서로를 알아볼 수 있을까? 그는 생각이란 걸 하고 또 해보았으나, 삼 년은 둘 사이의 거리를 아직 백 미터 안에 두게 할 수도, 수백 미터 밖으로 떨어뜨려놓을 수도 있는 시간이었다. 거기까지는 상상하고 싶지 않지만, 어둠 속에 하나의 점으로 박힌 별들만큼이나 아득히 멀어져버린 것일지도 몰랐다. 그렇지만 큰 목소리로 한번 불러본다면, 어떨까?

　그는 힘껏 벽을 밀쳐 제 몸을 옮겼다.

　쿵.

　한 손을 뻗어 스툴을 끌어왔다. 궁둥이를 앉힌 자리는 오랜 시간 닳아지고 내려앉은 때가 바니시처럼 굳어 반질반질했다.

　쿵.

　배기가스를 내뿜으며 과속으로 내빼는 자가용들과 셀 수도 없는 자전거 떼들을 무시할 수야 없겠지. 그렇지만 말이다, 그렇다고 한들……

　엄살은, 그 정도로 오랜 시간이었냐며 맹렬하게 따져 물어도 보지만, 실제 시간과 기억의 시계가 일치한 적은 잘 없다.

그에겐 준비가 필요했다. 준비랄 것 자체가 유별스럽달 수도 있겠으나, 연인처럼 붙어 지냈던 그즈음의 그녀를 곰곰이 떠올려보는 것. 그뿐이었다.

옛날을 헤집다 보면 애틋한 것도 만져지고, 그렇지 못한 것들도 건져지고 그러는 거겠지, 라고 여기려 해도 뾰족한 것에 찔리기부터 하니 움츠러든다.

"낯설어하는 것도 참 성격이야."

살은 벗어지고 뼈대만 각인된 그녀의 음성은 그의 귓바퀴에서 얼른 흩어지지 않았다. 그는 상체를 기울여 목발을 들었다. 애먼 땅을 툭툭 쳤다. 빨간불 신호는 길었다.

그는 목발 사이로 고개를 떨어뜨린 채 지난밤의 통화만 좇다 그만 횡단 신호를 놓치고 말았다. 그 나라의 백 미터짜리 횡단보도에 비하면 절반도 안 되겠지만, 두 목발을 웬만큼 재게 흔들지 않고야 신호 내에 건너지 못할 것이다. 그는 중세 기사의 갑옷처럼 오른 다리의 무릎까지 감싸 올라간 깁스에 좀처럼 적응할 수 없었다. 그와 함께 신호를 기다리던 이들은 벌써 반대편 인도에 다다르고 있었다.

그가 그랬던 것처럼 그녀 역시 숨을 참고 있었는지 모른다. 그녀는 왜 자신이 돌아왔다는 사실을 알린 걸까. 전화기를 붙들고 있던 그는 도로 한가운데 생긴 거대한 싱크홀을 떠올렸다. 구멍 속 어둠을 가만히 응시하며, 물음표를 하나둘 던지기 시작했다. 그사이 결혼은 했을까? 했다면 아이가 있을까? 돌아온 지 사흘이나 지나서, 같은 시차의 땅덩어리 위에서 그녀는 왜 새벽 세시에 전화를 걸었던 걸까? 그녀를 만나기 전까진 도저히 풀 길 없는 물음들이었다.

보행자 신호로 곧 바뀔 것임을 예고하는 주황색 불이 들어왔다. 그는 앞으로 튀어 나갈 자세를 취했다. 적어도 두어 발, 스타트는 빨랐으나 곧 추월당하고 뒤처지고 말았다. 앞서가는 대열과 점점 멀어지는데, 반대편에서 이편으로 건너는 대열의 선두가 그가 있는 방향으로 돌출했다. 물이 물속으로 흐르듯 대열과 대열이 만나 그들은 각자의 방향으로 나아갔다. 그가 절반쯤 보도를 건넜을 때, 그녀가 눈에 들어왔다. 그녀도 그를 보았다. 보도의 끝에서 그에게로 몸이 기운 그녀는 발을 떼려 했으나 주춤거렸다.

그녀는 만나자마자 자주 가는 술집이 있으니 가자고 했다.
"괜찮아?"
그녀의 물음이 술 마시자는 데 대한 동의인지, 깁스한 다리에 대한 것인지는 알 수 없으나 어느 쪽이든 상관없었다.
"엊그제 돌아왔다면서?"
"삼 일 됐어."
"자주 가는 데라길래."
"아. '자주 갔던'이 되는구나. 자주 갔었지."

그녀는 과거형의 말끝에 묻은 여운을 곱씹으며 혼잣말을 흘려댔다. 그곳이라면 적당할 거라느니, 아직 그대로 있어야 하는데, 같이 대꾸가 필요하지 않은 말들이었다. 그녀는 그렇게 앞장서 가다 문득 생각난 듯 그의 다리를 내려다보았다.

"다리는 어쩌다 그렇게 된 거야?"

일찍도 물어보는 그녀에게 계속 앞장서기나 하라 했다. 돌아볼 때마다 긴 머리칼이 바람에 흩날렸다. 샴푸 냄새인지, 파우더나 향수인지 알 길 없는 향기가 코언저리를 떠나지 않았다. 확실한 건 지난날들의 그녀에게선 맡을 수 없던 냄새였다. 그는 양 겨드랑이에 끼어 어깨를 귓불까지 밀어 올리려는 목발 때문에 자꾸만 고개가 땅으로 떨어졌다. 누가 보면 일부러 향기를 피하려 그런 것처럼 보일지도 몰랐다. 그는 화장기하나 없던 그 예전의 얼굴을 길바닥에 버렸다.

"몇 년 만이지?"

"삼 년 만에 온 거잖아."

"아니, 너하고 이렇게 걷는 거 말이야."

"그렇담 육 년 만인가."

그녀의 말에 머릿속으로 셈을 했다. 그녀가 타국으로 떠나기 삼 년 전부터 이미 두 사람은 연인 관계가 아니었다. 그렇게 된 데에 특별한 계기나 다툼은 암만 찾으래도 찾을 수 없었다. 너무나 사소한 예감들로 팽팽했지만, 누구도 그 균열을 입에 올리지 않았다.

그녀가 안내한 술집은 엘리베이터가 없는 건물의 삼층이었다. 좁고 가파른 계단을 오르는 동안, 그는 어떤 도움도 받지 못해 서운한 마음이 들었다. 그렇다고 그녀가 어떻게 해줄 만한 게 있는 것도 아니었다. 그가 입구 쪽 제일 가까운 자리에 엉덩이를 앉히고 오리털 점퍼를 벗으려 했다.

그녀가 물었다.

"담배 안 끊었지?"

그는 흐르는 땀을 훔치며 고개를 끄덕였다.

"그럼 조금만 더 이동할까? 이 집은 흡연이 되는데, 창가 자리만 돼."

"그래?"

"예전엔 그랬거든."

두 사람은 꽤 오래 흡연자로 지냈다. "국산만 피우더니." "말보로가 세계 공통이잖아." 그녀가 타국에 관심을 가지기 시작한 것은 두 사람이 멀어지기 시작할 즈음부터였다. "왜? 소련에서도 말보로는 팔걸?" 두 사람은 소련이란 말 때문에 얼굴이 벌게지도록 웃었다. 뺨에 찔끔 흐른 눈물을 닦자, 둘은 약속이나 한 듯 침묵에 빠졌다. 그녀는 타국으로 떠나기 전까지 부산에서 삼 년간 더 작품 생산을 이어나갔고, 그 기간에도 둘은 여전히 침묵 속에서 건져지지 않았다. 단 한 번, 수심 깊은 곳의 암류(暗流)처럼 그녀가 그에게 온 적이 있었다.

"안 피워?"

"끊었어."

그는 음식이 나올 때까지 잠자코 담배를 한 대 피웠다. 그는 그녀가 담배를 끊은 것과 화장을 하기 시작한 것이 어떤 연관을 맺고 있는 걸까 생각하다 고개를 저었다. 가게 내부를 둘러보는 척했다. 기둥과 벽에 차림표가 붙어 있었고, 차림표마다 매직펜으로 동그라미를 5로 고친 가격이 눈에 띄었다.

"삼겹살 한다?"

그는 고작 삼겹살이라니 생각하면서 좋지, 라고 대답했다.

"떠나 있는 동안 먹고 싶은 게 많았어."

그는 대꾸 없이 창밖으로 눈을 돌렸다. 그가 건너온 횡단보도가 보였다. 무수한 바퀴들이 밟고 지나 흰 칠이 벗겨진 데가 많았다. 시선을 조금만 멀리 두면 어시장과 바다가 보였다. 작은 배들이 총총히 모여 저마다 굵은 밧줄에 묶인 채 컴컴한 물 위에 떠 있었다. 잔잔하지만 결코 쉬는 법 없이 출렁이는 짠물이 배의 밑동을 핥고 있었다. 그는 '떠나 있는 동안'이라는 그녀의 말을 입속으로 가만히 굴려보았다. 녹슨 배의 옆구리라도 핥은 것처럼 입맛이 썼다.

둘은 서로의 내부를 구석구석 알고 있었으나, 그 내부의 기관을 하나하나 꺼내 작동시키고 자신의 내부와 연결하려 들지 않았다. 그렇게 어느 틈에 두 사람은 지구상에 널리고 널린 무수한 타인들처럼 서로의 기관과 기억에 먼지가 쌓이게

끔 방치해버렸다. 연료가 바닥난 배처럼 느린 속도로 항해를 이어나가다 어느 순간 멈춰버린 것이다. 때로 불어오는 해풍에 둘은 떠밀리듯 어느 방향으로 물살을 일으키며 나아가기도 했다. 삼 년 전, 갤러리 416에서 열린 그의 개인전 마지막 날이 바로 그런 찰나였다.

전시 기간 내 드문드문 나타나던 선후배 작가들과 후원자, 갤러리 관계자, 지역문화재단 관계자, 평론가가 한자리에 몰려들었다. 그렇다고 자리의 주인공이 딱히 그라고 할 수도 없었다. 모두 제각각의 목적과 화제로 각개 약진하는 시간이었다. 그는 괜히 여기저기 짓궂게 붙들려 대취했다. 다음 날, 그는 그녀의 화실에서 눈을 떴다. "깼어?" 화실은 벌거벗은 그가 깔고 앉은 매트리스를 제외하고는 텅 비어 있어 화실이라 부를 수도 없었다. 워낙 좁은 공간이었기에 빼곡했던 잡동사니와 세간이 빠져나갔어도 그다지 넓어진 것 같지 않았다. "네 개인전은 봐야 할 것 같아서." 그녀는 가진 것을 전부 처분하고도 얼마간 빚을 내어 유학 준비를 끝낸 상태였다. 유학이라고는 하지만 사실상 벌이를 위해 떠나는 것임을 그는 모르지 않았다. 그래서 그는 그녀에게 전시 어떻게 봤냐는 질문조차 하지 않았다. 무슨 말을 해야 할지 몰랐고, 아무 말도 하고 싶지 않았다. 그녀에겐 모색이었겠지만, 그가 보기엔 전향이었다.

주인 남자가 직접 쟁반을 들고 왔다. 삼겹살 삼 인분과 함께 놓인 밑반찬은 여느 밥집에서 내오는 찬과 다를 것 없어 보였다.

"말 거야?"

그녀는 소주를 먼저 따른 뒤, 맥주병을 들고 물었다.

"아니, 맥주를 마시면 발이 붓더라고."

"거기, 석고 속에 갇혀서도 붓는 게 느껴지나 봐?"

그녀는 섞은 잔을 자기 앞에, 소주만 채운 잔을 그 앞에 놓았다.

"손은 멀쩡해. 다음 잔은 내가 타줄게."

"그래."

"그럼, 한잔할까?"

둘의 잔은 허공에서 서로 부딪치지 못하고 각자의 입술에 닿았다. 소주가 들어가자마자 빈속에서 트림이 올라 알코올이 코허리를 때렸다. 그녀의 젓가락이 곁들이 안주 가운데 부추김치를 집었다. 그도 따라 젓가락질을 했다. 젓갈을 듬뿍 넣고 푹 삭힌 것이었다. 금세 소주를 한 잔 더 들고 싶게끔 충동질하는 찬이었다. 순서대로 갓김치, 황태채무침, 물김치를 맛보았다. 대충 길이로 썰어낸 당근과 오이를 아삭아삭 씹으면서는 맛없는 집 가면 이런 것조차 맛없다니까, 하고 감탄하기도 했다. 그녀가 말도 안 되는 소리라며 웃었지만, 정말 이 집은 생채소마저 남다르다 싶어서 웃음을 그칠 수가 없었다.

실은 그게 다 장맛이었다는 걸, 젓가락으로 찍어 맛보고야 알았다.

"훌륭하지?"

"어떻게 이런 곳을 찾아낸 거야?"

그가 감탄하며 물었다.

"오늘 새벽에야 이 집이 생각났거든."

그녀의 말이 마치 이곳에서만 할 수 있는 이야기가 있다는 것으로 들렸다. 어둠 속에 던져둔 물음표를 하나하나 지울 수 있을 거란 기대도 들었다.

"갤러리 416에서, 기억나?"

"네 개인전 어땠냐는 말이지?"

"그날 실컷 다른 얘기만 했었잖아?"

"나까지 얘기할 필요가 있을까 했나 보지."

비꼬는 건 아냐, 덧붙이긴 했지만, 그녀는 예나 지금이나 상대가 오해를 하든 말든 상관없다는 느긋한 구석이 있었다. 그는 발끈하지 말자면서도 첫 개인전이었다고, 굳이 그녀도 모르지 않는 사실을 상기시켰다.

"만약 네가 그날 화실에서의 일을 기억하냐고 물었다면, 나는 네 전시에 대한 이야기를 했을 거야."

그는 힐난이 담긴 듯한 그녀의 말을 되새김질했다. 화실에서의 일? 취해서 같이 잔 것 말고 뭘 더 했단 말인가? 사라질 때처럼 홀연히 나타나서는 작품 얘긴 묻지도 않고…… 온통 그런 얼굴인 그에게 그녀가 입을 열었다.

"어쩜 그렇게 걸어야 할 작품들만 쏙 뺐는지."

그녀가 말하는 건 「SEA」 연작이었다. 그는 졸업과 동시에 해수면의 고요한 움직임을 묘사했던 그 작업을 더는 이어가지 않았다. 그는 저를 괴롭혀온 트라우마쯤 언젠가 완전히 끊어낼 수 있을 거라 믿었다. 믿었던 한세월이 있었다. 왜, 미술 치료라는 것도 유행하는 마당에 작가씩이나 됐으니 말해 뭐해. 그는 무한의 조각을 떼어내 캔버스에 담아왔다. 무한의 조각 역시 무한이다. 그가 생각하기에 무한은 유한자에게 유심하지 않다. 무한의 심연을 헤아리는 유한자의 시도는 기필코 실패하고 말 것이기에 그는 가닿고 침투하고자 하는 부질없는 욕망을 소거한 채 표층에 붙박이기로 했다. 바다의 잔물결을 집요한 의지로 담은 「SEA」 연작은 단속 없는 운동성 속에 가까운 것과 먼 것, 유한한 것과 무한한 것 사이의 모든 에너지를 녹여내고 있었다. 적어도 그는 그렇게 확신해왔다. 그러다 보면 태어나는 것과 죽는 것의 의미도 아주 작은 것처럼 여길 수 있으리라. 그의 입으로 들이치는 물은 그야말로 무한한 것이었다. 유한한 생을 이어가고자 허우적거렸던 익사 직전의 체험은 이후를 살아내는 그에게 태곳적의 기억처럼 느껴지다가도 불현듯 파열을 내며 그를 조여오곤 했다. 이를 극복하는 길 따윈 없었다. 다만 형체 없는 두려움에 풍덩 빠져 속수무책으로 가라앉지 않고, 그 두려움의 덩치를 가늠할 수 있게 만드는 방법은 있었다. 끝 모르고 그려가는 것. 그것 말고 다른 수는 생각해본 적도 없었다.

그러나 무한을 그리는 자의 유한성은 유한자의 내부로부터 말미암은 것이 아니라 그의 바깥으로부터 도래하였다. 어렵게 말할 것 없이 그의 작품을 전시하자는 손을 만나지 못하고, 재료비라도 감당할 뾰족한 수를 내질 않는 이상, 그의 파도는 더 이상 운동을 이어갈 수 없었다. 이를 인정할 때 마주했던 좌절의 깊이란 총명함만으론 측량할 수 없는 것이었다. 그는 그녀를 잠시간 노려보았다. 하긴, 그림깨나 그린다고 그리 간단히 이겨내고 승화시킬 수 있다면, 세상의 모든 환자들은 다 화가겠다. 그는 따지고 싶지도 않았다.

그녀가 타국에서 했던 일이란 시시하게도 큐레이터였다. 그는 적어도 그녀가 제 생각을 획기적으로 벗어난 삶을 살고 있을 줄로만 알았다. 그러나 이성적으로 큐레이터야말로 그녀가 그려온 삶의 궤적과 그나마도 동떨어지지 않은 일이었고, 그녀 또한 떼돈이나 벌어야 채워질 자는 아니었다.

"큐레이터 일, 잘 어울렸겠다."

"그래? 별로 기쁘게 들리지 않는다?"

"뭐든 잘했을 거란 말이야."

"그 말도 마찬가진데?"

"어허, 왜 이러실까."

그가 집게를 들고 충분히 달궈진 불판에 고기를 올렸다.

"내가 할게."

"아냐. 고국에 돌아온 걸 환영하는 차원으로다가."

"아니야. 뭐든 잘하는 내가 하는 게 나아."

치익, 삼겹살 구워지는 소리가 요란했다.

"이 집 삼겹살 괜찮아. 냉동은 냉동인데, 허연 물이 생기지 않잖아? 그게 다 육즙이거든."

"어허, 진짜 뭐든 잘하려고 드네?"

"또 한잔할까?"

"아차, 비었네. 잔 줘."

그는 그녀의 잔에 칠 부쯤 오르게 소주와 맥주를 섞어 따랐다.

"건배?"

시간순으로 펼치는 이야기의 장점은 빠뜨리는 게 적다는 것이다. 하지만 그만큼이나 누락 없는 정보 때문에 포인트가 숨 쉴 자리가 없다. 작은 공기에 꾹꾹 눌러 담은 밥처럼. 포인트는 낯설고 불친절한 대기 속에 숨 쉴 공간을 만들어 꼭꼭 숨어든다. 그런 의미에서 이야기의 세계는 폐허처럼 와해되어 있을수록 어딘가 숨어들 곳도 많다. 그래서 탁월해진다는 것은 애초에 누가 더 가지런한 설명력을 뽑아내느냐가 아니라, 누가 더 청자의 몰입에 은근한 분탕질을 놓느냐는 차원의 문제일지도 모른다.

"그렇잖아?"

"어렵네."

"어려울 것 없어. 그런 방면으론 노력 없이도 쉬운 사람이 있지만, 피나게 연습해야만 하는 쪽이 있지. 넌 전자야."

그녀는 말끝에 테이블에 오른 그의 담뱃갑에서 한 개비를 꺼냈다.

"생각나도 피우지 마."

그녀의 눈이 먼 곳을 좇듯 가늘어졌다. 두 사람은 말없이 술을 넘겼다. 그녀는 부연이 없는 것으로 스스로를 후자라 밝히고 있었다. 생략으로 설명하는 것 또한 그녀의 달라진 점일지도 몰랐다.

"끊을 때 확실히 끊어야지."

"그렇게 생각해?"

"뭘? 담배?"

"아니야."

그녀는 삼겹살을 집어 부추김치와 함께 먹었다. 그는 묘한 소외감을 느끼며 빈 잔에 소주를 채웠다. 그녀의 잔에는 맥주를 마저 따랐다. 그는 물김치 국물을 떠먹으며 속으로 그녀의 말을 곱씹어보았다.

'누구도 한여름에 따뜻함을 말하지 않듯, 잔뜩 어질러진 방에서야 공간이 발견되듯.'

꼭 성경의 한 구절이나 되는 것처럼 묘한 울림이 있는 비유였다. 그것도 다 그녀가 놓은 분탕질의 효과일 테지만.

"홍어, 좋아?"

"홍어가 돼?"

"어때?"

"먹어본 적은 있지. 근데, 너 홍어 좋아했어?"

"좋아하게 됐지."

그녀는 홍어 일 인분만 주문이 되는지 물었다. 두툼하게 썰어 예닐곱 점이 오른 접시가 만 원에 나왔다. 홍어와 함께 해초무침과 잘 익은 배추김치, 갈치젓갈과 굽지 않은 김이 상에 깔렸다. 그녀는 일 인분쯤 남은 삼겹살을 불판 위에 올렸다. 그가 굵은 소금이 섞인 고춧가루 종지에 홍어를 찍었고, 그녀는 삼겹살 기름이 묻은 가위를 휴지로 닦고 홍어 한 점을 반 잘라 아무것도 찍지 않고 맛을 보았다. 그는 코를 실룩거리며 잔을 내밀었다.

"건배도 자꾸 하니 재밌지?"

"홍어 맛도 참 재밌다."

그는 물수건으로 코를 훔치고는 담배를 꺼내 물었다. 그녀는 아까 꺼내두었던 한 개비를 만지작거렸다.

"피우고 싶으면 피워."

"조금만 더 견뎌보고."

그녀는 재밌는 얘기를 해주겠다고 했다.

"밖을 봐."

창밖은 일별해두었던 풍경에서 달라진 데가 없었다.

"우리가 건넜던 횡단보도 보이지?"

그는 연기를 짧게 뱉어내며 이야기에 집중했다.

"내가 있던 도시엔 백 미터도 넘는 횡단보도가 있어. 그것도 흔하게."

그녀는 이번엔 도로 위에 박힌 블록들을 보라고 했다. 인도와 차도를 구분하는 직육면체 블록이었다. 어느 나라든 저런 화강암 블록의 크기는 동일하지 않을까 싶다. 그건 기술의 문제가 아니라 낭비를 최소화하기 위한 당연한 통일이었다. 그런데 그 나라의 어느 뒷골목으로 들어서면 블록의 간격도 제각각이고 크기도 일정하지 않다. 공공재인 가로등의 수가 워낙 드물기도 해서 외국인이 그 길을 지날 땐 걸려 넘어지기 일쑤다. 이 낯선 불규칙함이 불쾌해 아래를 보면 처음엔 그저 닳아진 것처럼 보이지만, 실눈을 뜨고 보면 절단면이 보이고 어느 것은 아예 뽑혀 나가 있기도 했다.

"그 돌덩이들은 어디로 간 건데?"

그녀는 대답 대신 홍어 한 점을 입에 넣고 묵묵히 씹었다.

"우리가 먹고 있는 홍어는 아마도 수입이겠지?"

"FTA 이후론 싸게 들여오니."

"참 신기해. 어떻게 또 지구 반대편에서 홍어를 잡아다 팔아먹네."

그녀가 만나기로 한 작가는 홍어를 수출하는 남미대륙의 그 나라 출신이었다. 그녀는 옴폭하게 팬 뺨이 동서로 좁고 이마빼기와 하관이 남북으로 긴 작가의 얼굴을 보자마자 이상하게도 홍어가 먹고 싶단 생각이 떠올랐다고 했다. 홍어의 긴 꼬리를 연상한 것일까 갸웃했지만, 곧 자신이 떠올린 것이 무엇인지 정확하게 알아차릴 수 있었다고 했다.

그녀는 굳이 작가가 짐을 부린 호텔로 가겠다고 나섰다. 북미와 유럽을 경유하여 사십여 시간을 날아온 데 대한 고마움도 고마움이지만, 그녀는 선망의 대상으로 작가를 대하고 있었다. 새삼 그렇게 작동하는 마음이 자신에게 한 귀퉁이라도 남아 있다는 게 어질어질했다. 그녀가 작가를 직접 픽업하겠다고 했을 때, 미술관장은 대륙인다운 느린 웃음을 지어 보였다.

운전면허가 없는 그녀였기에 택시 외에 다른 수단을 부릴 수는 없었다. 그녀는 택시 안에서 그간 보냈던 수십 통의 초대 메일을 떠올렸다. 지난 삼 년간 그녀의 동선을 생각해볼 때, 이 이동은 비약적인 것이었다. 갤러리와 렌트 하우스를 오간 것 외에는 관광 한 번 않았다. 모든 업무는 아이폰과 매킨토시로 처리가 가능했다. 그러고 보면 그녀에게 이곳은 실은 타국이라는 것 말고는 다른 의미가 없을지도 몰랐다. 그저 자신의 실패가 세계 최대 도시의 타인들 속에 가리어질까 정도는 의도했을지도. 그녀는 빠르게 뒤로 밀려나는 차창 밖 풍경으로 고개를 돌렸다. 번듯하고 넓은 도로를 달리는 속도감이 기쁘게 느껴졌다. 저만치 보이는 호화로운 백화점을 스쳐지날 땐 풍경을 꼼꼼히 담기 위해 눈을 치뜨기도 했다. 언제는 잘 알았던 적도 없지만, 그녀는 제가 아는 나라가 맞나 싶었다. 공산당 일당독재란 나쁜 체제가 아니었던가! 그럼 자본주의는 선한가? 대체 무슨 생각을 하고 있는지…… 좋다 나쁘다 세상 유치한 분류를 하고 있지 않나, 반의어가 아닌 것들을 억지로 갖다 붙이질 않나. 그녀는 풀려나는 사념을 그대로 내버려두었다. 쇼핑을 마치고 나온 수많은 가족을 보면서는 자신도 모르게 성공적인 삶과 행복에 대해 호의적인 감정이 생겨나는 것을 느끼기도 하였다. 내비게이션이 없는 차량이었으나 목적지인 호텔까지 얼마 남지 않았다는 것을 알 수 있었다.

그녀는 택시가 조금씩 무거워지고 있다는 것을 느꼈다. 커다랗고 튼튼해 보이는 자전거 떼가 그녀를 앞질러 가기 시작했다. 자전거들은 멀리선 몹시 느린 듯 보였으나, 차창을 스치는 그것들은 공포심이 느껴질 만큼 빨랐다. 기사는 그녀에게 동의를 구하지 않고 차창을 모두 내리고는 담배를 물었다. 앞선 외제 중형차가 내뿜는 배기가스가 바람 없는 대기 속에 머물렀다. 그녀는 뒷좌석의 창이라도 올리기 위해 딸깍딸깍 버튼을 만졌으나, 운전석에서만 조정할 수 있도록 잠겨 있었다. 막연히 서쪽이라 짐작되는 하늘에서 해가 떨어지고 있었다. 노을은 내려앉은 회색 부유물 때문에 매우 흐릿하게 번져 있었다. 해가 완전히 사라지기 직전, 조용히 도시를 점령해가던 먼지의 본색이 비현실적으로 확연하게 드러났다.

그녀는 대륙어로 기사에게 호텔로 가는 길이 이 도로뿐인지 물었다. 기사는 룸미러로 그녀와 눈을 맞출 뿐, 귓바퀴를 꾹 누르고 있는 휴대전화를 놓지 않았다. 그녀는 기사가 통화를 끝낼 때까지 참을성 있게 기다렸다. 하지만 기사는 전화를 끊고도 반복해 묻는 그녀의 말에 들은 체도 않았다. 적의가 아니고는 설명할 수 없는 불친절이 차 안의 공기를 팽팽하게 만들었다. 그녀는 지갑에서 삼십 달러를 꺼내 흔들며 한국어로 말했다. 자신은 결코 일본인이 아니라고.

기사는 거친 핸들링으로 차간 거리랄 것이 거의 없어 뵈는 대열을 비집기 시작했다. 택시를 향해 범람하는 큰물처럼 클랙슨이 쏟아졌다. 기어이 갓길로 머리를 들이민 택시는 나들목까지 거침없이 통과해 큰 도로를 빠져나왔다. 얼마간 이어진 구불구불한 이면도로를 따라 택시는 미끄러지듯 별안간한 고층빌딩으로 들어섰다. 그러고는 이국적인 키 큰 나무들이 빙 두르고 있는 광대한 주차장을 감상할 새도 없이 통과해버렸다. 그녀는 한참 전부터 분 단위로 메시지를 보내오는 작가에게 답장하기를 포기했다. 대신, 대면했을 때 할 말을 궁리해보았으나 좀처럼 머리가 돌아가지 않았다. 택시는 몇 개의 세계와 차원을 통과해 좁다란 골목을 맞닥뜨렸다. 기사가 깊은 물속으로 들어가는 자처럼 숨을 크게 들이켰다. 누가 보아도 목적지까지 남은 최후의 난관처럼 보였다.

작가는 호텔 입구에서 송장처럼 가만히 서 있었다. 그를 발견한 그녀가 택시를 세웠다. 작가는 뚜벅뚜벅 걸어와 그녀의 얼굴에 있는 힘껏 침을 뱉었다.

"그런데, 모욕적으로 느껴지지 않았어."

그는 얼마간은 그녀의 입에서 흘러나오는 길지도 않은 얘기를 따라가지 못했다. 이 세계적 거장은 삼십 분을 기다리는 동안, 그녀에게 십여 통의 메시지를 보냈다. 그녀로선 이미 자신의 얼굴에 침이 날아올지 모른다는 상상을 했을지도 모른다. 하지만 그녀가 무엇을 대비하였건 간에, 그 순간 홍어가 먹고 싶다는 욕망은 돌출적이었다.

갤러리로 돌아가는 길은 굳이 좁은 골목과 고층빌딩의 주차장을 통과하지 않고도 마술처럼 막힘이 없었다. 뒷좌석에 앉은 작가가 그녀의 어깨를 툭 쳤다. 조수석에 앉은 그녀가 돌아보자, 작가가 손수건을 쥔 손을 쭉 뻗고 있었다. 싱긋 웃으며 손수건을 받는 그녀의 얼굴과 대조적으로 작가의 얼굴은 점점 일그러졌다.

"내가 떠올린 건 수놈 홍어의 자지였어."

그녀는 굵은 소금과 고춧가루를 찍어 별미를 먹듯 꼼꼼하게 홍어를 씹었다. 그는 규칙적으로 움직이는 그녀의 하관을 바라보았다. 도톰한 살을 씹는 것 같기도 하고, 뼈째 씹는 것 같기도 한 소리가 손가락으로 귓구멍을 틀어막은 것처럼 크게 들려왔다.

그녀는 휴대용 가스버너의 조작 손잡이를 내리고 가스통을 분리시키며 말했다.

"삼겹살하고 같이 먹어보든지."

그는 그녀가 가위로 반 토막 낸 홍어를 삼겹살과 함께 집어 먹었다. 부드러운 지방층과 야무진 껍질을 가진 돼지의 익숙한 식감이 홍어의 낯선 식감과 만나 솜씨 좋은 교직물처럼 호응했다.

두 사람은 삼겹살과 홍어를 남김없이 먹어치우고, 동태 살과 이리가 실한 칼칼한 국물을 두고 소주 한 병을 추가로 비웠다. 소주와 맥주가 각각 세 병씩이었다. 그가 창가에 기댄 목발을 겨드랑이에 끼우는 동안 그녀가 계산을 마쳤다.

"배부르지?"

"부르네."

"어디 가지?"

"집으로 갈까?"

"집이야? 작업실이야?"

"휴업 중이니 집이지. 가까워. 소주도 있고."

"가까워도 다리가 불편하지 않아?"

"당연히 불편하지. 눈뜨고 있는 동안은 계속."

"매 순간?"

"뼛속 어딘가 컴컴하게 박힌 철심이 느껴지거든. 실은 그것보다……"

축축하게 젖은 깁스붕대를 감을 때의 감촉이 그를 떠나지 않았다. 물에 빠졌던 사건으로 요약되는 유년의 기억처럼 차갑게 조여드는 석고는 영원히 부서지지 않을 것만 같았다. 끝내는 그의 가는 다리에 붙은 살점과 뼛조각까지 잠식할 거란 환상통이 괴롭혔다.

그는 택시를 기다리며 자지가 잘린 수놈 홍어를 생각했다. 아니, 수놈 홍어의 잘린 자지를 생각했다. 바다 깊숙한 어둠으로 가라앉는 그 유형물을. 암놈보다 살이 두껍고 질긴 수놈은 잡혀 올라오자마자 자지를 잘라내야 상품으로의 가치가 있다고 했다.

그가 뒷좌석에 비스듬히 목발을 집어넣고 탔고, 그녀가 앞에 앉았다. 그는 까무룩 잠이 들었다.

그녀를 실은 택시는 빌딩 주차장을 통과해 골목으로 진입하자마자 급격히 속력을 죽였다. 포장이 벗어진 길로 진입했음을 알리는 신호처럼 차는 한차례 크게 출렁였다. 타이어는 인장을 찍듯 자갈 섞인 개흙에 표지를 남기며 나아갔다. 그 길은 개체수 빼곡한 철빈한 자들의 거리였다.

택시는 모텔 주차장에 길게 매달린 가림막을 통과하듯 사람들을 밀쳐냈다. 처음 사람을 치었을 때, 그녀는 외마디 비명을 질렀다. 난데없이 우박 쏟아지는 소리가 그녀의 귀에 쟁쟁거렸다. 두 손으로 귀를 틀어막자 저음으로 변한 소리는 심장에서 진동을 내기 시작했다.

그녀가 처음부터 귀를 막고 넓적다리 사이로 고개를 처박은 것은 아니었다. 들이치는 물을 삼킨 듯 기침부터 쏟아졌다. 숨을 들이마실 수가 없었다. 그녀는 긴장으로 단단해진 허벅지를 누르며 겨우 차창으로 고개를 돌렸다. 조무래기 하나가 날듯이 튀어와 유리창에 쩍하고 달라붙었다. 사람의 팔뚝이 들러붙었다 떨어지고, 마른 남자의 비정상적으로 늘어난 러닝셔츠가 차창을 때리고 지나갔다. 이 골목의 자전거는 아찔한 높이로 물건을 적재한 채, 취한 듯 느리게 나아가고 있었다. 선 채로 페달을 밟는 다리들이 현실감 없이 길고 가늘어 보였다. 퇴락하여 기능을 상실한 아케이드에는 좌판이 난립해 있었다. 난전 사이로 하수구마다 회색 쥐들이 빠끔 고개를 내밀었다. 고양이는 쥐를 잡아먹지 않고 쓰레기통만 뒤졌다. 그것들은 종종 '도둑고양이'에서 본질에 해당하는 '고양이'를 버리고 접두어만 선택해 쓰레기통과 그리 달라 보이지 않는 그들의 집을 털었다. 미지의 땅에 첫발을 내딛는 벅찬 탐험가처럼 날지 않는 파리는 고깃덩이 위를 활보하고, 시들고 변색한 채소에서는 바람이 불 때마다 끝없이 먼지가 날렸다. 무엇이 그들의 영혼을 갈취한 것인지는 모두 알지만, 하나같이 침묵을 택했다. 개중에 K-드라마를 소비하며 청춘 남녀의 사랑과 순수한 아픔을 체감하는 이들은 아무도 없을 것만 같았다. 19세기 파리의 아케이드에서 쫓겨난 노숙자와 창녀들처럼 21세기 타국의 거리에는 유령처럼 보이지 않는 존재들이 허정거리고 있었다. 이 거리에 존재하는 이웃들은 막연한 타인들일 뿐이며, 공황 상태에서 벗어나지 못한 채 불합리한 사고와 도덕 없는 순간을 살고 있었다. 그들은 서로가 서로에게 가짜 식품과 가짜 약, 가짜 신앙을 팔았다. 그들이 침묵을 택한 까닭은 도시 후커우*를 획득하지 못했기 때문이다. 이로써 영구적인 피지배계급이 된 이들은 세계 도시의 수치스러운 역사가 되어 상식적인 법규의 잣대를 간단히 부정한 가건물을 만들어 숨을 이어가고 있었다.

그녀는 여기까지 이야기를 마쳤을 때, '법규'라는 말을 떠올린 자신이 돌팔매질의 한가운데에 있는 듯 통증을 느꼈다고 했다. 이 참혹한 가건물들을 지어 올리기 위해 그들은 한 장 한 장 벽돌을 쌓고, 도로의 화강암 블록을 떼어냈다. 방수

---

* 중국의 후커우(호적) 제도는 일종의 국민 통제 수단이다. 태어나자마자 부모의 후커우를 물려받은 중국인은 거주 이전의 자유가 극도로 제한받는다. 정부의 허가를 받고 해당 이주지의 후커우를 취득해야 한다. 도시 후커우를 가진 이가 농촌 후커우로 바꾸는 것은 쉬우나, 그 반대는 상당히 어렵다. 이 후커우를 취득하지 못하면 교육, 의료, 취업 등, 시민으로서의 권리와 혜택은 없다.

포 하나 얹지 못한 지붕의 모습은 고스란히 대도시의 수직적이면서도 동시에 안정적인 발전이라는 슬로건의 천장 없는 욕망을 보여주고 있었다. 결국, 이 나라를 작동시키고 소생케 만드는 세포들은 자신의 살과 뼈를 녹여 도시의 피와 근육으로 다시 태어난 가난한 농민공들이었다. 빛을 좇아 하루살이 떼처럼 쏟아져 들어온 이들의 절망을 응시하는 동안, 어떤 생각 하나가 칼처럼 그녀를 찌르고 들어왔다. 실제와 환시를 구분할 수 없는 감각 속에서 그녀는 잘린 홍어의 자지처럼 어둠 속으로 가라앉고 있었다.

그는 얼음같이 차가운 깁스의 감촉이 선뜩해 눈을 떴다. 차창 밖으로 그의 동네가 흐르고 있었다. 다행히 작업실에서 그리 멀리 벗어난 곳은 아니었다. 그는 잠긴 목소리로 입을 뗐다.

"왜 안 깨웠어?"

그는 세 개의 다리를 끌고 그녀와 나란히 길을 걸었다. 그가 사는 부산시의 이 거리도 땅거미가 깔리면 시계가 흐릿했다. 중앙동이라는 이름은 이곳이 과거 시의 심장부였음을 떠올리게 했다. 식민 시대의 근대적 시설이 집중되었던 이곳은 과거의 빛나는 한 시기를 통과하여 이젠 그 이름과 어울리지 않는 면모로 낡아가고 있었다. 산업도로를 경계로 과거 해안 매축으로 형성된 지대에는 세관, 항만공사, 여객터미널 같은 공공기관과 기업체들이 들어서 있지만, 그의 터전인 이편은 어둠에 잠기면 숫제 엑소더스를 떠올리게 했다. '테마거리', '인쇄골목'이라는 명명은 재개발의 열풍으로부터 근현대사의 기억과 함께 이 동네의 식물성을 지켜주었다. 덕분에 수십 년씩 오래되고 난립한 건물은 오늘도 그 숨을 이어갈 수 있었다. 둘은 그 가운데 가장 낡은 콘크리트 덩어리로 들어갔다.

"집이 좀 높아."

"몇 층인데?"

"칠층짜리 건물에 구층."

"엘리베이터 없이 올라갈 수 있어?"

"그러길래 깨우지. 윗길에서 택시 내렸음 삼층부터 시작인데."

"그래도 사층 없이 바로 오층이네."

"그렇담 내 방은 육층짜리 건물에 팔층이야."

점퍼 안으로 더운 땀이 맺혔다.

"계단이 많이 좁아. 또 가파르고…… 조심해. 술 마신 사람한테는 특히 위험하니까."

"술이야 둘 다 마셨지. 이 계단에서 다쳤구나?"

"아냐. 정말 어이없게도 이 계단에서는 아니야. 곰팡이 먹은 벽지를 뜯어내고, 화장실 타일을 깨고, 빠루로 천장을 부술 때도 멀쩡했는데 말이야. 그냥 길이었어. 단순한 블록이었지."

두 사람은 백여덟 개의 계단을 모두 올랐다.

"여기도 외국 같아."

"좋은 거야. 어디든 외국으로 느낄 수 있다는 건. 발 조심해!"

불빛이 없는 바닥 한편에는 대못이 박힌 목재 폐기물이 함부로 난간에 기대 쌓여 있었다. 그 밖의 내다버릴 타일과 목재는 마대에 담아 줄줄이 세워놓았다. 조심하라고 해놓고 정작은 그가 페인트 통을 목발로 세게 때리고 말았다. 콘크리트 옥상 바닥에 깡통 나동그라지는 소리가 동네에 퍼져나갔다. 둘은 동시에 눈을 감고 웅크렸다.

"굉장했지? 들어가자."

글라스 가득 채운 소주를 들고, 다시 밖으로 나왔다.

"마지막 술이야. 아껴 먹자."

"응. 저기 맞은편 건물 보이지?"

그는 난간 밖으로 잔을 든 손을 내뻗었다.

"도로, 저편?"

육층 건물의 팔층에 있는 그의 집보다 더 길쭘이 올라간 오피스 빌딩이었다.

"가끔 담배를 피우러 나올 때, 난 저 건물 속에서 일하는 사람들을 구경해. 처음엔 넥타이였을 거야. 나야 장례식이 아니면 맬 일이 없는데, 저들은 매일같이 경건하구나, 하는 우스운 생각이 들었거든. 블라인드 탓에 아주 훤히 들여다볼 순 없지만, 전화를 받고, 팩스를 보내고, 컴퓨터 앞에서 열심히 키보드를 두들기는 모습쯤은 보여."

"그래서?"

"그런데, 어느 날은 야근하는 어떤 사람을 보게 된 거야."

"그런데?"

"그래서, 무슨 일로 저렇게 혼자 남아 있나, 하고 봤어. 본다고 해서 모니터의 글자까지 볼 수 있는 건 아니지만. 저렇게 교복 같은 복장으로 아침부터 밤까지 자잘한 셈본이나 해대고 있는 저 사람의 인생엔 일말의 기쁨이라도 있을까 궁금했어."

"그래서?"

"그런데, 휴대전화를 들고 자리에서 일어나더라고. 나는 담배나 한 대 더 피우며 그가 오길 기다렸어. 어차피 사방엔 아무도 없고, 불 꺼진 빌딩에 어디 갈 곳이 있겠나 싶었지. 역시나 곧 돌아오더라."

"그런데?"

"그 사람, 뭔가 쑥스러운 미소를 띠고 있었어."

그녀는 심해처럼 어두운 아케이드의 끝에서 덩그러니 허공에 뜬 채 빛을 내는 교회 십자가를 보았다. 택시가 십자가와 가까워졌을 때에야 불빛 아래서 겨우 어둠을 면하고 있는 첨탑 끝이 보였다.

다시 번화한 거리로 뻗어진 택시 안에서 그녀는 호텔 로비의 환한 조명에 시선을 빼앗겼다. 외국 여행에서 돌아온 것만 같았다. 그 화려한 불빛 때문에 그녀는 조금 늦게 작가를 발견했다. 호텔 입구에 설치된 스피커에서 흘러나오는 재즈 소리가 귓가에 맴돌았다. 그녀는 침을 맞고도 괜찮았다. 그것은 실로 아무것도 아니었다.

얼마나 깊은 밤일까. '그'라는 유형물이 박테리아와 플랑크톤에 의해 분해되고 나면, 그는 한갓 안녕이란 말도 하지 못하고 깊은 어둠 속에 잠겨 드는 것이다. 그가 자본의 주목을 받지 못하면서도 아직 숨을, 창작을 이어갈 수 있었던 것은 익사 직전까지 갔던 침몰의 체험 때문이었다.

둘은 지금 같은 생각을 하고 있었다. 일이 이렇게 되어가는 과정에는 설명하기 어려운 흐름이 있다고. 포인트란 무엇일까. 그녀가 마련하지 못했던 결정적인 포인트는 총명함을 상회하는 어떤 것이었다. 덧붙여 가지런히 정돈된 사고를 뛰어넘을 용기였다. 예술이든 사랑이든 숨어 있는 포인트가 곧 숨어 있는 흐름을 이끈다.

이야기를 마친 두 사람은 어둠 속에서 가만히 서로의 얼굴을 바라보았다.

"얼마나 추웠을까."

그녀가 겨우 입을 뗐다. 그는 입이 얼어붙지 않았으나 아무 말도 하지 않았다. 발치께에 툭툭 차이던 핸디코트 워셔블 통을 열었다. 타일을 뜯어낸 벽의 틈새를 메우던 차가운 물질이 밀도 있게 손톱부터 감쌌다. 이윽고 검지 전체가 쑥 미끄러져 들어갔다. 그녀를 올려다보았다. 그녀가 그의 눈높이로 쪼그려 앉았다. 그녀는 그가 한 번도 본 적 없는 환한 웃음을 지어 보였다. 그리고 주저하지 않고 퍼티 속으로 검지를 밀어 넣었다.

어느 낮
_내 가난한 비행기 동화

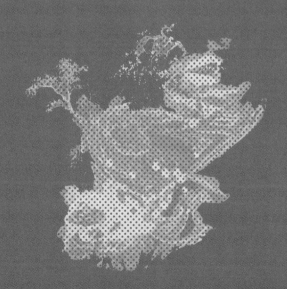

"아직도 뽑아먹을 게 남았습니까. 누가 보면 경제지인 줄 알겠네." 이달도 'Corona Oikos'라는 기획으로 채운 꼭지만 넷이었다. 내 반발쯤 예상했는지, 편집장이 자기는 피우지도 않는 담배를 내민다. 회의 때만은 높임말을 쓰자 했지만, 그게 쉽지 않았다. 그와는 중학생 때부터 친구였으니, 벌써 이십 년 넘게 써본 적 없는 존댓말이었다. 내가 흥분하는 이유는 다른 데 있지 않았다. 각종 공연·전시 기획들이 줄달아 엎어지고 있는 형편은 잘 알겠으나, 명색이 문화예술지에 '양적완화', '한미통화스와프' 같은 말들이 왜 지면을 채우고 있어야 하느냐 말이다. 끄덕여지지 않는 일은 보상을 바라는 마음만 키우는 법. 이놈의 돈도 안 되는 월간지 쳐내느라 세월

다 간다고 토로했던 게 엊그제였다. 그때만 해도 고개까지 끄덕이며 경청하는 모습이 예뻐 술값도 반이나 보탰는데, 며칠 사이 녀석은 긴급재난지원금 이슈와 연결해 '기본소득의 기원'이란 제목의 꼭지를 스리슬쩍 맡기곤 '묻고 더블로 가!' 식으로 불발된 기획 하나를 소생시키려 했다. "자기야, 좀 쉽게 가십시다. 바야흐로 대(大) 코로나 시대 아닙니까."

그가 꺼낸 건, '겨울, 예술인의 서바이벌고개'였다. 각종 보조금으로 공연, 전시가 몰리는 연말이 지나면 새해부터 적어도 삼월 즈음까진 예술인들이 손가락만 빠는 시기가 온다. 그들은 이 시기를 '보릿고개'라고 불렀다. 예술인 복지 현실과 관련해 그들의 겨우살이를 다룬 기획은 퍽 의미 있어 보였다. 물론, 이놈의 전염병 재난이 닥치기 전까진 말이다. 사람이 죽어나는 시대에 누가 가난한 예술인들의 겨울나기에 관심을 기울이랴. 필자인 나조차 그들의 이야기가 투정처럼 보이진 않을까 적이 우려스러웠다. 지금 취재해도 내놓을 땐 봄이 한창인데 괜찮을까 묻는 내게 그는 겨울이 다 지난 시점에 후일담 식으로 내놓는 편이 더 낫다고 주장했다. "당신들이 외면한 자리에, 나 여기 살아 있소. 아니, 있었소, 하는 거죠." 순 억지라는 생각이 안 들었던 것은 아니지만, 시절이 시절 아닌가! 그들이 어떻게 살아내고 있는지 궁금하긴 했다.

"그럼 섭외는 내가 한다?"

"어휴 이 새끼, 그래주시면 아주 감사하지."

*

　편집장 녀석에게 또 홀린 거라 중얼거리며 정연을 기다렸다. 그 어느 낮부터 녹취를 풀고 있는 지금까지도 속았다는 생각은 변함이 없다. 장르별로, 연령별로 제각기의 인물들을 저마다 다른 시간에 만나 인터뷰를 진행하는 건 여간 까다로운 일이 아니었다. 차라리 방구석에서 책만 파는 글이 나았다. 4차 산업혁명이다 뭐다 하는 시대에 중언부언하는 목소리들을 정연한 문장으로 옮기는 프로그램 하나 개발되지 않았다는 사실도 믿기지 않았다. 알바라도 쓸까? 그럼 하청의 하청이 되는 건가. 고료가 얼마라고. 몸이 배배 꼬였다. 무용인 L(정연)은 그나마 낫다. 미술인 P(철호)형 것은 앞이 깜깜했다. 발음은 둘째 치고, 도무지 영양가 있는 얘기가 없었다.

　무용인 L은 인터뷰에 적극 응해주었다. 그가 미주알고주알 풀어내는 얘기보따리는 현실적인 르포르타주이면서 주어진 생의 시계를 빼곡하게 살아낸 일기였고, 희망이라는 서사로 일군 한 편의 소설이었다. 그 얘길 좇는 동안 필자는 술 한잔 생각이 간절해 아주 혼났다.……

　우리는 정연의 집 근처 프랜차이즈 커피집에서 마주 앉았다. 뜨거운 아메리카노를 입술로 가져갈 때마다 마스크를 잠시 내려야 했다.

"답답하지?"

"마스크가? 아님, 코로나가 판치는 요즘이?"

"둘 다."

그녀와 나는 동갑으로, 편집장을 경유하여 아는 사이였다. 우린 최근에야 말을 놓았다. 말을 놓기 시작했다고 모두 친구 사이가 되는 건 아니며, 모든 친구 사이가 말을 놓는 것도 아니지만, 말을 놓는 순간 관계가 훨씬 밀착되는 것처럼 느껴지는 건 사실이었다. 하지만 인터뷰어로서는 말을 높여야 하는 상대와 마주하는 게 편했다. 그 적당한 거리는 노트북 뒤에 은신해 멀찍이 질문만 던질 수 있도록 해주었다. 그런데 정연은 자꾸만 그 거리를 싹둑 자르며 다가왔다.

"어떻게 지내냐"는 물음에 "놀아"라고 답을 돌려주는 식이라면 설명이 될까? 녹취를 풀고 원고의 뼈대를 세우며 드는 생각이, 그녀는 그렇게 나의 매가리 없는 질문에 숨을 불어넣었던 게 아닐까 싶다. 그렇지만 커피숍에서의 난 마스크로 표정을 가릴 수 있어 다행이라고만 생각했다. 논다는 사람더러 무얼 더 물으리!

"어, 어떻게 노는데?"

"뭐 하면서 놀았지? 별거 없는데? 대체로 누워 있거든."

"안 누워 있을 땐 뭐 해?"

"유튜브도 보고, 음악도 듣지. 아. 그것도 다 누워서 할 수 있는 거구나." 유튜브로는 뭘 보고, 음악은 뭘 듣는지 묻기도 전에 정연이 덧붙였다. "다른 춤꾼들 영상도 봐야 할 거 아냐? 보면서 의상 디자인이나 조명도 공부하지. 전문가는 못 돼도 반전문가는 돼야 하거든." 그녀는 쫓기듯 보탠다. "그럴 수밖에, 맡기는 족족 다 돈이니까."

"유튜브 같은 거 말고는 없어?"

"'같은 거'라니!" 그녀는 웃음을 터트렸다. '누워서 하는 것' 말고를 기대하던 내가 안쓰러워 보였는지 덧붙였다. "손 굳으면 안 되니까 장구 연습도 하고, 이래저래 워크숍도 다니고."

"잠깐만, 그건 벌이가 좀 되는 거니?"

"내가 가르치는 게 아니라 배우는 거야."

"여태 배워?"

"평생 배울걸?"

평생 배운다는 사람더러 안됐다고 할 수도 없고, 차라리 논다고 여기는 편이 훨씬 나을지 모르겠다.

"집에 먹을 거 많은데, 그냥 오지."

아니, 이 형은 사람 얼굴보다 손에 들린 프라이드치킨이 먼저 들어오나? 미술 쪽으론 철호 형 인터뷰를 따려고 하는데, 기대가 안 된다. 안줏거리만 해도 그랬다. 늘 말만 '그냥 오라'지, 막상 가보면 습기 먹은 크래커 몇 조각, 오래된 오이…… 어쩌다 계란프라이가 추가되는 식이었다. 그런데 뭘 차려놓았는지 턱짓으로 부엌을 가리킨다.

형은 샐러드 볼을 가져와 내밀었다. 속을 그득 채우고 있는 파전용 반죽이 출렁거렸다.

"뭐야? 진짜네?"

그의 집에 식재료가? 얼마 전까지만 해도 상상할 수 없는 풍경이었다. 냉장고 문 안 열어본 지 몇 해째라던 그의 모습이 선하다. 좀체 믿기지 않는 일은 짧은 시간에 연달아 일어났다. 금방 구워낸 파전은 얼추 그럴싸해 보였다. 두툼한 이불처럼 폭신폭신했다. 바삭한 쪽을 밝히는 내 스타일은 아니었는데, 아무튼 대단한 영광이 아닌가! 마음 급한 내가 나무젓가락을 쪼개려는 찰나, 형이 제지하고 나섰다.

"한잔해야지?"

"형, 술은 인터뷰 좀 하고 마시자." 그를 모르는 것도 아니고, 한잔 들어가면 취재가 제대로 될 리 없다. "목이라도 좀 축여야 무슨 이야기가 나오지." 그러면서 막걸리와 맥주를 꺼낸다. "조합이 왜 이래?" 따지듯 물으니, "네가 통닭까지 튀겨 왔잖아?" 하면서 맥주도 따고, 막걸리도 따른다. 이 양반은 다른 욕심은 없으면서 술 욕심은 어지간하다.

"형, 그럼 보지도 않는 티브이라도 꺼. 산만하단 말이야."

"왜, 좋은데."

"아, 진짜!"

획 일어나 리모컨을 찾는데, 안 보인다. 내 집도 아니고, 못 찾는 게 당연한데도 형은 도울 생각이 없다. 티브이에서는 한창 트로트가 흘러나오고 있다. 어제만 해도 아이돌 가수를 뽑는다며 대국민 오디션을 펼치더니, 오늘은 성인 가수들의 전유물인 줄 알았던 트로트 장르가 그 경연장에 섰다. 이런 콘셉트의 프로그램이 어제오늘 나온 건 아니지만, 해도 해도 너무한다. 틀었다 하면 꼼짝 마라 식이다.

"아, 형! 리모컨!"

"리모컨 못 찾아서 며칠째 끄지도 못하고 있다. 그냥 무시하고 한잔해."

"증말……"

이 형한테 뭘 기대하고 온 걸까, 후회하며 막걸리 한 잔을 쭉 들이켰다. 나도 참 문제다. 마시자마자 마음이 조금 풀린다.

"요즘처럼 스케줄이 없는 시기에도 활동기처럼 살아내는 사람이 있을까? 계획적으로?" 정연은 무용인 개인이 트레이닝을 유지할 만한 환경을 갖추기 어렵다는 말을 하면서 덧붙였다. "그러니 놀아야지, 어쩌겠어." 더구나 바이러스 여파로 연습실까지 개방하지 않는다고 했다. 코로나 얘기가 나와서 말인데, 그래도 이 계절이면 푼돈이라도 벌어주던 입시반 학원 수업조차 올 스톱이었다. 말끝에 정연은 허리를 고쳐 세우며, 자신을 평균적인 무용인으로 상정하기엔 무리라는 걸 강조했다. 혹 저의 우는 소리를 불편하게 느낄 사람도 있을 것이다. 정연은 저어하고 있었다. 행복한 쪽이야 고만고만한 양상으로 살아간다지만, 그 반대쪽은 각양각색의 모습들을 하고 있다질 않나. 어렵다는 기준도 악마가 숨겨놓은 디테일이 얼마나 많은지.

"나도 개인적인 근황이나 들으러 나온 거지, 무슨 대표성을 부여할 생각은 없어. 편하게, 편하게……"

그녀는 곧 다가올 봄을 걱정하고 있었다. "보통 삼사월에 많이 다치거든. 트레이닝이 충분하지 않은 상태로 겨울을 났다가 날 풀려서 활동할 즈음 근육을 다치지." 모르긴 몰라도 그렇게 다치기라도 하면 엄청나게 손해지 싶다. 많은 행사들이 봄에 몰려 있으니까. 말 나온 김에 물었다.

"근데 공연이나 행사들은 왜 하는 달에만 몰려 있을까?"

그녀는 가을이 공연 보기 좋은 계절이란 말은 순 행정 하는 놈들이 만든 것 같단다. 시월부터 십이월이 활황인 까닭이, 실은 보조금 정산을 위한 것 아니냐는 주장이었다. 우스개이긴 하지만 틀린 말도 아니었다. 그렇게 만들어진 가난한 겨울을 보낸 예술인들은 정작 삼월에 가장 큰 고비를 맞는다고 했다. 한겨울이야 돈 안 드는 '놀이'에만 열중하면 된다지만, 활동을 시작하는 삼월부터 드디어 돈을 만지는 사월까진 그야말로 '깔딱고개'가 펼쳐진다는 것이었다. 어디 강습이라도 다닐라치면 교통비 들지, 당장 립스틱, 아이라이너라도 떨어지면 어떡하느냐 말이다. 나다니면 배 꺼진다지만, 움직이지 않으면 아무것도 채울 수 없다는 것이 엄혹한 경제활동의 전제였다.

"형, 이 친구는 어디가 많이 아픈가 봐."

"영, 그래 보이지?"

파전은 대실패였다. 전분 풀어놓은 물처럼 점도가 있는 반죽 때문에 전이 축축 늘어졌다. 그렇다고 덜 구워져 그런 건 아니었다. 물으니, 속 재료로 들어간 냉동해물믹스 데친 물에다 밀가루를 풀었는데, 그 바람에 반죽이 얼마큼 익어버린 것이었다. '아니, 그 물을 버리지, 왜 쓰냐'고 따져 묻지 않은 건, 내가 파전 만드는 법을 일절 모르기 때문만은 아니었다. 맛국물까지 생각한 마음이 기특했다고나 할까. 나보다 이십 년 가까이 많이 먹은 형을 타박하고 싶진 않아 웃고 말았다. "근데 형, 해물믹스도 다시물이 나?" "해물은 해물이니까."

꺼버릴 수도 없는 텔레비전에서는 저마다의 절박함으로 무장한 출연자들이 스토리텔링을 펼치고 있었는데, 거기, 열네 살 소년의 사연 많은 목소리도 한몫 끼어 있었다.

"아야 뛰지 마라 배 꺼질라 가슴 시린 보릿고개길……"

"쟤는 뭘 알고 저런 노랠 부른대? 보릿고개를 안대?"

형은 등을 보인 채, 몇 판째 도전 중이었다.

"너도 모르지 않아?"

"난 팔십년대 생인데, 당연히 모르지. 형은?"

"육십년대 생도 몰라. 보릿고개 저거는 우리 부모 세대 얘기지."

"그러니까 말이야. 너무 불편해."

"그래도 모르지. 추체험이란 게 있잖냐. 거 노래는 잘하네."

"초근목피의 그 시절 바람결에 지워져갈 때……"

"몰라. 어우, 듣기 싫어."

형의 잇따른 도전에도 결과는 똑같았다. 불의 세기도, 두른 기름의 양도 코를 풀어놓은 듯 진득한 식감을 바꿀 순 없었다. 그런데 자꾸 먹다 보니 버리질 않았던 그 냉동해물 데친 물이 낸 향이 올라왔다. 뜨거운 파전을 찢어내자마자 박력 있게 번져나가는 향은 대단한 맛집에서나 날 법한 것이었다.

"형, 이거, 솔직히 괜찮다!"

자꾸만 웃음이 비어져 나왔고, 그걸 숨기느라 우린 막걸리만 서너 통쯤 비웠다. 졸지에 죄 없는 치킨만 찬밥 신세였다. 자, 이제라도 인터뷰 좀 해야 하는데……

자연히 벌이 얘기가 나왔고, 나온 김에 무용인들의 벌이 방법에 대해 얘기해달라고 했다. 이들의 가장 대표적인 벌이는 예술 강사였다. 올해로 8년 차 예술 강사인 정연은 이번 학기부턴 이동 거리는 꽤 되지만, 비교적 많은 시수를 확보할 수 있는 학교로 수업을 나가기로 했다. 이왕 캐묻기 시작했으니, 숫자로 말해줄 수 없냐고 했다. 예술 강사는 시급 43,000원으로 비교적 고수익에 해당하는 일자리지만, 한 사람당 많은 시수가 확보되진 않으니 이것만으로 안정적인 생활을 담보하긴 어렵단다. 그것도 방학을 타는데다 과목별로, 선생의 역량별로 벌이의 편차는 존재했다. '난타', '모듬북'처럼 수요가 있는 과목의 경우, 많게는 연 400시수까지 뛴다고 했다. 피아노, 바이올린 같은 서양음악이야 정규 음악 교과에 편입되어 방과 후는 말할 것도 없고 동네 보습학원까지 다양하게 자기 자리를 가지고 있지만, 예로 들었던 한국음악 쪽 강좌는 대개 방과 후 프로그램 편성에만 기대고 있었다. 국악이 음악 교과라면, 무용은 체육에 속한다고 했다. 아무래도 체육 교과는 남자 선생님들이 많기 때문에 디테일한 부분의 틈새를 정연과 같은 무용 전공자가 메우나 보았다.

"그래서, 넌 몇 시수나 채워?"

"연 삼백, 조금 안 돼."

"그럼 얼마야? 세금 떼고 유류비 등등 떼도 월 백은 가져가는 건가?"

"그 정도는 안 돼. 그래도 나야 많이 버는 편이지. 너 지금 잘못 섭외했다 생각하고 있는 거지?"

"어떻게 알았냐? 먹고살 만하구만!"

웃기려고 한 말은 아니고, 정말 그렇게 생각하고 있었다. 보다 극적이고, '가난'이란 명사의 속성을 더욱 핍진하게 드러낼 수 있는 대상이었으면 좋았을 텐데 말이다. 우린 웃음을 가장해 민망함을 벗어버리고 있었다.

"어쨌든 바이러스 시대가 길어지면 요것도 다 잘리는 거지?"

"앞날을 어찌 아리오."

알 수 없는 건 내버려두고, 알 만한 것만 옮기자는 생각으로 바쁘게 메모를 이어갔다. 예술 강사를 포함해 무용인의 벌이 경로를 정리해보니 꽤 다방면이라는 생각이 든다.

'①방과 후 예술 강사, ②무용학원 출강, ③각종 행사, ④공연 지원 사업 응모, ⑤기타'

보통 직장인들이 월급에 의존하거나, 기껏해야 작은 부업 하나 가지고 있는 데 비하면야 썩 괜찮다는 생각이 채 다 흘러가기도 전에 금세 제자리로 붙들린다. 예술 강사를 첫번째로 올린 데는 그만한 이유가 있을 것이다. 안 그래도 정연이 휘갈겨 쓴 나의 메모를 제 쪽으로 끌어와선 말했다.

"거기, 2번부터는 벌이라 말하기 민망해지는데⋯⋯"

제대로 된 인터뷰라고 해봐야 무용하는 L이나 연극쟁이 C나 E처럼 형의 벌이를 모르는 것도 아니고, 새삼 묻는다는 게 곤혹스럽다. 재작년, 형은 삼수 끝에 합격한 딸애의 첫 등록금을 다 채워주지 못했다. 애 엄마를 닮아 공부 머리가 있다는 딸은 의대를 목표했지만, 번번이 마지막 문턱을 넘지 못했다. 아빠를 닮아 그림 그리는 재주도 있었던 딸은 한때나마 파격적으로 시각디자인 쪽으로 전공을 튼 적도 있었다. 그때 몇 개월 다녔던 미술학원만 아니었어도 적어도 한 문제는 더 맞았을 거라며, 형은 후회했다. "아니, 자기가 왜 후회한대? 형은 오히려 말렸다면서." 내 물음에 형은 "부모가 되면 그게 다르다"라고 했다. 그 상투적인 토로를 하던 것이 벌써 몇 해 전이다. 그사이, 나도 딸애 아버지가 됐다. 내 딸이 대학에 갈 즈음이면, 철호 형 나이쯤 돼 있을 테다. 지금 같아선 나도 딸애 등록금을 못 맞출지 모른단 서늘한 생각이 이마빼기를 스치고 지나간다. 나야 아내가 버니까…… 쓸데없이 앞선 걱정이란 걸 알지만 쉽게 내쫓아지지는 않는다. 형도 아직 이혼한 것은 아니었다. 다행히 형수가 한다는 보습학원이 그럭저럭 되는 모양이었다.

"수경이 이제 몇 학년이죠?"

"삼학년 올라가지."

"코로나 때문에 개학은요?"

"저그 엄마 집에 있지."

"자주 보겠네?"

"얼마나 바쁘다고."

"형도 바쁘면 되잖아?"

"나야 딸내미 연락 올 때까지 늘 대기 중이지."

"그림도 좀 그려가면서 대기하지!"

형은 요새 살림 산다고 얼마나 바빴는지 얘기하며, 냉장고나 한번 열어보라고 했다.

"또, 그놈의 파 얘기……"

그쯤 정연은 재차 강조했다. 자신을 무용인의 전형으로 볼 수 없다는 얘기. 내내 시원하게 답을 이어가던 그녀가 보인 잠시간의 머뭇거림에서 오독일지 모르나 여러 감정이 읽혔다. 혹 자신이 나고 있는 이즈음의 어려움이 구조적인 데서 오는 것이 아니라 개인의 게으름에서 말미암은 것일지 모른다는 주저. 어쩌다 보니 인터뷰이가 되긴 했지만 자신보다 훨씬 어려운 여건에 처한 무용인들도 엄존한다는 사실 따위가 복잡하게 갈마든 얼굴이었다.

"알겠지만, 벌이만으로 한 사람의 예술적 역량을 입증할 수는 없어."

마스크에 가리었지만, 그녀의 낯은 조금 어두워져 있었다. 그렇게 말하는 자신도 기존에 세워진 줄을 무시하고 새로운 줄을 만들거나, 줄 밖에서 외따로 존재할 수 없다는 걸 잘 알고 있었다. 그러고 보면 결코 이해할 수 없으리라 여겼던 사람들도 그리 밉게 안 보인다고 했다.

"어떤 사람?"

"왜 있잖아, 세일즈하기 위해 물불 가리지 않는 사람."

"어렵게 말할 거 뭐 있어. '관종' 말이지?"

정연이 피식 바람 빠지는 웃음을 물었다. 어느 판이나 꼭 있는 부류일지 모르겠으나, 이놈의 좁다란 지역 예술계에도 자기가 얼마나 잘나가는지 떠벌리고 다니는 사람이 있다. 남들이 뒤에서 욕하는 걸 저도 모르지 않지만, 그것도 다 자기 세일즈의 한 방법일 테다. 일 년에 공연을 몇백 회 했다느니, 차를 뭐로 바꿨다느니.

"그런 새끼가 아직 원룸 사나?"

"위워, 밉게 안 보인다며?"

우리는 흡연 부스에서 담배를 한 대 피우고 돌아왔다. 그녀가 화장실에 간 사이, 간단히 몇 문장을 썼다.

…… (돈) 있는 놈이 더 (예술을) 잘한다고들 한다.

우리는 세상 모든 가치를 경제적으로 환원시킬 수 있는 체제에 기거하고 있지만, 예술에 있어서만은 예외를 두고 싶어 한다. 그것은 우리가 예술 생산의 주체이기 때문만은 아니다. 자본이라는 무딘 눈금자를 함부로 들이댈 수 없는 거의 유일한 영역이 예술이기 때문이다. ……

"벌써 와? 남자들보다 더 빠른데?"

"스피드 시대잖냐. 오줌도 쏴아쏴아."

"미친, 손동작은 뭔데?"

철호 형의 '1일 1식'도 그 때문인가? 그는 한동안 하루 한 끼만 먹었다. 오후 네시는 스피드 시대의 사각에 해당하는 시각일지 모르겠다. 형은 그 시각이면 '은경이네'라는 동네 백반집에서 두루치기 정식을 먹었다. 하루도 거르는 법이 없었다. "식사했어요?" 하고 물으면 언제나 똑같은 대답, "은경이네에서"가 돌아왔다. 어느 날은 질문을 바꿔 "어디예요?" 묻는데, 그때도 대답은 같았다. 대체 몇 시간을 거기 앉아 있는지, "왜 아직 은경이네예요?" 하고 물어도 형은 "밥때잖냐"라는 답만 돌려줄 뿐이었다. 어느 낮엔가는 나도 거기서 두루치기 정식을 먹은 적 있다. 실내는 제법 깔끔해 보였지만, 촌스러운 와인색 몰딩이 시선을 너무 빼앗았다. 예닐곱 자리의 아담한 실내에서 그렇게 오랫동안 궁둥이를 붙이고 있으면 누가 좋아하겠냐고, 복화술로 형을 혼냈다. 음식은 어디서나 볼 수 있는 백반집 이상이 아니었다. 오히려 고기 누린내를 숨기기 위해 간이 센 편이어서 자주 소주잔을 기울이게 했다. 그때나 이즈음이나 난 술을 마시면서 형에게 묻는다. 은경이네에서는 세 가지를 물었었다. '세 가지'라고 세니, 뭔가 대단한 걸 물은 것 같지만, 형은 무얼 물어보든 팽팽한 공기를 픽 꺼트리는 재주가 있었다.

첫째, 왜 이 집이어야 하냐는 것이었다. 형은 고개도 들지 않고 "반찬이 함바집 타입이라서?"라고 대꾸했는데, 정작 그는 반찬을 더 채우기 위해 일어날 때가 거의 없었다. 둘째, 신문 보시는 아저씨는 아닐 거고, 주방에 있는 이모 둘 중에 누가 은경이냐 묻는 말에는 이렇게 대답했다.

"노란 두건 쓴 아줌마 있지?"

"네."

"그 아줌마 친정엄마가 은경이래."

"친정엄마?"

"작년에 돌아가셨대." 그러잖아도 누가 들을세라 속닥이고 있었는데, 젓가락을 놓칠 뻔했다.

"뭐라고요? 고인의 이름이⋯⋯" 난 더듬으며, 겨우 입을 뗐다. "조, 존함이 왜 그렇게⋯⋯"

"세련됐냐고? 젊은 사람 이름 같냐고?" 내가 끄덕이자, 형이 덧붙였다.

"개명하셨거든. 그때부터 밥장사를 하셨대."

"근데 형은 그런 것까지 대체 왜 아는 건데?"

"물을 게 또 있어?"

"형, 왜 네시야?"

"손님 없어서 눈치 볼 필요 없지. 지금 한잔 채워두면 해 떨어질 때까지 안 먹고 버틸 수 있겠더라고."

⋯⋯ 그렇지만 나날이 그 눈금은 정교해지고 있다. 이전엔 잴 수 없었던 믿음의 영역(종교)이나 약속과 구속의 영역(법과 도덕)도 자본에 잠식된 지 오래다. 이젠 표현의 영역(예술)까지 그 목전에 두고 있는 듯하다. 그러나 의미 있는 행사에 재능을 기부하거나, 아무런 대가를 바라지 않고 후배들에게

어느 낮 | **139**

안무 지도를 해주는 일들은 있는 놈이 더 잘하는 풍토, 몇몇 해먹는 놈이 계속 해먹는 구조의 효율과는 배치되는 일들일 것이다. ······

몇 줄을 더 쓰는 사이에, 정연은 이제 묻지도 않은 말까지 술술 풀었다. 지원 사업에 응모하는 일만 해도 그렇다. 지원금이라는 건 언제나 공연 제작의 최저점 수준이었고, 그나마도 자부담 비율로부터 자유로울 수 없다는 것이었다. 한마디로 작품 준비만으로 생활을 담보한다는 건 가능하지 않다는 얘기였다. 거기까지 흘러나온 얘기를 좇다 보니 '기타'라고 적어놓은 5번은 안 물어도 알겠다. 꼰대스럽게 말하면, '보나 마나 돈 안 되는 짓'일 테다.

"그래서 뭘 하던데? 돈 안 되는 짓."
"별거 아니에요. 대학동아리 애들 작품 짜주고, 뭐 그런 거더라고요." 입을 꾹 다물고 있는 형에게 한참 정연과 인터뷰한 얘길 늘어놓았다. 가까운 선배가 지난겨울 보릿고개를 어떻게 보냈는지 모를 리 없다. 그런데 냉장고 청소 같은 대답 말고, 어떤 미술인의 전형으로서 궁한 시기를 어찌 방비하나 그에 관한 얘길 듣고 싶은데, 형의 입은 기대하는 쪽으론 열릴 조짐이 없다. 우리는 배가 불렀지만, 식은 치킨에다 남은 술을 더 붓고 있었다.

"냉장고에 파 많이 사놨다. 생각나면 언제든 와." 형은 하라는 얘기로 들어가진 않고, 뫼비우스의 띠처럼 겉도는 이야기만 이어가려는 모양이다. 저놈의 냉장고, 대체 파를 얼마나 사놨길래, 티 나게 투덜대며 문을 열었다. 두 광주리 가득 채운 쪽파가 눈에 들어왔다.

"아니, 이게 다 뭐야! 파전집이라도 차릴 거예요?"

형은 내 반응이 흡족한지 웃기만 했다.

"형, 작업은 안 할 거야? 농사짓게? 땅 부쳐 먹으려면 종자를 사야지. 이걸 다 어쩌려고."

"어쩌긴 인마, 너처럼 돈 안 되는 인간들 불러서 전 부쳐 먹이면 되잖아."

"이 양반이, 나니까 먹어주는 걸 모르고."

생각해보면 굳이 묻지 않아도 그의 돈 안 되는 세월에 대해서 모르는 건 아니다. 그리고 돈 되던 시절의 얘기도 들은 적 있다. 내가 신혼 때였으니, 벌써 다섯 해가 됐다. 그쯤 우리는 문체부에서 운영하는 토요문화학교의 한 프로그램을 맡아 운영한 적 있었다. 그때도 편집장 녀석이 서류를 준비해 기획서를 넣었고, 형이 주강사, 내가 보조강사를 맡았다. 편집장은 기획서를 넣은 이후로는 딱히 하는 일이 없었으나 다달이 30씩 챙겼고, 내가 월 30, 형이 60을 벌었다. 형이 두 배나 더 받는다는 이유로 두 학기 동안 밥과 술은 형이 다 샀다. 우리는 경력이 일천한데다 가지고 있던 교육 콘텐츠가 없어서 한

주, 한 주 돌아올 때마다 다음 시간을 꾸려갈 스트레스가 어마어마했다. 그럼에도 내가 낸 의견들은 좀체 반영되지 않았다. 수업 준비는 오롯이 형의 몫이었다. 내 몫은 그 예민함을 감당하는 것이었다. 그땐 정말이지, 아무 이유 없이 형에게 욕을 많이 먹었다. 아주 미친 인간이 따로 없었다. 오죽 미친 인간이었으면. 그해 우리 팀은 정량적, 정성적 평가에서 모두 최우수를 기록했다. 편집장이 전해온 소식에 얼른 실감이 나지 않았다. 초등 저학년에서 갓 중학생이 된 아이들까지, 이 포괄적인 연령대의 악마들은 매시간 증오를 불러일으켰고, 형은 언제나 그 분노를 참지 못하는 편이었다. 나도 마찬가지였다. 그런데도 일등이라고? 납득이 가지 않는 결과 앞에 애써 마땅한 소이를 찾자면, 결국 저 미친 인간의 열의 때문이라고밖에. 그는 예산도 따로 편성되지 않았는데, 사비를 털어 버스를 대절해 아이들과 현장학습을 가기도 했고, 오후 한시면 마쳐야 하는 수업을 두세시까지 붙들고 있던 적도 한두 번이 아니었다.

사건이 있었던 그 어느 낮은 우리의 마지막 수업 날이었다. 그날도 우리는 정해진 수업 시간을 훌쩍 넘겨, 허기를 채우러 급하게 술국에 소주를 붓고 있었다. 아이들과의 시간이 끝나면, 우리는 루틴처럼 멍하니 담배를 피웠다. 풀려나는 연기처럼 둘은 숟갈 뜰 힘만 겨우 남아 있었다. 두 잔쯤 털어 넘기고 있는데, 두 사람의 전화기가 동시에 울렸다. 형은 편집장으로부터, 나는 애 엄마의 전화를 받았다. 동우가 아직 집에 오지 않았다는 것이다. 우리는 남은 술국에 수저를 꽂은 채, 가게를 뛰쳐나왔다. 원칙적으로 부모가 올 때까지 우리가 아이들을 보호하고 있어야 했다. 형도 나도 창졸간에 들이닥친 소식에 동우의 마지막 모습이 떠오르지 않았다. 형은 핏기 없는 얼굴로 일단 관할 지구대부터 찾은 다음 지하철역 주변을 훑어가겠다고 했고, 나는 시장 방향으로 달렸다. 온몸이 진땀으로 젖어가는 동안, 수업이 끝나자마자 동우가 내 휴대전화를 빌려달라고 했던 기억이 떠올랐다. 아이는 분명, 엄마와 통화했었다. 통화 기록을 보니, 벌써 한 시간도 더 전의 일이었다. 수업 장소로부터 아이의 집까지는 어른 걸음으로 이십 분 거리라고 했다. 아홉 살 아이 혼자 가기엔 너무 멀었다. 시장을 지나면서 난전마다 아이의 인상착의를 대던 중, 형의 전화를 받았다.

만나기로 한 장소로 터덜터덜 향하는 길에 해는 벌써 지고 있었다. 저만치 형이 보이는데, 그가 전봇대를 붙든 채 구토를 하고 있었다. 평소 늘 검붉은 낯이었던 형이 허옜다.

"어떻게 된 거예요? 손에 든 건 또 뭐고요." 형은 비행기를 들고 있었다. 두 차시에 걸쳐 우린 아이들과 사절지에다 칸을 질러 그림동화를 만들었다. 마지막 시간, 형은 비행기 접기를 알려주었는데, 형이 고안한 방법대로 그 큰 종이를 접으면 날개엔 아이들의 그림이, 밑면엔 동화가 펼쳐지도록 만들어졌다. 동우가 특히 즐거워했던 그 비행기 동화를, 왜 형이 들고 있는 것인지 얼른 이해가 가지 않았다. 상상하기 싫은 무서운 상황이라도 벌어진 걸까.

"집에 가는 길에 비행기를 날렸대. 끝이 화살처럼 뾰족한 것이 아주 잘 접었더라고. 그게 너무 멀리 갔나 봐. 바람 타고. 한참 비행기를 찾다 결국 못 찾고 가까운 이모 집으로 갔대."

이모는 동우 혼자 찾아왔기에, 당연히 애 엄마도 알겠지 싶어 연락을 않다가 그제야 전화했다는 것이다.

철호 형과의 인터뷰는 정말 그렇게 끝나고 말았다. 못다 한 얘기는 곧 또 하자고, 파가 아직 많이 남았다는데, 저 파를 다 먹어치우도록 전을 부쳐도 글감으로 건질 건 없을 듯했다. 형 집을 나서기 전에 냉장고를 열어 파들에게 인사했다.

"춥겠지만 좀 오래 버텨줘. 너희가 금방 시들어버리면……"

취기가 오른 형은 담배만 뻐끔뻐끔 피우고 있었다. 바람 없는 실내를 오르던 연기가 천장에서 갈라져 내려왔다. 냉장고 위에 동우가 잃어버린 비행기 동화가 앉아 있었다.

'돌려줄 거라더니.'

편집장은 술을 사면서 한 학기만 더 하자고 설득했지만, 형이 더는 못하겠다고 했다. 나 역시 같은 마음이었다. 그 다저녁때, 나는 형에게 "술이라도 제대로 채울까요?" 하고 물었지만, 형은 고개만 저었다. 그럼 안녕히 가시라는 내게 형은 주머니에서 구천 원을 꺼내주었다. 무슨 돈이냐고 묻자, 자기도 택시 탈 거란다. 무슨 인과인지 어리둥절한 채로 한 발씩 멀어지는 형의 뒷등을 오래 보았다. 화살이라도 맞은 짐승처럼 보였다.

"벌이가 없으니 우울하지. 애 엄마랑 맨날 싸우고⋯⋯"

그리 간단히 요약될 세월은 아닐 텐데도, 시절을 돌이키는 형의 언어는 이리 빈약했다. 그런 사람이 어떻게 그런 동화를 썼을까? 그가 지금의 나보다 한두 살 많았던 한참 옛날이었다. 학령전기 아동을 대상으로 한 창작 그림책 한 권으로, 그는 당대 최고 권위의 아동문학상을 수상한 것은 물론이고, 공전의 히트까지 쳤다. 그때의 저작권료가 가는 오줌 줄기처럼 여태 들어온다고 했다.

"헤어지는 마당에, 이제야 인터뷰이로 나서시려고?"

우린 형의 집에서 한 블록쯤 걷다가 헤어졌다. 어둑한 골목을 빠져나오는 길에 불 꺼진 식료품점이 눈에 들어왔다. 이 집인가? 혼자 사는 내 친구에게 저리 수북한 쪽파 뭉치를 팔아치운 집이. 딸꾹질이 올라온다. 배 속은 파전과 프라이드치킨, 주종을 가리지 않은 술로 출렁거린다. 누가 인터뷰어가 되어 내게도 배곯은 시절을 묻는다면, 모르겠다. 적어도 지금은 기억할 수 없다. 억지로 지어내려다간 모르겠다, 게워 낼지도. 몇 걸음 더 옮기니 '은경이네'가 나온다. 갑자기 이런 추리가 고개 든다. 딸꾹질이 잠시 멎는다. 혹, 그의 냉장고 정

리가 이 보릿고개를 나기 위한 방편은 아니었을까. 질리도록
파전이라도 부쳐 먹으며 저 불 꺼진 백반집에 지출할 식비라
도 군힐 요량이었을지. 그의 목소리가 따라오는 것 같다. "거
기 반찬이 맛있거든? 근데 좀 짜. 그래서 꼭 반주를 하게 돼."
"핑계는." "그러면 한 끼에 금방 만 원이다?" 형이 예술가로
버텨온 지난 수많은 겨울만큼 빈한 언어의 자리는 경제관념
으로 메워졌을지도 모르겠다. 딸꾹, 다시 시작된 딸꾹질에 턱
이 들렸다. 큰일이다. 누가 놀래줄 때까지 안 멈출 텐데⋯⋯

*

*「겨울, 예술인의 서바이벌고개 1
—"어떻게 살고 계십니까?"」는
다음 호에서 「겨울, 예술인의 서바이벌고개 2
—"너의 하루는 어땠니?"」를 통해 이어집니다.

정연에게 전화를 걸며, 편집장에게 원고를 송고했다. 어느
낮이었다.

"뭐 해?"

"누워 있지."

"그런 거 같아. 누워 있는 목소리구나."

"왜애?"

"네 얘기, 방금 메일로 보냈어. 확인하고 걸리는 부분 있으면 인쇄 넘기기 전에 말해줘."

그녀는 부끄러워서 안 읽어볼 거라면서, 십 분 만에 전화를 걸어왔다.

"너, 글 무지 잘 쓰는구나?"

"설마, 그 말 하려고 전화한 건 아니지?"

"근데, '관종' 얘긴 좀 빼주면 안 될까? 그 인간도 이 잡지 받아볼 거거든."

"L이라고 하는데, 넌 줄 알까?"

"말투 보면 다 알지, 이 바닥이 뭐 뉴욕이라도 되는 줄 알아?"

"뉴욕에 사람들 엄청 죽어난대."

"응?"

"바이러스 때문에. 이 나라에서 춤추는 걸 다행으로 알아. 나도 그렇게 알려고."

"미친, 왜 이렇게 웃겨."

정연과 통화 중에 편집장에게 연달아 메시지가 온다.

1편엔 무용인 L밖에 없네?

P형하고 묶기로 한 거 아냐?

2편이 연극인 C하고 E랬나?

편집장에게 전화를 걸었다. 철호 형은 못 만났다고 했다.

"노인네, 튕긴 거야?"

"뭐, 그런 셈이지. 근데 옛날에 그 형 동화 대박 났었잖아?"

"그랬지. 갑자기 왜?"

"번 돈은 다 어쨌대? 형수한테 다 줬어?"

"누가 그래?"

"누가 그런 건 아니고, 그냥 묻잖아."

"그때 미디어 아티스트 그룹 쪽하고 한창 어울려 다녔지. 팝아트 하는 애들하고도 만나고. 하여간 젊은 놈들 술값도 많이 내줬을 거야."

"……"

"그것도 그렇지만, 이것저것 돈 칠하는 시도도 많이 했다지, 아마? 근데 팔아먹진 못했고. 좀 팔릴 만한 작품을 하면 좋을 텐데 말이야. 여보세요? 어휴 이 새끼, 끊었어?"

지구라는 집을 놓고
생각해보면

새벽 댓바람부터 일어나야 하는데 잠이 와야 말이지. 당월 관리비를 정산하면서 세입 기간 동안 관리비에 포함됐던 장기수선충당금 내역을 뽑아 집주인에게 청구하고, 음식물쓰레기 배출 카드와 공동출입문 카드를 챙기고, 도시가스를 끊고…… 머릿속으로 내일 할 일을 정리하다 보니 잠은 더욱 달아났다. 잠이 꼭 와야 자나, 안 오면 안 오는 대로 불러들여서라도 자야 하는 것이 어른의 잠 아닌가, 재우치며 눈을 감았다. 어른은 무슨, 하다가 장가가면 어른 취급들 하니까, 몇 달 지나면 아빠도 될 텐데 그땐 빼도 박도 못한다 싶다. 그러니 잠이 더 달아난다. 눈이 뜨인다. 잠든 아내가 깨지 않도록 침대를 빠져나와 부엌 불을 켰다. 빛에 찔린 눈을 질끈 감고 더듬더듬 안방 문을 닫았다. 생전 더위를 타지 않던 아내는 임신하고 체질이 바뀐 것 같다며 선풍기를 끼고 살았다. 남의 집 핑계 대며 에어컨을 설치하지 않았는데, 이사 들어가는 집도 남의 집인 건 마찬가지다. 이제 칠월 말인데, 어찌 버티나 싶다. 에어컨이야 이따 생각하고…… 몇 시간 후면 인부들이 신발 자국을 내면서 활보할 공간에 멍하니 발가락만 꿈지럭거리고 섰다. 친친 노끈 감긴 세간들이 눈에 들어온다. 누가 봐도 이사 나갈 집이다. 미리 얼려둔 생수와 이온음료를 상온에 꺼냈다. 너무 꽁꽁 얼어버리면 정작 목이 탈 때 마실 수가 없으니. 일거리가 더 없나 둘러보지만, 없다. 이젠 정말 자야 한다.

이사하는 집에 짐 없다는 말, 전부 거짓말이에요. 인부 중에 리더로 보이는 자가 페트병을 입에 대고 쪽쪽 빨았다. 견적 낸 직원은 따로 있는데, 내가 속이기라도 한 것처럼 탓을 한다. 접때 오셨던 그분은, 하고 찾으니 일하는 사람은 따로 있지요 한다. 따로따로. 내가 알 수 없는 시스템이 있겠지. 남의 집 이사도 아닌데, 그렇게 멍청한 얼굴로 있을 거냐 싶지만, 뒤통수라도 긁적이며 미안한 표정을 하는 것 말고는 무얼 더 할 수 있는 게 없었다. 그런 속을 아는지, 그가 손에 들린 페트병을 흔들며 말했다. 사장님, 이거 너무 얼렸다. 언제 다 녹겠어요. 뭐라도 사오라는 그의 간접화법이 비질하듯 나를 집 밖으로 쓸어냈다.

마침 떡하니 마주친 옆집 아줌마가 잡아끈다. 요새는 다들 잘해. 뭘요? 하는 눈으로 끔벅거리자, 저걸로 먹고사는 사람들인데 잘하지 말해 뭣 해, 했다. "아 요새는." 정말로 말해 뭣 해 싶어 그런 게 아니라 맥락을 알 수 없어 겨우 중얼거렸다. 요새는, 그렇겠죠? 사람들 일하는데 괜히 서 있지 말고 우리 집에 들어와 있든지. 나는 손사래를 겨우 참고는 인부들 마실 거리 사러 잠시 나온 거라고 했다. 복도 끝에 다다라 엘리베이터로 몸을 숨기자마자 숨을 몰아쉬었다. 사는 동안에도 한 번도 가본 적 없던 옆집엘 이삿날에? 말도 안 된다. 닫히는 문 사이로 금방 지나온 복도를 빠끔 보는데, 그녀가 목청껏 소리쳤다. 라면이라도 한 그릇 하라고! 밥솥도 다 쌌을 거 아냐!

햇수로 삼 년 차 신혼살림이 많아봐야 얼마나 되겠나 생각했는데, 이사는 거의 한나절이나 이어졌다. 들어가는 아파트, 나가는 아파트 할 것 없이 엘리베이터 기다린 시간이 턱없이 길었던 게 결정적이었다. 차에서 짐을 다 부려놓았을 때가 오후 다섯 시였다. 정리야 그때부터 시작이었다. 평소 뵈지도 않던 세간이 끝도 없이 나오는 한편, 꼭 그 자리에 있어야 할 것은 어디에 숨었는지 나오질 않았다. 정리를 하면 할수록 막막함이 몰려왔다. 혼자 살 때 같으면 친구라도 불렀을 텐데. 하긴 아내가 있었어도 제법 배가 불러오기 시작한 여자를 마구 부릴 수도 없겠지. 아내가 오기 전에 한 대 태워야겠다.

어디에서 꽂혔는지, 어제부터 그렇게 '어른'이란 말이 맴돌더니 찔리는 바가 있어 그랬구나 싶다. 그녀는 최근 교수 임용이 됐다. 하필 오늘이 전체 교수회의에서 소개하는 날이랬나. 둘 중 하나라도 자리를 잡았으니 다행은 다행인데, 할 수 없이 부동산이나 주민센터를 찾아가 확정일자 받고 전입신고를 하는, 자잘한 발품을 팔아야 하는 일은 온전히 내 몫이 되었다. 볼일 끝내고 집으로 돌아가는 길이 어찌나 낯설던지. 한창 더울 때는 지났지만, 찌는 공기는 여전해서 온몸이 끈끈했다.

그러기에 택시를 타지, 왜 걸어? 길지도 않은 하소연, 그거 좀 들어주는 게 뭐가 어렵다고 말을 잘라먹어. 내 소리도 만만치 않게 가파르게 올랐다. 답답하니까 그렇지. 우리 집의 유일한 이동 수단을 네가 몰고 갔는데, 그럼 너희 학교까지 가서 다시 차를 몰아와야 해? 이런 날에는 택시도 탈 줄 알아야지. 땅을 파봐라, 택시비가 나오나. 그럼 자기가 휴대폰에 코 박고 골목골목 길 찾는 동안, 집에는 일꾼들밖에 없었다는 소리잖아? 요새는 다들 잘해…… 뭐?

혼자 곤죽이 되도록 이사를 했는데 수고했다는 말은커녕 자기가 왜 먼저 우는지 모르겠다. 아주 선수를 치고 난리도 아니다. 왜, 저 지랄도 배 속의 복덩이 때문이라고 하지. 입덧도 뭣도 걸핏하면 애를 탓한다. 엄마라는 인간이 저래서야. 야, 장모님은 왜 하필 오늘 디스크가 도졌대? 그러는 자기 엄마는 귀한 아들 고생하는데 왜 안 오셨는데? 야! 왜! 저게 임신했다고 저러나, 임용됐다고 저러나, 아주 질 기세가 하나도 없네. 시발, 택시비 아껴서 에어컨 사려고 그랬다, 됐냐? 이사는 어디 공짜로 했냐? 저걸로 먹고사는 사람들인데……

굳이 큰길을 놔두고, 이놈의 지도 앱은 골목골목을 통과하라고 했다. 땀에 젖어 현장에 도착했을 때 이사는 소강상태였다. 대문은 벌름 열려 있는데, 인부들은 보이지 않고 부엌에서 웬 사내 하나가 나를 기다리고 있었다. 도시가스 로고가 박힌 작업 조끼가 아니었다면 그가 내가 살 집에, 그것도 왜 저렇게 화가 난 채로 있는지 알 수 없었을 것이다. 진작 설치를 끝낸 기사는 작업량이 정해져 있는데 줄줄이 밀렸다며 타박했다. 초행길이라 좀 헤맸다며 더듬거리는 내게 그는 바쁠 땐 택시를 타셔야지, 했다. 그때만 해도 아내까지 택시 타령할 줄은 상상도 못했었다. 우두머리 인부에게 전화를 걸며 대문을 닫았다. 아무리 이사하는 집이래도 물건들이 다 들어와 있는데 말이야. 인부들의 무심함에 짜증이 솟았다. 한참 신호음이 가는데도 그는 좀처럼 전화를 받지 않았다. 휴대폰 너머로 쩝쩝거리는 소리가 났다. 안 계시네요? 하니, 예상보다 늘어지는 작업에 늦은 점심을 들러 갔다고 했다. 맛있게 드세요, 소리까진 나오지 않아 알겠다 하고 전화를 끊었다. 갑자기 찾아온 휴지에 몸이 까라졌다. 여기가 우리 가족이 또 이 년간 살 집이란 말이지. 어디 궁둥이 붙이고 앉을 데라도 있나 두리번거렸지만 마땅한 곳이 없었다. 그때 초인종이 울었다.

그걸 초인종이라고 해야 하나. 인터폰, 비디오폰 같은 말이야 더 멀었고, 초인종이라는 단어조차 겨우 떠올렸다. 말과 그것이 가리키는 바가 단박 연결되지 않았다. 현관으로 걸음을 옮겨야 하는데, 고장 난 기계처럼 몸이 따라주질 않았다. 이번엔 티브이 인터넷 설치 기사였다. 일부러 그런 건 아닌데 사람을 밖에 오래 세워뒀다. 이게 다 잠이 부족한 탓이다. 괜히 감상적인 기분에 빠져서는. 그렇다 해도 나로선 어쩔 수가 없었다. 보통 이사 전날쯤 되면 아무리 지긋지긋했던 집도 구석구석 다 애틋하게 느껴지곤 하질 않나? 시간이 이리 빠른데, 그 하룻밤이라도 붙들고 늘어지면서 잠 못 드는 걸 유난이라고 칠 수 있냐 말이다. 누가 따져 묻기라도 한 것처럼 변명이다. 잡생각에 있는 대로 넘겨준 머리통으론 그간 살았던 동네를 역순으로 곱씹기도 했다. 잠시 거쳐 간 곳은 빼고, 한두 해라도 살았던 곳만 꼽아도 양 손가락은 진작이고 발가락까지 접을 지경이었다. 구(區) 단위로 세자 열에 하나가 모자랐다. 내일 이삿날이면 딱 열번째 구로 입성하게 되는 것이다. 동(洞) 단위야 한 이십 년도 더 전에 이미 열 손가락 다 접었을 것이다. 배가 무거워 모로 누웠던 아내가 뒤척였다. 나도 자야 하는데, 자야 하는데…… 냉동실에 얼려둔 마실거리만 꺼내놓고.

간밤에 나는 동을 다 세지 못하고 잠들었다. 그 많은 동네들은 재개발 때문에 지금은 하나 찾으래도 찾을 수 없는 곳이 대부분이다. 지금으로부터 십 년쯤 전이었나, 후배 하나와 취해 가지고는 이 얘기 저 얘기, 쓸데 있는 얘기 없는 얘기 옛날이란 옛날은 다 끌어모으고 있었다. 지금 생각해보면 터무니없이 조숙하게 느껴지는 그 진지한 회고들 가운데서도 결정적이었던 건 나의 안창살 얘기였다. "그때가 말이야, 자그마치 십 년쯤 전이야. 막 중학교 올라갔을 때……"로 시작한 이야기가 끝이 나자, 한참 듣고 있던 놈이 갑자기 궁둥이를 털고 일어나는 게 아닌가. "갑시다, 안창. 그 동네 한번 가봅시다." 지금 생각해보면 제정신인가 싶지만, 십 년 전에는 나도 무시로 마음이 뜨거워지곤 했다. 그렇게 비장한 얼굴을 하곤 그 친구가 내민 손을 잡았을 것이다. 무턱대고 잡아탄 택시 안에서야 괜한 짓 아닌가 생각했다. 아무리 취중이지만 무슨 좋은 기억이라고 외삼촌 집에 더부살이하던 그때를 떠올린 건지. 인근인 범곡교차로에서 비우고 또 채우다가 술 대신 엉뚱한 걸 들이붓고 말았는지.

택시 기사는 아직 농익지 못한 햇주정뱅이들을 어둠 속에 떨어뜨리고 사라졌다. 우리는 불도 몇 없는 길을 한참 헤맸다. 아니, 형 길눈 어두운 건 알고 있었지만 살던 집도 못 찾아요? 오금이 저려올 만큼 스산한 밤이었다. 대낮하고 한밤이 같을 리 없듯, 도시하고 이런 신발 안창 같은 산중에서 길찾기가 어디 같을까! 하지만 나는 놈에게 거의 꾸지람을 당하면서도 끽소리도 내지 못했다. 실은 십 년 전, 우리 가족이 그 집에서 살았던 건 그리 오래지 않은 '한동안'이었다. 대여섯 달은 됐나. 삼 개월? 모르겠다. 족히 일 년은 살았을지도. 기억이 뒤죽박죽이다. 야차 같은 외삼촌이 돌아가신 뒤, 외숙모는 사촌 형 내외가 살고 있는 송도로 이사를 가버렸는데, 아마 그때 우리도 쫓겨나듯 이사를 했을 것이다. 그랬겠지. 괴팍하고 잔인한 성미로 유명했던 그였지만, 갈 곳 없는 막내 여동생을 불러들인 것도 그였으니까. 그런 우산이 갑자기 꺾여버렸는데, 우리 가족이 버틸 도리가 있을 리가. 가만, 그럼 그 많던 개들은 다 어디로 갔나. 우리처럼 이사를 했나.

담배마저 다 떨어진 우리는 마치 할 수 있는 게 그것밖에 없는 사람처럼 바지를 내리고 오줌을 갈겼다. 아니, 갈기고 싶었으나 택시에서 내리자마자 한 차례 시원하게 뽑았기에 요의도 없었다. 줄기라고 부르기도 민망한 오줌이 발치에 쪼르르 떨어졌다. 어둠 속에서 피어오르는 지린내에 고개를 돌리는 순간이었다. 그 우연한 순간에 옛집이 눈에 들어왔다. 정확하게는 거의 집터만 남은 폐허를 발견한 것이었다. 나는 누구도 들을 수 없는 소리로 뇌까렸다. 무슨 일이 있었던 거냐. 돌려주지 않는 답도 답으로 쳐야겠지. 그러면 뭐야? 결국, 그놈의 세월이야? 원래도 제대로 있는 게 없었지만…… 나는 혀를 차지도 않았다. 그 집뿐이겠나. 그간 내가 살았던 어느 집도 초인종 소리를 들을 수 있는 곳은 없었다. 벌름 열린 문으로 누구나 들여다볼 수 있었다. 용무라도 있다면 손등으로 철문을 두드리면 두드렸지, 굳게 닫힌 문밖에서 얌전히 버튼을 누르는 경우는 없었다. 가자. 영문을 모르는 후배가 소리쳤다. 여기까지 왔는데 그냥 가기에요? "밤이다. 가자."

이십 년 전, 그 집의 초인종은 이 집처럼 디지털식이 아닌 거품 물고 컹컹 짖어대는 개들의 목청이었다. 멀뚱히 선 채로 그 옛날에 잠겨 있는 동안, 기사가 작업이 마무리되었음을 알렸다. 그는 리모컨으로 이리저리 채널을 옮기며 내게 눈을 맞췄다. 그것이 자기만의 작업 종료 시그널인 모양이다. 이삿날이 저물고 있었다. 나는 손을 뻗어 낮에 기사가 하던 대로 채널을 돌렸다. 잘 나오지? 갑자기 텔레비전은 왜 켜? 와이파이까지 다 잡아놨지. 아니, 근데 티브이는 갑자기 왜 켜냐고. 원래 이삿짐은 한 달 잡고 정리하는 거라더라. 아니, 근데 지금 티브이 보려고? 너는 오늘 하루 만에 정리 다 할 생각이야? 그 몸으로? 아니, 근데 티브이…… 아니 근데 그거 좀 하지 마. 뭘 자꾸 근데 근데 하고 있어. 왜 보기는, 텔레비전 보는 데 이유가 뭐가 있어. 여보, 내 말은 지금 둘 다 일하는 시간 아니냐고. 시발, 뭐라도 좀 켜놓고 하면 안 되냐? 왜 욕해? 시발이 욕이야? 욕 아니면 뭔데? 시발이 욕이면 나는 오늘부터 벙어리다. 말 같은 소리를 해. 시발 정도면 그냥 하는 말이지. 그냥 하는 말이면 배에 갖다 대고 우리 복덩이한테 해줄 수 있나? 이게 진짜. 진짜 뭐? 배에 갖다가 안 해도 지금도 애가 다 듣는다. 종일 혼자 일했는데 욕 좀 하면 안 되나? 안 되지 그럼. 되나? 욕도 못하게 하네, 시발.

아내는 담배를 챙겨 나가는 내 뒤통수에다 대고 구시렁거렸다. 저렇게 나오니 내가 담배를 못 끊지. 아내와는 거의 구년, 십 년을 만나다 결혼을 했는데, 사귈 땐 어땠는지 요즘 들어 기억조차 나지 않았다. 다른 집들은 어떨지 모르겠으나, 내 경우엔 하루하루, 하나하나가 쉽지 않았다. 남들은 준비라는 걸 해놓고 결혼을 한다지만, 그때까지 내 인생은 답보 상태를 벗지 못했다. 경력이랄 건 보습학원들을 전전하며 수학을 가르친 게 다였다. 그나마도 마지막 학원은 망해버리는 바람에 반년 치는 교통비 정도의 푼돈밖에 쥐지 못했다. 박사 공부도 하고 싶었지만, 육칠 년 전에 마쳐놓은 석사과정도 언감생심에 가까운 것이어서 더 욕심낼 수 없었다. 거기 비하면 아내는 결혼 후 박사과정에 진학하면서 잘 다니던 직장을 그만뒀다. 자기 말로는 석사까진 일과 병행하면서도 가능했지만, 이후부터는 어렵더란다. 후에 시간강사로 강의라도 맡으면 보탬이 되지 않겠냐는 얘기로 날 구슬리는데, 그러잖아도 막아 세울 생각은 없었다. 다 자기 선택 아니겠나. 나도 이렇게 지내는 것이 선택이라면 선택이겠지. 담배 한 대가 다 타들어 가는 동안, 좋은 생각은 하나도 안 났다. 이사 첫날인데, 희망적인 생각도 하나 날 법하지 않나. 한 대 더 피우면 기분이 나아질까 싶지만, 그렇지 않다는 걸 매번 경험으로 알고 있었다. 아끼자. 갑에 남은 것까지만 태우고 이것도 끊자며, 언젠가 했던 다짐을 되풀이했다. 비록 비정년 트랙으로 임용된 거라지만, 같이 사는 사람이 교수가 됐는데 기쁘지 않을 리가 있나. 모르겠다. 좀 헷갈린다.

애가 좀 찹찹하지? 엄마에 비하면 누가 안 찹찹해? 며느리 험담을 하려거든 번지수 잘못 찾았지. 하기야 누이도 안 들어주니 날 붙들고 하는 얘기겠지만. 장가를 가기 전에도 당신 편은 아니었던 것 같은데? 하는 눈으로 엄마를 보는데, 꽤 실망한 얼굴이었다. 어이가 없어서, 내가 당신이랑 반대인 사람 고른다고 고른 게 지금의 와이프 아니냔 말이다. 엄마는 그렇게 당하고도 사람이 좀 찹찹한 맛이 없었다. 어른답다고 하는 게 워낙 추상적인 말이긴 하지만, 매사에 함부로 들뜨지 않고 차분한 맛이 있다는 걸 뜻한다면 그녀는 그쪽과는 영 거리가 먼 사람이었다. 그러니 그 긴 시간 남편 없이 살면서도 모질어지지 못하고, 덥석 남 말을 잘 믿는 게지. 본인 기준에야 자기 순수를 지키고 살았는지 모르겠지만, 철들고 그녀의 인생을, 그녀와 생사존망을 함께해야 했던 가족의 일원으로 돌아보건대 티 없이 순진하기만 한 사람이었다. 오죽이나 순진하니 아들한테 한 이불 덮고 자는 마누라 험담을 하려고 하겠지. 그래도 이만하면 험담이랄 수도 없고, 진한 뒷얘기를 하려면 할수록 나의 사람 보는 눈을 확인받는 꼴이니 기분 나쁠 것도 없었다.

아내는 땀을 뻘뻘 흘리면서 인부 아주머니가 아무렇게나 채워놓은 그릇들을 닦아 크기에 맞게 찬장을 채우고 있었다. 우리 교수님 참 고생하시네. 아내가 더 싸울 힘도 없다며 긴 숨만 뱉고는 계속 손을 놀렸다. 비꼴 마음 하나도 없었는데, 미운 말만 뱉는 병이라도 걸렸는지 말이 곱게 안 나간다. 아침부터 고생 많다는 말이야. 출근도 하고. 아내는 또 한숨으로 대꾸를 대신한다. 참나, 우리가 무슨 산중 판잣집으로 들어온 것도 아니고, 이만하면 신접살림 꾸렸던 낡은 복도식 아파트보다 훨씬 낫기만 하잖아? 첫날부터 왜 저리 저기압이란 말인가. 굴러 들어오던 복도 뻥 차버리려고 아주 작정을 했나 싶다. 열이 뻗치다가도 복(福) 자가 쓰인 축구공을 떠올리자, 피식 바람 빠지는 웃음이 났다. 아내가 이 사람이 왜 저래, 하며 보는데, 그 얼굴이 잔디밭을 달리는 상상이 날 덮쳐온다. 쓸데없는 공상에 잘 빠지는 것, 현실감각이라 해야 하나? 경제관념 같은 게 남들보다 희박한 것은 엄마를 닮았나 보다. 나란 인간이 누구 배에서 나왔는데 어쩔 수 없겠지. 그러니 내 앞의 저 여자가 엄마와 반대라면, 나하고도 영판 다른 사람이란 말이겠지. 아내는 처녀 땐 안 그랬는데, 어느 순간 팔자걸음을 걷기 시작했다. 배가 불러오면서 그리되었나? 뒤뚱거리는 그녀를 떠올리던 내 웃음이 싹 걷힌다. 아내가 기어이 입을 뗀다. 대체 뭔데? 울다가 웃다가, 어느 장단에 맞춰야 해? 울긴 누가 울었는데? 있는 대로 성질을 성질을, 아주 울

부짖으시더니? 말해놓고 자기도 어이가 없는지 눈만 흘기지, 입꼬리는 슬며시 올랐다. 그래, 저 찹찹한 교수님한테 안 쫓겨나려면 참아야지.

외숙모라는 사람의 눈치는 이삿날부터 시작되었다. 야반도주까지는 아니지만, 내빼는 이들처럼 급하게 정한 이사였다. 일주일 만에 버릴 것들을 어찌나 바지런히 정리했던지 이삿날에는 일 톤 트럭 한 대도 널널했다. 길 안내를 할 엄마가 일꾼들과 함께 이사 트럭에 탔고, 나머지 가족인 외할머니와 나는 누이의 인솔하에 택시를 탔다. 나는 그 와중에도 오래된 586 컴퓨터를 끌어안았는데, 이사 준비를 하는 동안 내내 버려질까 전전긍긍했던 게 몸에 배어 그랬나 보다. 누이는 엄마가 숙지시킨 대로 앞자리에서 야무지게 목적지를 안내했다. 그러나 잘 가던 택시 기사는 어느 순간 말을 듣지 않았다. 그런 곳에는 사람이 살 리도 없고 거기까진 택시가 갈 수도 없다며, 누이더러 분명 길을 잘못 알고 있을 거라 했다. 뒷자리에서야 누이의 목소리만 들었지, 얼굴이 어쨌는지는 보지 못했던 내게 누이의 눈물은 깜짝 놀랄 만한 것이었다. 억울한 마음이야 들었겠지만 그렇다고 기사가 모욕을 줬거나 언성을 높인 것도 아닌데, 난데없이 터진 울음이었다. 덕분에 택시에서 쫓겨난 셋이 집을 찾았을 땐 날이 어둑해질 때가 다 되어서였다. 몇 킬로나 되는 길을 몇 시간을 걸었는지 이제 와 알 수도 없지만, 나는 목숨만큼 소중한 것이라 생각했던 컴퓨터를 버리고 싶다는 마음이 간절할 정도로 지쳐 있었다. 꼴에 남자라고 무거운 모니터는 내가 들고, 누이에겐 본체를 안겼다. 누이도 땀에 절어 얼굴이 형편없었다. 누나야, 이상하다. 뭐가? 저기 저 개 짖는 집이 우리가 살 집 맞재? 맞다. 근데 경찰차가 와 있노. 누이의 얼굴이 하얗게 질렸다. 걸음이 더욱 느려졌다. 나는 누이가 또 눈물을 터트릴까 마음을 졸였다. 뒤늦게 당신의 모친과 자식들을 발견한 엄마는 길도 없는 질은 흙밭을 미끄러져 뒹굴었다. 워낙 큰 동작으로 넘어졌기에 누나의 입에서 터져 나온 비명이 산허리를 골골 울렸고, 나는 모니터에 흙이 묻든지 말든지 바닥에 던지고 냅다 뛰었다. "엄마!" 메아리가 죄 흩어지기도 전에 나도 발라당 넘어지고 말았다. 개판이네. 외삼촌이 물고 있던 담배를 바닥에 던지며 욕설을 내뱉자, 수십 마리의 개들이 일제히 짖기 시작했다. 경찰들은 수첩을 셔츠 주머니에 넣고 할머니에게 다가왔다. 할머니의 품에서 키보드를 빼앗아 들고, 한 명씩 양 겨드랑이에 어깨를 밀어 넣었다. 모르긴 몰라도 이만하면 그들의 입장에서도 가족 실종사건으로 번질 뻔했던 일이 손 안 대고 풀린 셈이었다. 그렇게 이사 첫날이 저물어가고 있었다.

그래서 외숙모는 언제 나오는데? 꼬리를 물고 이어지는 누이의 말을 끊고 물었다. 언제 나오기는, 그러고 나서 외삼촌 집에서 다 같이 밥 먹었다 아이가. 기억나재? 안 나나? 누구보다 결혼을 일찍 할 줄로만 알았던 누이는 사십을 코앞에 두고야 매형을 만났다. 눈을 씻고 들여다봐도 번듯한 구석 하나 없는 친정과 지긋지긋한 가난의 기억을 등질 길은 오직 남의 집 아들을 꼬여내는 것뿐이라 믿었던 사람치곤 잘 풀리지 않은 케이스였다. 그런 누이는 나이가 들면서 부끄러움 같은 건 개나 줘버렸는지 느그 매형은 늙어서 잘 되지도 않는데 것도 주말에야 겨우 보니 어느 세월에 만들고 누천년에 낳아 키우냐며 듣고 싶지 않은 얘길 집요하게도 해댔다. 가만 듣다 보니 불뚝성이 오른다. 그놈의 부부생활 문제는 언제나 남자 책임이더라, 누나 니는 안 늙은 줄 아냐고 했다가 아, 니도 요새 잘 안 되는 갑재, 라는 소리에 나는 꾹 입을 잠갔다. 그러던 게 엊그젠데 그녀가 벌써 조카를 낳았다. 시영이가 태어난 지 갓 삼칠일쯤 지나 나는 이것저것 사들고 누이의 집을 찾은 것이다. 다 기억한다. 다저녁때인데 밥 먹고 잤겠지이. 말은 그렇게 해도 전혀 기억나지 않았다. 누이는 그날 누가 어디에 앉았으며, 상에 오른 반찬이 무엇이었는지까지 떠올렸다. 부러질 듯 낡은 교자상의 상석에 외삼촌이 앉았고, 그의 오른쪽 측면에 할머니, 왼쪽으로 외숙모가 상을 채웠다. 그리고 그보다 더 낡아빠진 둥그런 상을 따로 내와 거기 누이와 엄마가 앉았다. 엄마는 남의 집 부엌에서 밥도 내오고, 국도 내오고, 이것도 내와, 저것도 내오라는 말을 따르느라 궁둥이 붙일 새가 없었다.

그래도 니는 아들이라고 그 상 끄트머리라도 앉았다 아이

가. 맞나…… 나는 왜 생각이 안 나지…… 생각이 났지만, 그렇게 얼버무렸다. 그래서 외숙모는? 맞다. 그 여자는 유독 내한테만 그렇게 눈치를 주는 거라. 몰라, 니한테도 그랬는 지. 그래봐야 니는 어려서 모르더라꼬. 내가 왜 몰라…… 하 지만, 까맣게 몰랐다. 내는 가시나라고 그라는지 시락국을 반 밖에 안 주는 거라. 내 참 더러워서. 설마. 나는 이날 이때껏 시락국은 입에도 안 댄다. 냄새도 안 맡잖아. 설마. 니는 설마 밖에 모리나. 엄마도 어지간히 피곤해서 그랬겠지, 하고 이해 는 한다. 갑자기 엄마는 왜 나오노? 들으니 엄마가 누이더러 니 먹을 국은 니가 좀 퍼라고 했는데, 외숙모가 국자를 낚아 채가지고는 꽹이 오줌맨키로 퍼 담더란 것이었다. 그뿐인 줄 아냐며 가파르게 솟기 시작하는 누이의 목소리에 품에 안긴 시영이가 뒤척였다. 쏟아지는 그녀의 이야기는 시영이의 울 음이 빼 터질 때까지 멈출 줄을 몰랐다.

성장한 이후론 안창마을에 관해 좀체 떠올리지 않았기에 그런 눈칫밥 같은 게 있었는지도 몰랐다. 아무리 철이 없기로 서니 한집에 사는 가족의 일원인데, 혼자 천진했다는 사실이 부끄러웠다. 나는 시영이의 에듀테이블 한쪽 다리를 매만지 며 고개만 끄덕거렸다. 평생 모르고 살았으면 몰라, 들어 알 게 된 이상 지나가버린 한때의 일이든 내 몫의 부끄러움은 남 는 것이었다. 십수 년도 더 지난 일이기에 휘발될 만한 것들 이 걷혀 부끄러움의 직경이라는 것도 좀 줄었겠거니 싶지만,

도리어 이자가 붙은 모양인지 감당하기가 쉽지 않았다. 아. 정말? 아. 설마. 아. 진짜? 아. 완전…… 역할에 충실한 방청객처럼 나는 탄식만 놓을 뿐이었다. 다 지나간 얘기지, 참 옛날이다 그치? 하며 이야기를 늘어놓고 있는 누이의 나이가, 그때가 시영이 낳고 한두 달쯤 됐을 때니 그녀는 아주 옛날을 더듬고 있었다. 그러니까 안창마을 안에서도 주변에 이웃도 없을 깊숙한 산중으로 이사를 들어갔을 때, 누이의 나이 열일곱이었다.

　소녀들만의 복잡한 사정이야 예나 지금이나 나로서는 모르는 영역의 얘기지만, 자기만의 방이 필요할 때라는 것 정도는 안다. 아이고, 말해놓고도 아찔함에 체머리를 흔들게 된다. 그딴 건 생각할 수도 없기 때문. 오륙 평짜리 단칸방에 네 식구가 함께였다. 그녀는 말끝마다 반복해서 "기억나지?"를 붙이며 이야기를 이어갔는데, 듣는 내내 메뚜기처럼 뛰어오르는 기억들이 생게망게해 나는 넋을 놓고 그녀를 바라볼 뿐이었다. 나름은 잊고자 애쓰기도 애쓴 결과로 이제껏 잊었다 믿고 살았는데, 이렇게까지 생생하게 살아 있었을 줄은 몰랐던 것이다. 스물몇 살 적에 범곡교차로에서 대취해가지고는 후배 놈 하나와 비틀거리며 그 폐허가 되어버린 집 앞에 당도했을 때, 나는 안도하며 돌아섰었다. 집터조차 다 사라지고, 마침내 사람이 살았던 흔적조차 사라지고 나면 없었던 것이 될 거라 생각했나 보지. 시간이 더 지나면 기억을 쥐어짜보아도 뼛속 깊이 파고드는 추위 말고는 무엇도 떠올릴 수 없게 될 거야. 그리 좋지도 않은 풍경 따위 짜내봐야 뭐 하려고.

내가 그런 식으로 살았나? 그런 각오로 살았어? 설마. 각오가 다 뭐야, 뭘 각오 같은 걸 하면서 사는 인간이었으면 이 모양이겠어? 여태껏 안정된 벌이도 없이 전전긍긍하면서 살았겠냐고. 맹렬하게 따져봐야 돌아올 리 없는 자문 앞에 힘이 빠졌다. 안창이어서 그래. 거기여서 지우고 살았던 거지. 안 그래? 나는 돌아누운 아내의 어깨를 슬쩍 당겼다. 내일도 학교 나가봐야 해. 어서 자. 알아. 우리는 침대 커버도 안 씌운 매트리스에 누운 채였다. 너도 힘들었을 텐데 미안하다. 아내가 고개를 휙 돌려 날 보더니 무거운 몸을 통째로 돌렸다. 복덩이도 여기서 저기로 아내의 배 속에서 이동했다. 그 몸으로 학교 가랴, 가서도 마음 안 편했을 거야. 그렇지? 하는 내 말에 아내는 저도 출근 않고 집안 정리를 하고 싶다고 했다. 하여튼 훈훈한 분위기 망가뜨리는 자격증이라도 갖춘 사람처럼 난 이삿짐 정리 안 하고 취직이나 됐으면 좋겠다고 실없는 소릴 지껄였다가 퉁바리를 먹었다. 아내가 다시 돌아누웠다. 몸도 무거운 사람이 굳이 등을 보여주네요? 하니, 어떻게 해도 편하지가 않다고 했다. 위로 올라온 아내의 팔뚝에 손바닥을 얹었다. 누가 들으면 마누라가 돈 벌어오라고 바가지 긁는 줄 알겠네. 아내는 베개가 밀어 올리는 입술을 겨우 떼며 말을 이었다. 취직은 무슨, 자기 대학원은 내가 벌어서 보내줄

게. 지도 실없기는 마찬가지네. 이제 공부해서 무슨 대 수학자가 되겠어? 아무튼 내일 너 퇴근하기 전에 집 깔끔하게 만들어놓을게. 매트리스 커버도 찾아놓고. 나 자기 못 믿으니까 혼자 다 하지 말고 일거리 남겨놔. 맞다. 그녀는 모든 게 자기 손을 타야 하는 사람이었다. 그것도 참 병이다, 병. 그러게 좀 옳은 데서 이사하자니까. 옳은 데라니, 그럼 뭐 우리는 그른 데서 했냐? 아니 메이커 있는 데서 해야지. 메이커는 또 무슨 말이냐 싶지만, 금방 찰떡같이 알아듣고는 따져 들었다. 그럼 니가 좀 알아보지. 메이커 있는 데는 얼마나 비싼 줄 알아? 사람이 쓸 데는 좀 써야지. 다른 집에는 마누라가 허리띠 졸라매자 난린데. 또 시작이다, 다른 집 누구? 누구 다른 지입? 또 시작은, 니가 또 시작이네……

　시영이를 재우고 나온 누이의 이야기는 다시 시작되었다. 그 무렵, 그녀는 담임선생한테도 미운털이 단단히 박혀 있었다고 했다. 형편없이 멀어진 통학 거리 때문에 지각을 도맡아 했기 때문이기도 했지만, 다른 이유도 있었다고 했다. 그때는 알지 못했던 것들이 시간이 훌쩍 흘러서야 보이는 것들이 있는데, 그런 눈이 없는 이들은 누군가의 도움을 받아야 한다. 누이에겐 각별한 우정을 나눈 고교 동창 몇이 있는데, 그들과는 세월 속에서 사는 곳이 멀어지고 하는 일이 갈리며 만나는 남자들이 바뀌어도 지금껏 수다스런 연락을 놓지 않고 있었다. 그들 중 누이는 결혼도 출산도 가장 늦었는데, 사십 전에

그 과업을 완수한 걸 축하하며 조리원에 모였다고 했다. 나는
유별스럽기도 하다며 이야기가 어떻게 흘러갈까 긴장의 끈을
놓지 않은 채, 귀를 기울이고 있었다. 누이가 다니고 있던 실
업계 고등학교에서는 아이들을 세 부류로 나누어 관리했다.
대학 진학을 희망하는 애들, 직업 진로를 택할 애들, 또 갖가
지 문제 전력이 있는 그룹으로. 누이의 담임은 각 그룹의 눈
높이를 맞춰 촌지를 받아냈더랬다. 세상에…… 그가 그토록
바지런히 학부모들과 식사 자리를 가졌던 게 어디 배가 고파
서였겠느냐며, 친구들은 놀라는 누이더러 순진하다 놀렸다.
순진하기론 엄마를 따라갈 자가 없는데, 보나 마나 그녀는 담
임의 검은 속내를 알아차리지 못했을 것이다. 그 결과 담임은
누이에게 괴롭힘을 일삼았는데, 그 정도가 심해 성적인 모욕
까지 동반하곤 했단다. 누이는 가족 중 누구에게도 털어놓지
못하고 혼자 감내했다. 혼란스럽기 짝이 없는 집으로 자신의
고충을 끌고 올 수는 없었던 것. 누나도 참 입이 무거운 여자
야. 이제는 다 지나간 얘기니까. 시영이도 났고…… 조카가
태어난 것과 그 무거운 비밀이 이제야 풀려나온 것 사이에 어
떤 연관이 있는지 알 수 없었지만, 나는 뭘 아는 것처럼 입을
다물었다. 이제 와 무얼 들어 무얼 알게 되었건 나로서는 그
녀가 통과한 한 시기의 고통에 결코 닿진 못할 것이다. 나는
몰이해의 늪에서 허우적거리면서도 내 괴로움도 만만치 않았
다 항변할 기회만 엿보고 있었기 때문이다.

그곳에서 보낸 계절이 겨울뿐은 아니겠지만, 희한하게도 다른 계절의 공기가 어땠는지 따윈 도무지 떠오르지 않았다. 우리 가족이 살았던 집은 괴팍한 성미의 외삼촌이 허리에 엽총을 차고, 투견용 대형견을 수십 마리나 키우고 있던 집의 별채였다. 별채, 안채 구분하기 우습지만 말이다. 그 조무래기 시절을 더듬어 왜 그런 곳으로 들어가 지낼 수밖에 없었는지는 여전히 말끔하게 풀리지 않는다. 누이의 쏟아지는 얘기보따리 속에도 왜, 라는 질문에 대한 답은 비어 있다. 할머니도 외삼촌도 돌아가신 마당에 연유를 설명할 수 있는 유일한 사람은 하필 약속을 펑크 내고 말았다. 보통 친정엄마들은 딸이 새끼를 낳으면 그렇게 바라지를 해준다던데…… 아이고, 나는 바라지도 않아요. 바라지 않긴, 안 바랐으면 저리 성토할 리가! 누이도 그녀의 자식이라 바라고 실망하는 패턴은 어쩜 그리 똑같은지. 가만, 오늘 같은 날 말도 없이 친구들하고 꽃구경을 떠나버린 것도 우리가 안창 시절의 얘기를 하게 될 줄 미리 알았던 것 아닐까? 암만 흰소리래도 아내가 있었다면 말도 안 되는 공상이라 일축했을 것이다. 찹찹한 가시나. 그런데, 엄마가 누이에게도 찹찹한 며느리 어쩌고 흉을 봤는지, 누이는 올케를 어려워했다. 그녀는 내 아내를 친동생처럼 아끼며 어디서 얄궂은 옷이나 액세서리를 바리바리 갖다주곤 했으나, 허물이 될 만한 얘기는 조심하는 기색이 역력했다. 불현듯 그 친구의 최종 학력 같은 게 떠오르는 모양인지도 모르겠다. 죄지은 사람이 경찰서 앞을 지나길 꺼리듯 누이는 학사모를 여러 번 써본 사람에게 불편함을 느끼는 걸지도. 아내에게 안창 시절 얘기를 들려줬다면 사기를 당해 그런 곤경에 처했을 거라고 단박 추리했을 것이다. 하긴 그 정도야 굳이 참참한 그녀가 아니어도 누구나 떠올릴 수 있는 상투적인 추측일 테지만.

산중을 빼곡하게 덧칠해가던 눈송이는 사기를 당한 엄마를 비롯해 사춘기 소년, 소녀, 노모의 고통스런 마음들에도 쌓여만 갔다. 눈이 귀한 부산이라지만 이 마을만은 예외였다. 대놓고 한판 붙어보진 않았으나, 가본 적 없는 홍남이나 블라디보스토크 같은 데도 못 따라올 거란 생각이 들 지경이었다. 마침 그해 초겨울, 부산일보 1면에는 고드름이 꽝꽝 언 우리 동네의 사진이 실렸다. 사진 속 장소는 나와 누이가 매일같이 마을버스를 기다리던 그 종점 정류장이었다. 동굴의 종유석처럼 길쯤이 매달린 그것을 보는 둘의 소감은 극과 극으로 갈린다. 나야 지극히 일상적인 공간이 특별한 장소로 거듭난 것만 같아 뿌듯함마저 들었던 반면, 누이는 분개했다. 창피해서 얼굴을 들고 다닐 수가 없다고 했다. 렌즈 뒤에 숨어 셔터만 놀리는 자에게야 낭만적인 무엇이겠으나, 제가 느끼는 바가 마땅한 것인지는 피사체에게도 물어볼 일이 아닌가 말이다. 신문에 관심이 있을 리 없는 조무래기 내 친구들은 아무도 알아주질 않아 못내 서운하기까지 했는데, 누이의 친구들은 영 다른 모양이었다. 지금껏 격의 없이 지내는 친구 중 하나가 너희 동네 신문에 났더라, 알은체해왔더란다. 그날 누이는 해가 다 졌는데도 집으로 돌아올 생각을 않았다.

이년 이거 들어오면 다리몽댕이를 부러뜨려놔야지. 엄마는 상상만 해도 끔찍한 말을 입에 담고는 이를 바득바득 갈았다. 그러면 팔순이 한참 넘은 할머니가 이가 없어 자꾸만 안으로 말려 들어가는 입술을 떨며 하지 말그라이, 타일렀다. 그들의 눈앞에는 이미 한참 전부터 대단한 폭력이 자행되고 있었나 보다. 허나 그 모든 게 입을 굳게 다물고 있는 외삼촌을 의식한 연극적인 행위라는 것을 나는 알고 있었다. 간간이 외숙모가 애비 없는 집은 표가 난다며 딸내미 교육이 어그러져버렸다고 혀를 찼다. 그러는 동안에도 어른들은 지붕이 무너지지 않도록 궁둥이 붙이기가 무섭게 장대로 쌓인 눈을 치워야 했다. 쌍욕이 절로 나오는 추위였지만, 야간경계를 서는 군인처럼 반복되는 호출에 입도 얼어붙었는지 얼마 가지 않아 입들을 다물게 되었다. 더 이상 뱉어낼 욕설이 없을 만큼 다 쏟아버렸기 때문인지도 모르겠다. 그 입이 가장 늦게 다물리는 것이 언제나 외숙모였는데, 그럴 때마다 외삼촌이 상상을 초월하는 쌍욕으로 그 입을 잠그게 했다. 나는 그 욕지거리가 나를 향한 것이 아님에도 간담이 서늘해져서는 굳어버리곤 했다. 형체 없는 언어가 물리적인 폭력보다 더한 것이 될 수 있음을 느끼는 건 인간의 말을 모르는 개들도 마찬가지였다. 외삼촌이 등장하면 괴수 같은 덩치의 개들도 가랑이 사이로 꼬리를 감추고 낑낑거렸다.

나는 애먼 물티슈 마개를 열었다 닫으며 누이의 얘기를 듣고 있었다. 그때 어디서 지냈던 건데? 정은이 집에 숨어 있었지. 누나는 말했다. 살면서 그때만큼 죽고 싶다는 생각을 해본 적은 없었다고. 오죽했으면 한 번은 칠 주 만에, 또 한 번은 사 개월 동안 배 속에 품었던 아기를 유산했을 때보다 그 옛날이 더 괴로웠다고 했다. 그땐 어렸으니까. 그토록 살고 싶지 않았댔으면서 친구 집에 숨어 있었던 건 목숨을 부지하고자 했던 거 아니냐, 생각하면 참 아이러니다 싶지만 나는 말을 삼켰다. 그 무렵, 엄마는 당신대로 사는 일에 숨이 차올라 누이의 무단결석 사실을 한참 늦게 알았다. 담임은 이를 알리는 전화를 걸어서도 비꼬는 화법을 고집스레 견지하여 엄마는 얼른 말귀를 알아듣지 못했다. 결국 연극을 끝내는 기계장치처럼 외삼촌이 나섰다. 그의 억센 손이 대역죄인인 누이를 질질 끌고 왔다. 나는 할머니의 자그마한 등 뒤에 숨은 채, 연방 눈을 깜빡거리며 그 광경을 목도했다. 부끄러움마저 집어삼키는 공포 속에서 산발이 된 누이의 입만 겨우 보았던 것이다. 그때 누이는 소리 없이 입술만 달싹거리며 내게 어떤 메시지를 보내고 있었다. 그 메시지를 조금이라도 일찍 알아차렸더라면 상황이 달라졌을까. '경. 찰. 에. 신. 고. 해.' 하지만 내가 투명인간이 아닌 이상, 사건이 벌어지고 있는 방 한

가운데 떡하니 있던 전화통으로 접근할 수는 없었을 것이다.

자? 자냐고오. 몰라. 빨리 자. 낮에 이사 때, 옆집 아줌마가 말이야. 돌아누운 아내의 숨이 일순 멈추었다. 아줌마가 왜. 아내는 까닭 없이 그녀를 싫어했다. 굳이 이유를 대면 우리 집 살림에 그렇게 관심을 보이더란 거였다. 여름이면 맞바람이 통하게끔 복도 쪽으로 난 대문이든 창문이든 다 열어놔야 했는데, 아주 불편해 죽겠다 했다. 아내의 에어컨 타령이 시작한 것도 다 그녀 때문이었다. 힐끔거리는 거라도 봤어? 물어보면 현장 검거에 성공한 적은 없지만, 어쨌든 혐의만은 다분하다는 것이었다. 세상의 모든 평범한 부부들처럼 우리 부부도 맹렬히 다투다가도 뜨거워진 몸을 서로의 육체로 식혀주는 결합을 하곤 했을 것이다. 그런데, 꼭 그런 다음 날은 특유의 사람 좋은 얼굴로 씩 웃어 보이곤 한다는 것이었다. 당신이 너무 예민한 거 아냐? 날카로워지려는 아내를 누그러뜨리곤 했지만, 그 웃음을 직접 대면한 어느 날엔가는 나도 오소소 닭살이 돋았다. 하지만 이웃집의 존재가 결정적으로 우리 가정에 득이 된 적도 있었다. 평소 생리가 불규칙했던 아내는 제 몸에 복덩이가 들어온 줄 까맣게 모르고 체기가 왜 이리 유난한가 갸웃하고 있었다. 전에도 달가울 리는 없던 냄새였지만, 그날만은 유독 옆집에서 흘러들어오는 생활의 냄새가 역하게 느껴지는 것이었다. 우욱. 변기통을 붙잡고 구역질을 하던 아내와 이를 뒤쫓았던 나는 눈이 마주쳤다. 설마!

살면서 그때만큼 반가운 설마는 처음이었다. 옆집이 아니었다면 복덩이도 엄마와 함께 소화제를 먹고 말았겠지. 말을 하다 말아. 옆집 아줌마가 뭐? 라면을 끓여주겠다는 거야. 응? 라면 말이야. 원래 이삿날에는 뭘 챙겨 먹을 정신이 없잖아. 그래서 먹었어? 너 같음 먹겠냐. 아내는 싱거운 결말에 안도하며 다시 눈을 감았다. 못사는 사람들이 원래 마음은 좋아. 글쎄, 그 아줌마가 말이야. 나가는 마당에 재밌는 얘길 해주더라고.

누나야, 뭐 하나 물어봐도 돼? 안창에 들어가던 날 있잖아. 그날 택시 안에서 울었잖아. 응. 갑자기 왜 울었던 거야? 그래. 왜 그랬을까? 나한테 물어보는 거야? 아니, 나도 왜 울었나 싶어서…… 그놈의 택시 기사가 자꾸 어른한테 전화하라잖아. 그게 그렇게 서러울 일이었냐고 묻는데, 누이는 별스레 오래 잠겨 있었다. 아마 자기 말이 틀림없는데 자꾸 의심하니까 억울해서 그랬나 보다. 맞지? 자답에 누이는 빙긋이 웃었다. 아닌가? 남들 다 가지고 다니기 시작했던 휴대전화가 우리만 없으니까, 그게 막 부끄럽고 수치스러워서 그랬나? 짓궂게 물으니 소리 내어 웃었다. 그게 뭐라고. 그럼 대체 왜 그랬어? 별게 다 궁금하다. 궁금하지. 덕분에 그 불빛도 잘 없는 길을 얼마나 오래 걸었냐. 아이고, 그랬었지 하며 이어간 누이의 얘기는 내 옹색한 추측들을 완전히 빗나갔다. 버젓이 할머니가 있는데, 그 새끼가 귀 어둡다고 없는 사람 취급하잖

아. 뭐라고? 그녀는 열일곱으로 돌아간 것처럼 분해했다. 할매 같은 어른이 어디 있냐 말이야. 뭣도 모르면서 무시하고 지랄이야.

　누이는 이불조차 뒤집어쓰지 못한 채, 얇은 벽을 향해 모로 누워 눈물을 삼키고 있었다. 그런 누이에게 할머니는 말없이 콜라 한 캔을 내밀었다. 할머니가 무슨 돈이 있어서 점방에서 샀을까. 평생 효도라곤 모르고 살아온 외삼촌이 준 것이었다. 그 인간의 오른손에 들린 기다란 낫이 천장의 백열등에 가장 가까이 근접했을 때, 그 손을 붙든 것은 다른 누구도 아닌 할머니였다. 그때, 엄마는 무엇 하고 있었느냐 하면 그토록 미워하던 외숙모와 끌어안고 방 한구석에서 웅크리고만 있었다. 반벙어리였던 할머니는 괴성을 지르며 아들에게 달려들었다. 외삼촌의 인생에서 그날은 사건 축에도 끼지 못할 순간이었을지 모른다. 그러니 다음 날에도 아무 일 없었던 것처럼 또 콜라나 약과처럼 몸에 썩 좋지도 않은 걸 할머니에게 불쑥 내밀었겠지. 무슨 여러운 짓이라도 되는 양 매우 퉁명스러운 태도로 말이다. 암만 그이라지만 한참 막냇동생이 모시고 사는 제 어미를 가까이에서 보게 되니 마음 한구석이 물크러지는 모양이었다. 그즈음 꽁초를 씹어대며 회한에 젖은 눈을 씀벅이는 모습이 자주 목격되곤 했던 것이다. 알기로 외삼촌이 준 것이 할머니의 어두운 입속으로 직행하는 일은 거의 없었다. 장롱에 꼭꼭 숨겨두었던 걸 누이에게 건넸던 것인데, 그

러곤 제 딴에도 힘겨운 하루였을 것이 분명한 자기 딸이 깰까
봐 한없이 낮은 음성으로 손녀에게 말했다. "밤이다. 자자."

그날의 나는 몰래 들으려 했던 건 아니지만, 끈적거리는 어
둠을 몰아내려는 듯 끔벅거리며 등을 돌렸다. 나도 그 비루
한 시절의 일원으로 함께 통과했는데, 할머니는 왜 내겐 달달
한 걸 안 주었을까 하는 생각도 든다. 하지만 암만 어렸어도
언제나 손자에게 기울어 있던 그 마음을 모를 만큼 바보는 아
니었다. 긴 밤을 이길 수 있는 조무래기가 없듯, 나도 기억 속
에서 몰래 콜라를 넘기던 누이의 그날을 흐리마리하게 놓아
버리고 살았다. 그건 그렇고, 엄마는 오늘 왜 못 온대? 몰라.
친구들하고 꽃구경 갔다 카대. 시영이도 좀 봐주고 하면 좋
을 것을. 하여튼 본인 정신건강 하나는 잘 챙기니 다행이지.
그랬으면 좋겠는데, 남편 없이 산다고 고생했는데 오래 살겠
나? 죽고 살고 문제는 진짜 모르겠다. 누나 니 얼굴이 노랗
다. 시영이는 저래 낮잠을 오래 잤다가 밤에 안 자면 어떡할
라고? 몰라. 그래도 애가 자주니까 니하고 이래 오랜만에 애
기도 다 하네. 누이의 떼꾼한 눈이 또 가늘어졌다. 그녀는 나
와 달리 그 시절에 관해 하고많은 얘기들이 줄줄이 비엔나처
럼 딸려 나오는 모양이었다.

글쎄, 집주인 딸 있잖아? 그런 사람들을 뭐라고 하지? 은
둔 외톨이? 맞다. 결혼 전에 집 보러 갔을 때 기억나지? 옆집
아줌마가 그 집 딸 얘길 했어? 그 집 딸 얘길 한 건 아니고.

그럼? 집주인이 그 집을 사기 전에 살았던 사람 얘길 하더라고. 뭐? 그러니까 그 집이 사연이 있대. 집이 사연이 있어? 아내는 애써 불러오던 잠이 완전히 달아난 모양이었다. 우리 공부방 있잖아? 공부방이라니까 갑자기 유치해지는데, 그냥 서재라고 하자. 어쨌든. 우리 서재에서 전에 살던 사람이 목을 맸다더라고. 전에 살던 사람이라면 집주인 이전 말하는 거지? 응. 사람이 죽어 나간 방에서 집주인 딸이 히키코모리로 한 십 년을 살았던 거야. 아내는 한동안 말을 잇지 못했다. 나 또한 아줌마에게 붙들려 그 얘길 듣는 동안은 마찬가지로 꿀 먹은 벙어리가 되었었다. 잠깐 사이 그녀가 무슨 생각을 하고 있었는지는 알 길 없지만, 내 경우엔 그곳에서 아내와 나눴던 섹스를 떠올리며 등골이 오싹해졌었다. 내가 그 좁은 집의 침대까지 가는 것조차 참지 못할 정염에 휩싸일 동안, 누군가는 그곳에서 자기 자신을 살해한 것이었다. 아내는 아예 방 안의 불을 켜고는 바로 앉았다. 안 잘 거야? 지금 잠이 와? 아니, 그 아줌마도 웃긴 사람이네. 왜 이제야 그 말을 한 거래? 입을 다물 거면 끝까지 안 열었어야지. 다 지난 일이라 생각했겠지. 다 지난 일이 맞고. 자기는 그래서 가만히 있었어? 가만히 안 있으면 뭘 어떡해? 이사야 하든지 말든지 아줌마랑 드잡이라도 해야 하겠어? 진작 알아봤지만, 아주 엉큼한 사람이네. 그렇게 오지랖이 넓으면 이 년 전에 우리가 집 보러 갔을 때 얘길 해줬어야지. 아이고 됐어. 집주인하고 부동산업자 다 있는 데서 어떻게 얘기하겠어? 또 생각해보면 우리 가진 돈으로는 애초에 못 들어갈 집 아니었어? 우리, 운 좋다 생각만 했었잖아? 다 그놈의 비밀 덕에 집주인도 말도 안 되는 돈으로 샀을 테고 말이야. 그래도 어쩜 그렇게 입을 다물 수가 있어? 다들 천벌 받을 일 아냐? 그런 식으로 연결시키고 싶진 않지만, 집주인 생각해봐. 딸이 그 모양인데 더한 천벌이 어딨어. 그래도 기분 나빠. 자기는 지금 용서가 되나? 용서가 왜 나오냐. 우린 다른 집으로 이사 나왔고, 거긴 이제 남의 집이 됐잖아. 정 찝찝하면 네가 우리 다음에 들어온다는 사람한테 언질을 주든지. 그게 말이 돼? 그러니 놔둬. 우리가 아니어도 그 옆집 아줌마가 또 어느 날 은밀하게 털어놓고 말 테니까. 알고 보면 비밀이라는 건 참 이상해. 비밀로 삼으면 삼을수록 반드시 털어놓게 되니까 말이야.

너 민국이 기억나지? 최민국? 기계공고 다녔고, 정은이 누나랑 사귀었지 않아? 아니. 걔는 무열이랑 사귀었지. 왕령이 누나는 누구랑 사귀었어? 걔도 무열이랑. 뭐? 아니이, 그러니까 정은이 사귀기 전에 잠깐 왕령이랑 사귀었다는 거고. 정은인 나중에 무열이 친구 동우랑 사귀었지. 걔 둘은 결혼도 했어. 참 공부는 안 해도 부지런했네. 그래서 지금은 다들 잘살아. 폭스바겐인가 모는 애도 있고. 폭스바겐이라고 다 비싸진 않을 걸? 나야 차는 모르니까. 차만 모르는 건 아니잖아. 아무튼 민국이 형은 누구랑 사귀었는데? 나랑. 뭐? 매형한테

다 말한다? 너 매형 안 좋아하잖아. 그건 그래. 그래서 그 형 얘긴 갑자기 왜 하는데? 민국이 친구 중에 옛날에 안창 살았던 애가 있었거든? 그 친구는 이름이 뭔데? 내가 걔 이름을 모르겠다. 미안해 죽겠네. 미안할 일이긴 하네, 생각했다. 아무튼 걔를 등굣길에서 딱 마주친 거야.

　이름 없는 그 친구와 마주쳤던 장소는 부산일보 1면에 실렸던 마을버스 정류장이었다. 둘을 태운 버스가 시내버스 정류장에 다시 둘을 내려놓기까지 걸린 시간은 길어봐야 이십 분이었다. 그 시간을 참아내는 것이 그녀에겐 보통 곤혹이 아니었다고 했다. 다음 날에는 일부러 늦게도 나와 보고, 그다음 날에는 말도 안 되게 이른 시간에 나서기도 했는데, 그럴 때마다 귀신같이 그를 마주쳤다는 것이다. 사실 그 또한 친구의 여자친구를 배려하느라 혼신을 다해 피한다고 피한 것이었다. 지금이야 그저 지독한 우연이 중첩됐을 뿐이라 생각하겠지만, 어렸던 누이는 또 눈물이 터지고 말았다. 그것도 소매로 훔쳐버리면 우는 것이 완전히 들켜버리니 흐르는 것을 그대로 방치해버렸더랬다. 그녀는 그런 인간이었다. 어른들을 무서워하면서도 자신을 구제할 변명거리 하나 마련해놓지 못해 묵묵히 당하고만 있는 인간. 푸세식 화장실의 깊이도 무섭지만, 가는 길목마다 짖어대는 개들이 무섭고, 그 때문에 깰 외삼촌이란 인간은 더 무서워 해가 지면 아예 물도 마시지 않던 인간이었다. 그랬던 그녀가 닭장 같은 버스 안에서

개 냄새 밴 교복이 오죽이나 창피했을까. 십대 소녀에겐 어울리지도 않는 엄마의 장미향 샤워코롱을 엄청나게 뿌려댔는데, 그 때문에 담임선생한테 너 업소 나가냐? 소리도 들었다고 했다. 내가 지금도 어디서 개 냄새가 나면 그때 생각이 나서 몸서리가 쳐지잖아. 딴 길로 새지 말고, 울고 난 다음 날부턴 안 만났어? 안 만나지데. 왜냐하면 그날 이후로는 땀으로 옷이 다 젖을 정도가 돼도 마을버스 안 탔거든. 그 길을 걸어다녔다고? 미쳤구나. 그럴 수 있는 길이 아닌데? 그래. 옛날하고 지금을 붙여놓으면 정상 비정상이 뒤죽박죽이다. 그 버스 탈 걸 그랬지. 탔어도 마주칠 일 없었을 텐데…… 마을버스 내려가지고는 개가 손수건을 내밀더라고. 무슨 남자애가 손수건을 다 가지고 다니냐 싶어서 어리둥절해 있는데, 개가 그래. 민국이한테는 니 봤다 말 안 할 거다. 앞으로 니 타고 싶을 때 타라. 내는 기숙사에서 있다가 주말에만 집에 갈 거니까. 그런데. 집이 부산인데 기숙사에 들어갈 수 있어? 옛날에는 그렇게 꼭닥스럽게 안 따졌거든. 없는 애들한테 방도 주고, 일도 시켜줘서 집에 돈도 보내고 그랬다.

누나야, 인자 지겹다. 옛날얘기 그만하자. 그래. 고만하자. 근데 손수건은 돌려줬나? 못 돌려줬지. 그 뒤로 한 번도 못 만났나? 응. 민국이 형 통해서라도 주지. 몰라. 차라리 내가 가지고 있고 싶더라. 도둑년이네. 야, 이만하면 공조시효도 다 지났겠다. 내는 절대로 누나하고는 공조 못하겠다. 공소시

182

효도 모르나. 하나 배웠네. 내가 옛날부터 상식엔 좀 약했다. 그 옛날 친구분은 지금쯤 안창 나와서 잘살고 있나? 그랬으면 좋겠는데, 그렇게 안 됐을 거야. 왜? 좀 지난 얘긴데, 걔가 텔레비전에 나왔다대. 테레비에? 응. 니 '생로병사의 비밀'이라는 프로 아나? 알지 그럼. 의사가 됐구나? 거기서 백혈병인지 췌장암인지 젊은 환자로 나왔다더라고. 나도 친구들한테 전해 들은 얘기다. 그렇게 살고 싶다면서 의지를 밝히고, 또 밝히고 그랬다더라. 누나야, 도대체 그게 무슨 얘기고.

우리 이사가 몇 달만 늦었어도 복덩이가 그 방에서 태어날 수도 있었어! 맞아. 그럴 수 있었지. 당신, 아까부터 진짜 누구 편인데? 좋게 생각해봐. 좋게 생각할 게 있어야 좋게 생각을 하지! 옆집 아줌마도 좋게 생각하라고 꺼낸 얘기 아니겠어? 재수 없는 집, 이사 잘 나가는 거라고. 부산진구 종량제 봉투처럼 가져가봐야 쓸모없는 건 다 자기한테 주고 가라 하데. 그걸 다 줘버렸어? 몇 장 남지도 않았더라. 구청 가면 바꿔주는데…… 됐어. 거지 같아. 세상에 거지 같지 않은 게 뭐 얼마나 되겠어. 언제나 일이라는 건 우리하고 상관없이 저리 흘러가고, 이리 흘러오는 것 아니겠어? 안 그래? 한번 생각해봐라. 방이라는 좁은 공간을 넓혀놓고 보자고. 그 말을 할 때의 난 그간 나와 우리 가족이 지나쳐온 수많은 동과 구들을 떠올렸다. 그렇게 넓히다가 마침내 지구라는 집을 놓고 생각해보면 말이야. 다 그 안에서 죽고, 태어나는 거 아니겠나. 이 아저씨가, 도대체 무슨 얘길 하는 거야?

*

 여보, 오늘이 무슨 요일이지? 몰라. 일요일인가. 텔레비전
한번 틀어보소. 싫다. 아침부터 텔레비전이야? 틀라면 좀 틀
어봐. 뭐 보게? 이산가족 만난단다. 리모컨이 어디 갔노? "그
제부터 시작한 이산가족 이차 상봉이 오늘 끝납니다. 북측
가족 여든세 명이 삼백서른일곱 명의 남측 가족을 만났습니
다." 우리도 티브이장 사야겠재? 전에 살던 집에는 조립식 공
간 박스 위에 티브이를 올려두었기에 굳이 장이 필요 없었다.
웬일이래? 내가 잘못 들은 거 아니지? 하지만 조금만 거실다
운 거실로 옮기니 티브이가 어색하게만 보였다. 심지어 기우
뚱해진 것처럼 보이는 착시가 일기도 했다. 여보. 왜. 다른 집
은 다들 태담이라는 것도 한다는데, 오빠도 좀 해봐. 나는 아
내의 부른 배에 억지로 손을 얹었다. 무슨 말이라도 해야 하
는데 입이 떨어지지 않았다. 아내는 토라져서는 지금도 입 한
번 뻥긋 안 하는데, 나중에 복덩이 태어나면 안 봐도 뻔하다
했다. 외삼촌을 떠올리면 좋은 기억이라곤 하나 없지만, 이
상하게 느꺼운 장면 하나가 있다. 그의 입에서 '여럽다'라는
말이 뱉어졌는데, 그 장면의 앞과 뒤는 전혀 떠올릴 수가 없
고 심지어 나의 공상 속에서나 있었던 일은 아니었을까 의심

도 된다. 그 미치광이에게도 과연 부끄러움이라는 것이 있긴 했는지. 복덩이에게 말을 건네면서 그 사람을 떠올리다니 말도 안 된다. 머리를 흔들어 그를 내쫓는다. 그가 한 번이라도 이 같은 짓을 해본 적 있었을까. 설마. 배 속에 숨어 보이지도 않는 상대에게 말을 거는 것보다 여러운 짓이 어디 있으려고. "상봉 마지막 날인 오늘은 오전 열한시부터 한시까지 작별 상봉 및 공동 점심 식사 시간을 가진 후, 남쪽 이산가족들은 버스를 타고 돌아옵니다. 그렇게 사흘 동안 총 열한 시간의 상봉은 칠십 년 분단 세월에 비하면……" 여보, 정말 그렇게 입 꾹 다물고 아무 말 안 하기야? 한다, 이제 한다. 아빠가 한번씩 욕해서 미안. 니한테 한 거 아니다. 알재? 참나, 그럼 누구한테 한 건데? 누구한테 하기는, 니한테 했지. 지금 말 다 했나? 손 치아라. 이 사람이 또 시작이네.

악어

_이상한 사건, 혹은 한 사내에 관한 이야기

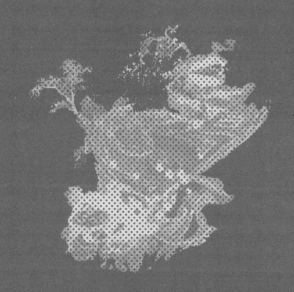

이야기를 듣고자 하는 자에게

이 일은 ㄱ이라는 지방 소도시에서 일어난 일이다. 시대에 따라 나라의 산업 구조가 변화하는 것은 당연한 이치다. ㄱ시도 어느 세월을 나는 동안, 전성기는 있었다. 그것도 아주 눈부신 전성기가. 이와 관련해 삭아빠진 과장이 하나 있다. ㄱ시에는 동네 개들도 만 원짜리를 물고 다닌다는 것이다. 설사 과장이 아니기로서니 그때 만 원짜리든 수표든 물고 다니던 개들은 모두 사철탕으로 변했거나 죄 명을 다해 한 마리도 남지 않았다. 그러니까 오래된 얘기일 뿐이다.

이즈음 ㄱ시엔 떠날 궁리로 골머리 싸매고 있는 이들만 드문드문 남아 있다. 조선 경기가 푹 꺼지자, 도시는 두꺼비집을 내린 것처럼 활력을 잃었다. 사철 내내 따뜻한 날씨도, 굴곡이 심한 동남부의 빼어난 해안 절경도 모두 남은 자들에겐 위로가 되지 않았다. 여기, 이야기의 주인공인 사내도 무엇에도 위로받지 못했던, 그 시절 ㄱ시의 대표적인 얼굴이었다.

사내는 곱은 손가락으로 애먼 귓불을 길쭉이 당기며 해풍을 맞고 서 있다. 억지로 주장하자면 중키라 부를 높이의 좁다란 어깨 위에 달린 그 얼굴은 계절을 가리지 않고 홍조를 띠고 있었다. 기미가 내려앉은 건성 피부는 보기에 따라 영양 상태가 심히 부족해 보이는데, 그런 생각을 뒷받침하도록 지독한 근시의 눈은 떼꾼하니 들어가 있었다. 눈썹을 비롯해 숱이란 숱은 궁하기까지 해 누군들 쉬 업무 지시를 내릴 수 없었다. 꼭 연민 탓만은 아니었다. 고집 있어 뵈는 콧방울은 납작하게 이겨놓은 콧대와 부조화를 이루고 있었다. 고르지 않은 치열은 또 어쩌고. 조금 삐뚤어지기까지 한 그 입매를 든든한 하관이라도 받쳐주면 좋으련만 빨기는 어찌나 뾰족한지 고운 몽돌을 쉴 새 없이 빚고 있는 ㄱ의 파도에 맡겨도 누천년이 걸릴지 모르겠다.

그는 생의 태반을 ㄱ시의 한 조선소에서 보냈다. 사내의 손은 그 세월을 겪는 동안 곱은 것일 테다. 그러나 저 손가락처럼 허리가, 무릎이 꺾일 만큼의 여생은 사내에게 허락되지 않았다.

새천년의 기대와 두려움이 온 누리에 함박눈처럼 내리던 시절이었다. 한두 해도 아니고 스무 해쯤 단박에 건넌다는 게 간단한 일은 아니다. 하지만 이 이야기 속 사내의 싱그러운 얼굴을 볼 수 있다는 사실만으로도 수고의 보람은 차고도 남는다. 모르는 사람들은 그가 날 때부터 노안이었을 거라 넘겨짚을 수도 있겠지만, 이는 오답이다. 길 가던 이들의 고개를 돌릴 만큼 예뻤던 사내는 어미의 자부심이었다. 그녀는 숨을 거두기 전, 결혼을 앞둔 사내의 그즈음부터 청년기, 유년기를 지나 영아기까지 섬광처럼 복기하고는 입꼬리에 희미한 웃음을 머금은 채 떠났다. 이로써 그의 핸섬한 시절을 기억하는 사람은 이제 세상에 없다. 혹 모른다. 그 애기씨라면……

　애기씨에 대한 이야기를 이어가려면 애기했다시피 그 시절에 닿아야 한다. 밀레니엄 시대로 향하는 동안, 사내가 유달리 혹독한 세월의 풍화를 겪었을까 짐작해봄직하다. 허나 어떤 논리적인 추측도 빗나갈 수밖에 없는 까닭은 그의 변화가 너무도 극적인 한순간에 일어난 것이기 때문이다. 믿기지 않는 이야기지만 믿어야 한다. 잠든 척하다 정말 잠들어버린 아이처럼 믿는 자에게 이 사내에 관한 이야기는 열려 있다.

1

애기씨

사내는 빙긋 미소 지으며 고개만 끄덕였다. 그 과묵한 모습
이 듬직해 보였는지, 애기씨는 사내의 팔짱을 더욱 걸어 잠갔
다. 섣불리 대답하지 않은 건 잘한 일이라고 사내는 생각했
다. 멀뚱한 눈으로 '뭐가요?'라고 물어볼 뻔했던 것이다. 그
만큼 사내에겐 오늘 겪은 일 가운데, 어느 하나 처음 아닌 것
이 없었다. 누군가와 팔짱을 끼거나 손을 잡는 것, 마주 보고
오므라이스를 먹은 일…… 또 무엇이 있나? 이것저것 셀 것
없이 모든 순간이 다 처음이었다.

걸음을 옮길 때마다 길게 늘어뜨린 가방이 등에서 퉁겨 올

랐다. 빈 가방 속에서 다이어리가 요동쳤다. 지금, 그곳의 첫 페이지에는 엄지 한 마디만 한 사진이 붙어 있다. 그러고 보니 스티커사진도 처음이었다. 사내는 자꾸만 껑충 뛰어오르고 싶은 걸 참느라 힘겨울 지경이었다. 껑충. 껑충. 뛰어올라 가방 속에서 까불거리는 다이어리가 더 세게 제 등을 때려주길. 그때마다 스티커사진 기기의 좁은 커튼 속에서 둘만의 짧고도 영원 같던 시간이 그의 머릿속에 선명하게 살아났다. 화면 속 반쯤 풀린 눈처럼 부끄러운 세부까지도 모조리 사랑스러워 견디질 못하겠다. 그는 한 발, 한 발 겨우 내딛고 있었다. 마치, 저 홀로 중력이 미치질 않는 듯이. 그런 것도 모르고, 애기씨는 사내에게 물었다.

"어디 불편해요?"

그는 전력으로 일이백 미터쯤 달리고 오면 좀 낫겠다 싶다는 말을 차마 할 수는 없어서 이번에도 최대한 침착하게 웃음으로 대꾸를 대신했다. 그럴수록 애기씨에게 사내는 점점 바위처럼 단단하고 묵직한 사람처럼 보여 밀착의 강도는 높아만 갔다. 단단해지는 것이 따로 있는 줄도 모르고…… 아니, 알고 있었을지도 모른다. 모르는 것은 오직 사내뿐일지도.

궁둥이를 뒤로 빼게 되니 점점 걸음걸이가 이상해졌다. 사내는 간신히 정신을 비끄러매고는 숨겨야 한다, 라고 생각했다. 시야를 좁혀오는 혼곤함도, 눈치 없이 혈류가 집결한 아랫도리도. 애기씨가 알아차리게 둘 수는 없었다. 얼마 가지 않아 그녀는 또 물어왔다. 어디가 불편하냐고. '정말이지 아무것도 불편하지 않다고 싱긋이 웃는 수밖에……' 사내는 생각을 하고 또 했다. '사실, 불편하지 않은 건 아니다! 이렇게 단단해진 녀석을 달고 활보하는 게 어디 간단한 일이랴!' 사내는 힐끔 애기씨의 얼굴을 내려보았다. 그러느라 은은하게 풍겨오는 오이비누 향을 속절없이 맡을 수밖에 없었다.

"처음이라서 모르는 게 좀 많아요. 지금도 그렇고요."

애기씨의 말이 사내의 걸음을 멈춰 세웠다. 그 순간, 그의 눈빛은 그윽함이 그득 들어차 있었다. 분분한 이견들이 있겠지만, 적어도 애기씨에게만은 사내의 눈깔이 확실히 그윽한 것이었다. 물론 그 같은 오해와 인지부조화가 연애를 지속시킨다는 것은 아이러니다. 사내가 눈으로 말하고자 했던 것은 '당신, 아까부터 무슨 소릴 하는 거야?' 쪽이었다. 애기씨는 살짝 고개 돌려 사내의 응시를 외면하고는 기어들어가는 목소리를 흘려보냈다.

"너무 오래 그러면 안 될 것 같아서……"

사내는 떨리는 입술을 겨우 뗐다.

"그, 그럼 처음인 것이 하나 더 추가되겠군요."

사내와 애기씨는 요란해서 더욱이 범상함을 면치 못하고 있는 외벽의 모텔로 향했다.

오 분쯤 간격을 두고 주차 가리개가 젖혀졌다. 반드러운 아침볕이 부서지며 무방비한 눈살 위로 쏟아졌다. 쭈뼛거리는 사내가 먼저, 얼굴이 붉어진 애기씨가 뒤를 따랐다. 둘은 낯모르는 이들처럼 그렇게 꽤 걷다가 차츰 거리가 좁아들더니, 지난밤의 휘황함을 완전히 상실해버린 모텔이 엄지만 해질만큼 가서야 다시 팔짱을 끼고는 나란히 걷기 시작했다.

홍어

사내는 상도 펴지 않고 막걸리 한 병과 사발을 방바닥에 무심히 내려놓았다. 나무젓가락을 물고 있던 그는 고장이라도 난 것처럼 뒤통수를 긁으며 우뚝 섰다. 눈썹 끝이 파르르 떨렸다. 두피에 솟은 여드름 하나가 손톱에 걸려들었던 것이다. 그는 한참 여드름 주위를 긁어나가다 애먼 귓불만 늘어뜨리곤 두리번거렸다. 모르는 사람 눈엔 남의 집에 버려진 자처럼 보일 것이다. 그러다 갑자기 뭔가 깨달음이라도 얻은 이처럼 발을 떼기 시작했다. 발과 방의 두 바닥이 쩍쩍 들러붙었다 떨어졌다. 냉장고에 당도한 그는 검정 비닐봉지를 낚아채 막걸리병 외로이 서 있는 방바닥으로 향했다.

오는 길에 그는 "아차차" 소리 내며, 신발장으로 몸을 틀었다. 거기서 구인구직 무가지를 집어와 반듯하게 바닥에 깔고 막걸리를 땄다. 그만한 차림도 대단한 주의가 필요한 모양인지, 그는 긴 숨을 몰아쉬었다. 사내의 입술은 사발 안에 출렁이는 막걸리가 닿기도 전에 성급하게 마중 나왔다. 그렇게 한 모금 넘기고야 그는 생각이란 것을 찬찬히 굴려갈 수 있었다.

여자와 살게 된다는 것. 꿈에서나 그려보았던 장면들이 손에 잡힐 듯 가까이 있었다. 그는 빈 사발을 채우면서, 맞은편에 앉게 될 애기씨를 떠올렸다. 그녀가 기울인 술병에서 흘러나온 허연 탁주가 저의 사발을 채울 것이다. 아. 그러기 위해선 먼저, 오직 두 사람만을 위한 식탁부터 들여놓아야 할 것이다. '신문지 대신 아이보리 식탁보를 까는 거야!' 색깔이 색깔이다 보니 김칫국물 따위 흘리지 않기 위해 조심해야겠지. 그렇게 조심하는 모든 순간까지 앙증맞은 행복으로 느껴질 테다. 사내는 이번에도 추으읍, 입술을 적시다 급하게 사발을 내려놓고 비닐로 손을 뻗었다.

"제기럴, 어지간히……"

사내는 안간힘을 다해 버티는 검정 비닐을 찢지 않고 풀기 위해 끙끙거렸다. 누굴 욕하랴. 제가 묶어놓은 걸. 그는 개처럼 앞니로 매듭을 물고는 용을 썼다. 방귀가 비집고 나왔다. 마침내 백기를 올린 검정 비닐이 쿠리터분한 내를 풀어놓기 시작했다. 사내는 비키니 옷장의 지퍼를 잠갔다. 잠그면서 그는 아무도 들을 사람 없는 말을 중얼거렸다.

'뭐 어떻노. 며칠 후엔 새 외투를 맞추질 않는가!'

까짓것, 빤스 한 장에 난닝구 한 장만 건지면 된다. 섬유 깊숙이 노총각 냄새 뱄을 게 뻔한 이것들을 애기씨와의 새로운 생활 속으로 끌고 간다? 아니 될 말씀이다. 큰일 날 말씀이지. 그러니 이 홍어도 곧 안녕이다.

혼잣말들을 하고 또 하는 동안, 지느러미 한 점을 집어 입으로 가져갔다. 오도독 씹히는 소리와 함께 입안 가득 홍어 냄새가 번졌다. 얼얼한 코허리를 일부러 잠시간 방치해놓고는 사발의 남은 술을 마저 비웠다.

꿈에서나 그리던 순간이라고 했나, 맞다. 그것은 어머니의 오래된 꿈이었다. 외아들의 행복만이 숙원이었던 사람. 사내는 어머니를 떠올리며 다시 사발을 채웠다. 일자리를 찾아 이곳 ㄱ시로 옮겨오기 전까지만 해도, 사내의 사발을 채워준 것은 어머니였다. 하늘이 두 쪽 나도 아들이 자작하는 것만은 용납할 수 없었던 그녀는 아예 ㄱ시까지 따라올 참이었다. 어차피 버릴 짐이 태반이어서 일 톤 용달로도 떡을 친다던 그녀는 아들이 기숙사 생활을 통지하고도 얼마간 고집을 꺾지 않았다. 하지만 살던 집을 팔아 쥐게 될 푼돈으로는 ㄱ시는 물론이고, 그 어디에도 발 뻗고 누울 자리 하나 마련할 수 없는 현실 앞에 어머니의 고집과 패악은 통하지 않았다. 그녀의 하늘은 지금쯤 두 쪽으로 갈라졌을까. 이렇게 스스로 사발을 채운 지가 벌써 몇 해나 되었는지, 손가락을 접어 세는 것도 간단하지가 않다. 그는 제 귓불만 늘어뜨릴 뿐이었다.

사내는 비닐의 입구를 벌려 홍어가 몇 점이나 남았는지 세어보았다. 젓가락으로 뒤적이지 않아 확실하지는 않지만, 평소라면 봉지를 한 번 더 꽁꽁 묶어 냉장고로 보낼 만한 양이었다. 남은 막걸리를 흔들어 사발에 부었다. 술지게미까지 훑어도 반도 차지 않았다. 남은 술과 안주의 양이 맞질 않았다. 사내는 한 점 더 입에 넣었다. 물컹도 뭍컹도 아닌 것의 질감을 꼼꼼하게 느끼고 또 느껴보마. 웅얼거리는 사내에게선 엉뚱한 비장함이 감돌았다. 이후로 술 없이 홍어만 들입다 몇 점 욱여넣었다. 그는 정말 끊으려나 보다. 하긴, 어미를 끊어내는 것보단 뭐든 쉬울 테지만, 홍어는 나머지 모든 것들 중엔 제일 어려운 것이었다.

사람들마다 추적할 수 있는 기억의 가장 구석진 자리가 다를 테지만, 사내에겐 지독한 가난과 어미의 슬픔이 있었다. '가난', '슬픔'처럼 두루뭉술한 서술 말고 구체적인 장면을 캐내어보라면, 사내는 검정 비닐봉지에 관한 얘기를 할 수밖에 없으리라. 그리고 어미의 오열과 지랄발광의 시간을 더듬어 떠올릴 수밖에, 다른 도리가 없다.

사내는 애새끼이던 시절부터 해가 지면 얼른 이불 속에 몸을 파묻고 눈을 감았다. 감으려는 의지가 강할수록 보이지 않는 실이 눈꺼풀을 올리는 것처럼 실눈이 떠졌다. 그러다 멀리, 밤의 초입을 뚫고 비칠거리는 어미의 발짝 소리가 나면 젖 먹던 힘을 짜내 눈꺼풀을 닫았다. 죽음 같은 잠을 흉내 내던 그 어린 사내는 어둠을 묻히고 온 어미에게 저의 깨어 있음을 들키지 않길 빌고 또 빌었다. 그녀의 등장과 함께 죄 무너져가던 판잣집은 짙은 술 냄새가 그득 들어찼다. 거기 더해다 소화되지 못한 음식물 썩어가는 내와 희미한 끽연의 냄새까지 묻어 있었다. 어미는 꼭 그 입으로 사내의 입술을 빨았다. 어느 날에는 간지럼을 타지 않고 간신히 넘어가기도 했지만, 어떤 날은 참지 못해 눈이 뜨였다. 견디는 시간이 길어질수록 어미는 더 집요해졌다. 사내의 콧방울을 덥석 물거나 귓불을 자근자근 깨물었다. 온 얼굴이 침으로 범벅일 때까지 버티고 또 버틴 날에는 이불 속으로 손이 들어왔다. 바지를 내려 한참 동안 고추를 흔들어대던 그녀는 제풀에 지쳐 잠이 들곤 했다. 그러고도 얼마간 애새끼는 숨죽이고 기다렸다. 어미의 숨이 고요해지길, 그녀를 짓누르는 들큼한 피로가 곱게 빨아 풀려나올 즈음까지. 사내는 무릎 아래로 내려간 바지를 허리춤까지 올리고는 몸을 외로 돌려 눈을 감았다. 그제야 그의 눈꺼풀을 끌어올리려는 실이 온전히 끊어진 것이다.

짐작했겠지만, 사내의 어미는 님을 잃었다. 님 주신 씨가 배 속에서 갓 싹을 틔우기 시작했던 그즈음이었다. 벼락같은 사고 앞에 대처 능력이 없었던 그녀는 쉽게 무너져갔다. 그녀는 기댈 것이 필요했다. 제일 먼저 찾아 빠져들었던 것이 술이었고, 그다음이 아들이었다. 그러나 술은 그녀가 기대면 기댈수록 그녀를 무너뜨려갔고, 그렇게 무너질 대로 무너진 그녀는 자신이 유일하게 기댈 수 있었던 아들을 망가뜨리기 시작했다. 이 기묘한 연쇄를 끊어내기에 사내는 겨우 애새끼에 불과했다. 그가 할 수 있는 건, 기껏 자는 척 눈 감는 것밖에 없었다. 둘 사이의 무언극이 깨어진 것은 어느 날 툭 던져진 검정 비닐봉지와 함께였다.

문틀에 기대선 어미가 말했다. "일어나." 사내의 연기가 여전히 이어지자, 그녀는 불을 켰다. 촉 낮은 불이었지만, 애새끼의 눈을 찌르고 들어오기엔 충분히 밝은 빛이었다. 사내가 미간을 좁히자마자, 어미는 무언가를 던졌다. 반사적으로 이불 밖으로 손을 끄집어 받아낸 사내는 눈을 끔벅거리며 제 어미를 보았다. "먹어." 애새끼는 몸을 일으키며 비닐을 끄르기 시작했는데, 다 끌러지기도 전에 냄새가 코를 찌르고 들어왔다. 공중변소에서나 나는 암모니아 냄새에 그는 고개를 돌려 기침을 해댔다. 어미는 어깨를 들썩이며 웃었다. "몸에 좋은 거다." 애새끼는 허청대며 부엌에서 젓가락을 들고 왔다. 몸에 좋은 건 관심 없다만, 어미의 웃음에 안도한 발길이 절로 부엌으로 이끈 것이었다. 내키지 않더라도 한 점 삼키면 더 크게 웃을지 모른다는 생각만 머릿속을 왕왕거리고 있었다.

하지만 한 점 집어 든 걸 입속으로 넣는 것은 간단하지 않았다. 애새끼는 봉지 속의 것과 어미를 번갈아가며 보았다. "어서 먹어야 고추도 굵어지고, 터럭도 나지." 그렇지 않아도 싫은데, 어미는 털이 날 거란 협박까지 했다. 그렇게 된다면야 목욕탕도 갈 수 없고, 오줌 누러 갈 때도 몰래 다녀야 한다. 누가 보기라도 하면 어쩔 건가. 모르긴 몰라도 털이 나려

면 아직 오륙칠팔구 년은 더 남았는데, 대체 이 홍어라는 것
이 뭐길래 저 소중한 시간들을 살라먹는단 말인가! 속이 메스
껍고 머리가 빙빙 돌았다. "어서 먹어!" 어미가 소리 지르지
않았다면, 그는 결코 홍어를 입에 넣지 않았을 것이다.

　사내는 억지로 질경대다 턱을 늘어뜨리길 반복했다. 뺨을
타고 한 방울 눈물이 흘러내렸다. 그 순간, 뺨에서 쩍 하는 소
리가 났다. 애새끼는 아픈 줄도 모르고, 양손으로 귀를 막았
다. 높은 산에 올랐을 때처럼 주위가 멍멍했다. 타본 적은 없
지만, 비행기에서도 저렇게 멍멍해진다고들 했다. 허나 그가
검정 비닐봉지를 싸안고 있는 곳은 산처럼, 비행기처럼 높은
곳이 아니다. 세상 어디보다 낮은 곳이었다. 애새끼는 어미가
침을 튀어가며 쏟아내는 말을 제대로 알아들을 수가 없었다.
"내 속으로 낳았지만 참으로 더러운 새끼가 아니냐! 어떻게
애미가 만져줄 때까지 자는 척을 할 수가……"

　사내는 사는 동안, 희미하게 지워진 그 밤의 기억을 의심하
고 또 의심했다. 그때 터져버린 왼쪽 고막은 그날의 폭력이 꼼
짝없이 사실이라는 증거지만, 그래서 더욱 그가 들었던 말들
의 진위는 확신할 수 없었다. 그 밤을 복기하면 홍어의 체험만
큼 명징한 것이 없었다. 그는 어미로부터 떨어져 나온 ㄱ시에
와서야 홍어의 맛을 알게 되었고, 이내 빠져버렸다. 그랬던 홍
어도 이젠 안녕이다. 마지막 남은 한 점을 입에 넣고 검정 비
닐을 구겨버렸다. 다가올 새천년에는 안녕할 것이 많다.

신사

　재단사의 줄자는 두 종이었다. 하나는 강철 띠로 이루어진 것이고, 또 하나는 흐물흐물한 것이었다. 둘 중 어느 것도 길이를 잴 목적으론 족하지 않은가 생각했으나, 그는 둘을 구분해서 사용했다. 가만 보니 다 이유가 있었다. 팔 길이와 어깨, 척추의 길이를 잴 때는 곧은 것을 댔고, 목둘레, 허리, 골반 따위를 감을 때는 곡선용 줄자를 사용했다. 사내는 눈을 가늘게 뜨고, 제 몸을 속속들이 측정하는 눈금들을 좇았다. 재단사가 양 손목을 한 차례씩 감았다.

　'손목까지?'

　사내는 의아함을 감추며 상대가 알아차리지 못하게 고개를 끄덕였다. 아니, 눈꺼풀 정도만 빠르게 깜빡였다. 그 눈꺼풀만큼이나 재단사는 쫓아오는 사람도 없는데, 벌새의 날갯짓 모양으로 수치를 되뇌며 바쁘게 기입하곤 했다. 그 속도감은 마치, 한 편의 스포츠 경기를 보는 것 같았다. 중 난쟁이 수준의 자그마한 체구를 지닌 재단사의 리드미컬한 동작은 보는 맛이 있었다.

　거기 더해 듣는 맛도 있었는데, 사내가 평생 들어본 적 없는 '신사'라는 호칭이 그것이었다. 그 낯간지러운 소리에 처음엔 사례가 들려 마른기침을 쏟아내기도 했다. 재단사는 뜨듯한 물을 사내의 손에 쥐여주고는 "신사님, 괜찮으세요?"라고 물어왔다. 그는 사내가 무엇 때문에 기침을 하는지 알 길 없는 눈으로 신사님을 올려다보았는데, 그 눈길에는 한 치의 거짓도 섞여 있지 않아 사내를 다시 한번 놀라게 했다. 그러니까 저이에게 사내는 진정 '신사'인 것이었다. 그는 얼굴이 벌게지도록 기침을 쏟아낸 뒤, 횡격막을 치켜올려 숨을 깊이 들이마시고는 신사다운 자세를 취하기로 했다. 사내는 느릿하게 물컵을 재단사에게 건넸다. 그리곤 중후하게 목소리를 꾸며 뱉었다.

"자, 계속하시죠."

여유 있는 웃음까지 지어 보였다면야 백 점짜리였겠지만, 안면이 사정없이 떨리는 통에 그것만은 불가능했다. 사내는 차라리 두 눈을 감아버렸다. 몸에서 힘이 빠져나가자, 허벅다리에 갖다 붙인 양손이 자력이라도 생긴 양 살짝 떴다. 이대로 듣는 맛을 계속 좇다간 하늘로 솟을지도 모르겠다.

"신사님, 신사님?"

사내가 눈을 번쩍 뜨고는 잠시 휘청거렸다.

"네, 넵."

사내는 눈을 끔벅거리며 재단사를 찾았으나, 그는 중키의 사내보다 한참 낮은 곳에서 올려다보고 있었다.

"끝났습니다. 이쪽으로."

"벌써요?"

사내는 삼십 센티 높이의 둥그런 단상에서 내려왔다. 재단사는 낮은 사다리에서 진작 내려와 그를 기다리고 있었다. 재단사의 안내를 따라 소파에 궁둥이를 묻었다. 딱딱해 보이는 질감과 달리 터무니없을 정도로 푹신한 쿠션감에 사내의 자세가 와르르 무너졌다. 깊은 고랑에 빠진 듯 한차례 허우적거린 신사는 매무새를 가다듬고, 소파 끝에 궁둥이를 걸치곤 재단사가 내민 샘플 천으로 손을 뻗었다.

한참을 이것과 저것, 저것과 그것을 엄지로 매만졌으나, 이실직고 말하자면 각각이 어떻게 다른지 사내로서는 알 수 없었다. 그러나 신사에게 모르는 영역이란 있을 수 없다. 골똘히 궁리해도 선뜻 답을 내리지 못할 터인데, 사내의 머릿속은 자꾸만 산만하게 미끄러지고 있었다. 옆에 애기씨라도 있었다면…… 그녀라면 아마 똑 부러지게 재단사에게 묻고 요구를 했을 테다. 왜냐하면 그녀는 신사가 아니기 때문에 모르는 걸 모른다고 얘기할 수 있으니까. 애기씨가 갖춰야 할 교양에 신사복의 재질 따위는 없을 테니 말이다.

신사의 머리를 헝클어뜨리는 것이 무엇인지 알 리 없는 난쟁이 테일러는 잰걸음으로 두꺼운 샘플북을 또 한 권 챙겨왔다. 과장 조금 보태 샘플북은 거의 그의 몸뚱어리만 했다. 두꺼운 양장 커버를 넘기면 말꼬리 모양의 천들이 튀어나왔는데, 그때마다 신사의 엄지는 '도저히 모르겠다!'만 외치고 있었다. 재단사가 그의 난망한 얼굴을 알아차린 것은 한참 후였다. 그제야 각 재질의 특장과 장점을, 그리고 아주 작은 단점이라 굳이 말씀드릴 필요도 없는 것이 분명하지마는, 이 작은 몸뚱어리를 그득 채우고 있는 것은 '난쟁이 똥자루만 하다'고 할 때의 그 똥자루도 아니오, 거짓이나 허풍도 아닌 오직 양심 하나이기에 숨김없이 말씀드리겠다며 하나하나 들려주기 시작했다.

그러나 시간이 갈수록 신사의 머리는 더욱 복잡하게 헝클어지기만 했다. 사내가 생각하기에 그래 봐야 외투는 외투가 아니냔 말이다. 외투가 다 뭔가. 비바람만 막아주면 되는 것을…… 신사가 되기를 막 포기하려는 그때, 재단사가 입을 열었다.

"이해합니다!"

짧은 순간, 사내의 눈이 흔들렸다.

"어려우시죠?"

신사의 부자연스러운 고갯짓이 이어졌다. 재단사는 소파에서 껑충 뛰어내려 다시 어딘가로 몸을 숨기고는 끙끙거리며 바퀴 달린 행거를 밀고 왔다.

"입어보시면 느낌이 올 겁니다."

한 일(一) 자를 그리고 있는 재단사의 굳은 입매에선 결기가 흘러나왔다. 만약 걸쳐보고도 느낌이 오지 않는다면, 사내는 영원히 신사가 될 수 없을 것만 같았다. 사내는 한기가 도는 것처럼 몸이 오돌오돌 떨렸다. 'ㄷ조선' 엠블럼이 붙은 돕바가 그리웠다. 그걸 입으면 연안의 짠바람도, 용접 불꽃도

다 막아주지 않았던가. 비록 '신사' 대신 '형씨' 호칭이 따라 붙더라도 이렇게 몸이 떨리는 꼴은 면할 수 있지 않았던가! 그러나 이 순간, 그는 다시금 애기씨를 떠올리고 있었다. 애기씨의 옆에 형씨가 서 있다는 것은 도무지 어울리지 않는다. 그녀 옆엔 신사의 팔짱만이 어울린다. 더구나 애기씨에게나 신사 모두 일생에 단 한 번뿐인 런웨이가 아닌가. 돕바를 입고 그 꽃길을 걸어갈 수는 없다.

결론적으로 사내는 어떤 느낌을 받아냈는가? 과연, 사내는 신사로 거듭날 수 있었는가? 반은 맞고, 반은 틀렸다고 말할 수 있을 것이다. 재단사의 그 단단해 뵈는 턱이 얘기하는 자신감과는 별개로 어느 것을 걸쳐도 그게 그거였고, 저게 저거였다. 어느 것도 ㄱ시 연안의 짠바람 따위를 막아줄 수 있을 것 같지는 않았다. 그러나 열세번째 입은 샘플 슈트에서 사내는 미약하게나마 느낌이 오셨다고 생각했다. 그는 나지막이 내뱉었다.

"바로 이…… 재질인 것 같습니다."

신사와 난쟁이는 끈끈한 진땀이 흐르고 있는 얼굴로 서로를 마주 보았다.

"탁월한 선택이십니다, 신사님. 백 년 동안 입으시고, 아드님께 물려주실 수 있도록 혼신을 다해 만들겠습니다!"

우리의 신사는 샘플복을 벗으며 또 한 번 휘청거렸다.

사내는 이 주 뒤, 슈트를 찾기로 하고 양복점을 빠져나왔다. 찬바람이 그의 젖은 몸을 구석구석 훑으며 지났다. 아직 겨울의 한가운데로 진입하려면 멀었으나, 뼛속 깊은 곳에서 추위가 똬리를 튼 것만 같았다. 그는 돕바의 앞섶을 있는 대로 여미고는 바람 속으로 몸을 옮기었다.

공중전화부스

사내는 공중전화부스 속으로 몸을 넣었다. 부스의 미닫이가 삐걱거리며 잘 닫히지 않았다. 돕바 옆구리가 문에 낀 것도 모르고 용을 쓰다가 손가락 두 마디 정도 찢어지고 말았다. 실은, 그것도 한참 후에야 알았다.

사내는 애기씨의 목소리를 듣고 싶었으나, 아직 일터에 묶여 있을 시간이라는 걸 깨닫고 허공에 수화기만 들고 있었다. 제가 고른 디자인도, 색도, 옷감까지도 낱낱이 보고하고 싶었으나, 그녀에겐 오늘 치의 잔업이 있었다. 자꾸 '애기씨', '애기씨' 하니까 마치 그녀가 어느 회장님 댁의, 하다못해 임원진의 따님이라도 되는 줄 착각할 수도 있겠다만, 그녀 또한 사내와 마찬가지로 공장 밥을 먹는 직원이었다. 다만, 사내가 청색 돕바에 작업용 청바지를 입고 있다면, 애기씨는 머리끝부터 빼곡하게 흰 것으로 감싸여 있었다. 아. 그 위에 가슴 장화를 덧입긴 한다만, 그건 사내도 마찬가지다. 형광조끼와 안전모, 작업화에다 각반까지 덧대니 말이다. 그러니까, 애기씨는 영양사 보조였다. 여기서 '보조'가 '영양사' 앞으로 오면, 그건 그것대로의 직업명을 가진다는 뜻이겠지만, '보조'가 뒤에 붙으면 '영양사'도, '부엌이모'도 아니라는 뜻이다. 갖다 붙이기 따라 애기씨는 영양사도 되고, 언제든 이모도 될 수 있었다. 오늘은 영양사가 되어야 하는 모양이다. 뭐 한다고 묶여 있대더라…… 사입한 식자재를 검수하는 날이랬나? 사내는 자문자답했다.

'허긴, 한 공장이라고 다 알 리가 없지.'

그쪽에서 사내 쪽 일을 알 리 없듯, 이쪽에서도 식당 일을 알 수 없었다. 열두시부터 한시까지, 해가 꼭대기에 걸리듯 허기가 천장을 뚫을 하루 중 그 짧은 시간을 위해 해뜨기 전부터 해 넘어가고도 한참 동안 땀을 쏟는 곳이 바로 우리 애기씨의 일터였다. 격한 노동으로부터 대피한 작업자들 칠팔백쯤 동시에 식사를 할 수 있는 규모의 식당만도 물경 십여 곳은 됐다. 이곳 ㄷ조선 내에서만 말이다. 임시 함바 노릇 하는 곳이야 셀 수도 없다. 세기 시작한다면 곳곳에서 튀어나오는 가건물들이 빼꼼, 빼꼼히 고개 드는 통에, "여기도?"라는 말만 연신 입에 물게 되고 말 것이다. 사내는 새삼 몰랐던 사실도 아니지만, 가끔 제가 속한 조선소의 덩치를 떠올리면 몸이 떨리곤 했다. 제 발치로 또르르 찾아드는 오줌발의 궤적을 좇다 저도 모르게 떨어대듯이. 어쨌든 검수든 뭣이든 사내의 애기씨는 지금 중노동의 한복판에 있을 것이 뻔했다.

떠올리는 것만으로도 진동이 훑고 갈 만큼 애틋하기만 한 애기씨였으나, 사내의 어미는 그녀를 '함바데기', '공순이'라고, 그때그때 내키는 대로 불렀다. 그러나 사내가 화를 낸 적은 한 번도 없었다. 누가 뭐라고 불렀든 그에게서 애기씨를 훼손시킬 방법은 아무것도 없기 때문이다. 적어도 사내에게만은 애기씨는 언제나 새로이 피어났다. '함바 공주', '공순이 애기씨'로. 그렇게 사내에겐 그녀만이 세상 모든 애기씨였고, 그녀에게도 사내만이 단 한 분의 신사님이었다. 그런 그녀가 지금 잔업을 하고 있었다.

어미는 아들이 웬 잡년 하나에 빠지더니 자신을 남보다 못하게 대하고, 심지어 괄시하고 있다고 생각했다. 제게 찾아온 몹쓸 병도 다 저 망할 년 탓이었다. 그년이 등장하기 전만 해도 사내는 어미의 자랑스러운 '대(大) ㄷ조선'의 '직영' 근로자이자, 순종적인 아들이었는데 말이다. 어미의 절망과 달리, 사내는 여전히 '직영'이자, 그만한 순종적인 아들도 없었다. 헌데도 어미는 접안하는 배와 안벽(Quay)의 쇠말뚝을 묶은 로프처럼 한 치의 느슨함도 없는 의심의 세월을 나고 있다. 혹 모르지. 병증 속에서 그 의심도 천천히 삭아 내릴지······ 이 세상에 조선 경기 말고 영원한 것은 없으니까······ 사내는 주억거렸다.

멀찍이 귀에서 떨어져 있던 수화기의 대기음이 뚝 끊어졌다. 그는 손가락으로 수화기 걸이를 내렸다 뗐다. 번호를 꾹꾹 눌렀다. 버튼이 얼어붙었는지, 여간 힘주어 누르지 않으면 먹히질 않았다. "시외 요금이 부과됩니다"라는 소리와 함께 통화 연결음이 긴 꼬리를 내며 수화기 밖으로 빠져나왔다. 그는 수화기를 귀에 붙였다. 얼음덩어리를 귀에 붙인 듯한 선득함에 부르르 몸이 떨렸다. 사내는 전화카드의 잔액을 표시하는 화면에 눈을 묶었다.

"와?"

"낸 줄 어째 알았는데?"

"니 말고 내헌티 누가 전화를 하노?"

"……"

"그래, 말라꼬?"

"몸은?"

"그래 안 물어도 차근차근 갉아묵고 있다. 인자 얼마 안 남았다."

"아들 장개가는 거 안 보고?"

"고작 함바데기허고 눈 맞은 거를 뭐 전시할 일이라꼬 보노."

"오늘 양장 마챘다."

"니 그 아가씨는 근본도 없나. 시애미 될 사람 다 죽어간다꼬 예단도 생략이가."

"츰으로 맞춘 건데, 양복장이 말이 한 천년은 입을 끼라대."

"그 천년짜리 양복 입고 애미 숨넘어갈 때나 올래."

"넘어가기 전에 갈 끼다."

"오지 마라!"

"패악 쫌…… 그란다고 숨이 더 빨리 넘어가나."

공중전화기가 전화카드를 뱉었다. 그쪽에서 전화를 끊었어도 사내는 수화기를 놓지 않았다.

"……색깔은 쥐색이다. 재질 고를 땐 누천년이 걸리더만, 색은 금방 골라지더라. 와, 엄마는 쥐라 카면 딱 질색이다 아이가. 내가 쥐색 입는다꼬 쥐가 되는 건 아니잖아? 신사복을 입는다꼬 신사가 되는 기 맞나 몰라……"

사내는 귓불의 온기로 데워진 수화기를 차가운 걸이에 걸곤 긴 숨을 내쉬었다. 그는 들어올 때처럼 힘껏 몸을 던지듯 부스 문을 밀었다.

호랑이 가죽

이 주가 흘렀다. 오직 한 사람의 신사를 위한 양장이 그를 기다리고 있었다. 비록 천만 원짜리는 아니지만, 천년 동안 갈 그의 외투가 완성됐다는 전화가 왔다. 그때, 그는 6409호선 데크하우스에 있었다. 공사가 끝난 활선의 가운전 단계였다. 굉음과 귀마개 때문에 그의 휴대폰은 개통 후, 단 한 번도 전화벨을 울려본 적 없었다. 그렇다고 진동을 알아채기 쉬운 것도 아니었다. 그가 발 디딘 선내 어느 곳도 휴대폰 울림쯤 갖다 붙일 수도 없을 진동에 항시 노출되어 있었기 때문이다. 그러니까 사내가 그 전화를 단번에 받은 것은 대단한 우연이 아닐 수 없었다.

"신사니임."

양복장이의 부름을 받자마자, 그는 시각을 확인했다. 삼십 분만 더 있음 저녁때고 거기서 네 시간만 더 뭉개면 2공수*를 챙기지만, 그는 아깝다 생각하지 않았다. 십칠시가 되자마자 바로 퇴근하리라 다짐했다. 애기씨는 언제 퇴근하려나, 메시지를 쓰려다 반장의 퉁바리에 얼른 전화기를 돕바 주머니에 집어넣었다.

"뭐어? 기껏 오티 박아서 보고 올려놨더니 칼퇴를 하시겠다고? 여기가 무슨 동사무소인 줄 아나?"

모르긴 몰라도 공무원도 이런 칼퇴는 않을 것이다. 연방 고

---

* 직종별로 공수가 가리키는 의미의 차이는 있으나, 조선소에서의 공수란 해당 작업에 필요한 인원 또는 노동일(혹은 노동시간)을 말한다. 협력업체에 고용된 일당직은 한 달에 몇 공수나 찍는가를 기준으로 본인의 급여를 타진하곤 한다. 공수 산정 방식 또한 조선소별로 다르다. 흔히, 근무 종료시각을 'A~E코드'라고 부르는데, 오전 일과부터 저녁 다섯시까지를 1공수(A코드)라고 한다. 보통 저녁을 거르고 OT(오버타임) 2시간을 더 채운 저녁 일곱시까지(C코드)를 1.5공수로, 저녁밥을 먹고 OT 4시간을 채워 저녁 열시까지(E코드) 일한 것을 2공수로 친다. 한편, 직영의 경우, 공수로 계산하지 않고 가외 시간을 시급의 1.5배 계산한다.

개를 끄덕이면서도 사내는 양복점이 문을 닫을까 조바심이
났다.

"이 새끼, 근데 니는 와 지금 얘기하노. 급한 일 맞나? 그
래, 오늘은 누가 돌아가실 예정인데?"

반장 아재 말이 다 맞다. 맞는 말만 하니까 기분 나쁠 것도
없다. 위에서는 최대한 오버타임 많이 채우라고 하고, 반장도
자신 있다며 받아놓은 물량일 테다. 네네, 주억거리는데, 사
내는 비어져 나오는 웃음을 숨길 수가 없다.

"지금 쪼개는 기가? 지 하고 싶을 때만 일하고, 아주 벼슬
이네 벼슬이야."

그것도 맞는 얘기다. 어떻게 들어앉은 직영인데, 벼슬 맞
지, 암만. 벼슬 할애비가 와도 지금 사내의 미소를 빼앗을 수
는 없어 보였다.

이런 걸 바로 '성장(盛裝)'이라고 하는지 모르겠다. 전신거
울 앞에 선 그는 평생 써본 적 없고, 들어본 적 없는 그런 단
어를 떠올렸다. 양복장이는 자신이 창조한 이 마스터피스를
향한 찬사를 끝도 없이 늘어놓았다. 사내는 양복장이의 다변
이 한쪽 귀로 들어가서 순식간에 다른 쪽 귀로 빠져나가는 재
미난 경험을 했다. 그가 붙들 새도 없을 정도여서, 심지어 빠
져나가고 있다는 자각을 한 것도 한참 뒤였다. 사내는 그 와
중에 조선소의 굉음들도 이렇게 미끄덩미끄덩 흘려보낼 수
있다면 얼마나 좋을까, 하는 엉뚱한 생각을 했다.

"저, 신사님?"

오죽했으면, 저를 부르는 소리조차 빠져나갈 뻔했다. 다급하게 "네네" 대꾸하긴 했어도, 이어지는 난쟁이의 말들은 또다시 미끄러지기 시작했다. 양복점엔 오직 두 사람뿐이었다. 성장을 한 신사와 그를 그윽하게 바라보는 거울 속의 사내. 신사도, 신사도 그렇게 미남일 수가 없었다!

그 몰입의 시간이 얼마나 이어졌을까. 사내의 기억 또한 미끄덩미끄덩 오래전으로 흘러가고 있었다. 어릴 적, 하꼬방에서 어미를 기다리며 읽고 또 읽었던 전래동화 중엔 이런 이야기가 있었다. 모든 이야기의 시작이 그렇듯, 이 얘기도 옛날 옛적으로부터 열린다. 그러니까 산중엔 호랑이가 살고, 바다엔 유조선이나 컨테이너 화물선 대신 기껏해야 멍텅구리배나 떠다니던 시절이랄까.

어스름 내린 산에 웬 고소한 냄새가 진동했다. 그것은 바로 참기름을 흠뻑 뒤집어쓴 강아지 한 마리가 풍기는 냄새였다. 마침, 입이 궁금해질 시간이었던 그때, 산 호랑이 한 마리가 덥석 강아지를 물었다. 미끄덩거리는 강아지는 호랑이의 날카로운 이빨과 사포처럼 꺼칠꺼칠한 혓바닥을 지나 목구멍 속으로 꿀떡 빨려 들어갔다. 그러곤 순식간에 호랑이의 똥구멍으로 쑤욱 빠져나왔다. 호랑이는 얼른 그 똥구멍에 매달린 강아지를 다시 삼키고 싶었으나, 그럴 수가 없었다. 강아지는 칡덩굴로 꼰 동아줄에 묶여 있었고, 다른 한쪽은 굵은 고목에 묶여 있었기 때문이다. 그 사실을 알 리 없는 다른 호랑이가 강아지를 삼켰다. 또다시 강아지는 호랑이의 똥구멍으로 빠져나왔고, 그렇게 온 동네의 호랑이들이 줄줄이 꿰였다. 동화 속 주인공은 이 주렁주렁 꿰어진 호랑이의 가죽을 벗겨……

"저, 신사님?"

"네네."

"전화가 울리네요."

사내는 한 손으로 난쟁이가 내민 휴대폰을 건네받았다. 수화기 너머로 애기씨가 사내를 찾고 있었다.

"지금 얼마나 멋져요?"

애기씨의 말은 참기름 대신 끈끈한 원유(原油)라도 뒤집어 쓴 듯, 그의 귓바퀴에 오래도록 걸려 있었다.

"아마 호랑이만큼?"

"네?"

"아, 아니에요. 마쳤어요? 내가 그리로 갈게요."

"어딘 줄 알고."

"난 다 알아요. 우리, 마린플라자 앞에서 봐요."

애기씨는 거긴 부끄럽다고 했다. 그녀처럼 잔업을 마친 이들은 마린플라자를 지나게 되어 있었다. 물론 야간조가 퇴근하려면 아직 두 시간은 더 남았다. 그녀도 사내처럼 석식 시간이 끝나자마자 영양사에게 칼퇴를 요청했을 것이다.

"자기야, 갈수록 어이가 없어지네. 내가 아주 보조를 모시네요, 모셔요. 영양사보다 먼저 퇴근을 하시겠다?"

영양사의 높은 목소리에 애기씨의 목은 기어들어갔다. "네" 하는 소리도 그만큼이나 겨우 떨려 나왔지만, 치켜 올라간 영양사의 눈꼬리는 좀체 순해질 기미가 없었다. 그녀는 일개 보조가 직영 애인을 두고 있다는 사실을 뒤늦게 알아차리고는 요즘 대놓고 애기씨를 닦아세우곤 했다. 누구도 날 때부터 노처녀일 수는 없다. 지난 세월, 어쩜 그렇게 협력업체 마크를 붙인 잠바들만 그녀에게 지분거리던지…… 무슨 자랑이라고 'DY테크', '대원ENG', '대송ENG' 따위 붙이고 다니긴 다니냔 말이다. 다른 영양사들은 직영하고 눈 맞아 잘도 시집가더니…… 그녀는 눈을 질끈 감았다. 영양사는 그 세월 속에서도 눈만 감으면 철모르던 시절의 어떤 명찰 하나가 지나갔다. 이제는 이름조차 희미해진 그는 지금쯤 어디 있을까! 조선 경기가 천장을 찍었던 IMF 직후였다. 삼치구이를 쥔 그녀의 집게가 떨리는 마음 감추지 못하고 위아래로 요동치면, 그이는 부드러운 눈인사만을 보내었지. '해양생산 1부 정……'

'저엉……'

"증말, 저기 이모들은 자기 식모예요?"

애기씨의 고개가 "네?" 하고 올라갔다가 영양사의 탁한 눈동자에 얼른 턱을 당겼다. 애기씨도 사내의 차려입은 모습이 정말 못 견디게 궁금했다. 멀리서 페달을 밟아 마린플라자 쪽으로 다가오는 사내를 보면 얼마나 심장이 쿵쾅거릴지 상상조차 할 수 없다. 그녀가 상상할 수 있는 건 그이 옆에 웨딩드레스 입은 제 모습뿐. 어느 것을 상상하든지 지금 그녀의 입꼬리를 끌어올리는 알 수 없는 힘은 누구도 끊어낼 수 없을 것이다.

"사람들이 놀릴 거예요."

"잘 들어봐요. 지금 야간 뛰는 물량팀 작업자들은 아직 조선소에 있죠?"

"그렇겠죠?"

"잔업 없는 사람들은 다들 술이나 푸러 갔을 거고요."

"전부요?"

"전부는 아니지만, 구십 프로쯤?"

"그래도 십 프로는 남았잖아요."

"그 십 프로는요…… 자, ㄷ조선의 문이 총 몇 개죠?"

"넷…… 아니다, 다섯인가?"

"여섯 개에요. 서문, 남문, 정문, 동문, 북문, 늦해방파제 쪽 문. 뭐 더 있을지도 모르죠. 아무튼."

"그게 왜요?"

"십을 육으로 나누면 어때요?"

"이 프로는 되는데요?"

"그럼 그 사람들이 아무 목적도 없이 조선소 근처를 산보하고 있을 확률은?"

"제로?"

"맞아요! 거기서 기다려요. 나 얼른 갈게요."

"듣고 보니, 오히려 서운한데요?"

"뭐가요?"

"호랑이만큼 멋있는 사람, 이제 막 자랑하고 싶어졌는데."

양복점 문을 밀고 나오는 사내를 찬바람이 휘감았다. ㄱ시의 겨울이 낯선 것일 리 없지만, 바다로부터 일어선 이 겨울 바람만은 적응이 되질 않았다. 살가죽을 벗겨낼 듯 달려드는 바람을 느낄 때마다 사내는 두려웠다. 어느 동네의 뒷산만 한 덩치의 쇳덩어리를 건조해 끊임없이 바다로 내보내는 인간을 향해 바다가 보내는 메시지가 아닐까 생각한 적도 있었다. 끝 끝내 지배할 수 없는 자연의 힘을 일깨워주려고, 바다는 겨울만 되면 두 볼 가득 칼날 바람을 불어대는 것이 아닐까.

사내는 마린플라자 앞에서 벗자며 아무렇게나 구겨 넣었던 돕바를 슈트 케이스에서 꺼내 팔부터 넣었다. 그래도 떨림은 멈추질 않았다. 자전거가 가르는 공기에 코가 찔찔 흘렀다. 그는 흐르는 코가 얼 때까지 페달을 밟았다. 은륜이 회전할 때마다 차축을 기준으로 플라스틱 살구가 소리를 내며 굴러갔다.

사내는 이 바퀴 클립더러 '살구'라고 불렀다. 생긴 것도, 소리도 꼭 그렇게 생겼는데, 애기씨는 멀뚱한 얼굴로 "먹는 살구요?"라고 되물었다.

"아, 아뇨. 그러니까 손톱만 한 살구 다섯 개를 던져서 손등으로 받고……"

"공기놀이 말예요?"

"네!"

"그걸 살구라고 해요?"

그녀는 처음 듣는다는 표정을 지었었다. 사내가 나고 자랐던 동네에서 살구인 것이, 그녀에겐 공기였다.

"공기? 에이치투오요?"

"그건 물 아니에요?"

애기씨는 목덜미까지 벌게진 사내의 귓불을 당겨와 입을 맞추고는 키득거렸다.

"이 귀여운 남자, 정말 어떻게 직영이 된 걸까?"

애기씨의 말에 사내는 눈을 동그랗게 떴다.

"아. 나 방금 실례였죠?"

"궁금해요?"

"뭐가요?"

"직영이 어떻게 됐는지 말예요."

"당신에 관해선 모든 게 궁금해요."

"실망할까 봐 지금은 말할 수 없지만, 한 이십 년쯤 뒤엔 말해줄게요."

"그럼 원더키디가 나타날 쯤까진 비밀인 거예요?"

"그때쯤엔 우리도 이 ㄱ시에 번듯한 아파트 하나 가질 수 있겠죠? 한 일억 넘는……"

　그날 이후부터 사내의 자전거엔 '에이치투오'라는 이름이
붙었다. 그는 "달려라, 에이치투오" 중얼거리면서 애기씨가
기다리는 마린플라자로 페달을 밟았다. 그렇게 얼마나 달렸
을까. 이내 돕바 속에 가둔 온기가 사내의 몸을 데우고, 안전
모 속에도 땀이 차기 시작했다. 찬바람에 갈라지고 튼 얼굴
쪽만 빼곤 애기씨와 조금씩 가까워지고 있단 생각만으로도
그의 심장은 더운 피를 세차게 펌프질하고 있었다. 사내의 몸
에서 한기가 걷히자 떨림이 잦아들었다. 그러자 품속에서 한
참을 울리던 휴대폰의 진동이 느껴졌다. 마침 신호등의 빨간
불 아래에서 그는 자전거를 세웠다. 휴대폰 액정에 표시된 발
신자 번호엔 사내의 고향 지역번호가 찍혀 있었다.

　"여보세요?"

해피엔딩

　B시로 달리는 시외버스 안에서 그는 커튼으로 차창을 가
렸다. 창 너머로 갖가지 불빛들이 명멸했다 쏜살같이 사라져
갔다. 저 멀리 바다 쪽으로 흩어지는 불은 수면이 튕겨낸 등
대의 불빛일 것이다. 그것보단 조금 또렷하게 빛나는 불은 만
(灣)의 에이프런(Apron) 위에 껑청한 다리를 딛고 서 있을 크

레인이 내는 불빛이며, 그들보다 한참 낮고 가까운 자리에서 빛나는 건 집집마다 숨을 이어가는 사람들의 흔적일 것이다. 해가 져도 인간은 그렇게 한참 동안 생활을 잇기 위해 불을 켜둔다. 사내는 저 무슨 불인지 알 길 없는 것들이 가까워졌다 멀어지는 광경으로 던져둔 눈길을 거두어들였다.

어떤 불빛도 광막한 모든 어둠을 밀어낼 수는 없다. 그저 그 불빛만큼의 공간만 가질 수 있을 뿐. 사내는 쉴 새 없이 고향으로 옮기어지고 있었다. 모든 고향이 그렇듯, 그에게 ㅂ시는 과거가 흥건히 녹아 있는 공간이었다. ㄱ시에서의 생활도 그에겐 과거를 잠시 밀어낸 오늘 치의 시간뿐인 것만 같았다. 그쯤 버스 안의 실내도 수면등으로 전환했다. 사내는 눈을 감았다. 빛이 어둠에 저항하듯, 쉼 없이 바다로 쇳덩이를 띄워 보내듯, 그는 ㄱ시에서 과거로 향하고 있었다. 거기엔 어떤 이야기가 있을까.

생각해보면 이야기란, 언제나 옛날에 관한 것일 수밖에 없다. 오직 틈입하는 옛날만이 일상을 으깨어 이야기의 즙을 터트린다. 거기 '옛적'까지 붙으면 이내 이야기는 홍수가 되어 흘러넘친다. 우리가 살아본 적 없는 옛날 옛적에 호랑이들을 주렁주렁 펜 사내가 있었다. 그는 장터에서 호랑이 가죽을 벗겨 팔아 부자가 되었다. 그렇게 이야기는 해피엔딩이었다.

거기까지 떠올린 사내는 눈을 떴다. 돕바의 지퍼를 내렸다. 내용물이 없어 그의 발치에서 시무룩하게 몸을 구기고 있는 슈트 케이스의 지퍼를 열고는 돕바를 벗어 넣었다. 그러곤 제 몸을 더듬었다. 창졸간에 벌어진 상황 때문에 상의가 조금 구겨지고 벌써부터 쿰쿰한 땀내가 올랐지만, 여전히 새 옷의 직물 냄새를 압도할 만큼은 아니었다. 그는 넥타이가 없다는 사실을 이제야 알아챘지만, 그따위는 중요한 게 아니다. 하긴, ㄱ시에선 작업복 차림으로 결혼식이나 장례식장에 가는 것도 흉이 아니었다. 회사에서는 매년 하복과 동복을 지급하고, 이런 계절이면 동(冬)잠바가 추가 지급됐다. 직영이야 원래 작업복 부족한 이가 없게끔 되어 있지만, 하청들도 마찬가지였다. 공사 옮기고, 회사 옮길 때마다 지급되는 작업복을 십수 벌씩 쌓아놓은 이들이 천지였다. 그러니 한 번도 입지 않아 물 빠짐 없는 진청색 작업복은 그들만의 외출복으로 다시 소명을 부여받았다. 마치, 군인들의 휘장 달린 정복처럼. 사내는 머리를 기대고 다시금 스르르 눈꺼풀을 닫았다. 그는 오르 가슴에라도 빠진 자처럼 저의 외투를 연방 손으로 쓸어대다가 잠이 들었다.

잠 속에서 사내는 제가 깨어 있을 때 좇지 못했던 이야기를 마저 풀어가기 시작했다. 부자가 되었다는 주인공은 실은, 종일 하는 일 없이 빈둥거리기만 하는 자였다. 아내의 성화를 못 이긴 허 생원이 자리를 박차고 일어설 때까진 독서라도 몰두했다지만, 이 사내는 아랫목에서 어미가 차려주는 밥만 축내고, 잠만 쿨쿨 자다가 때 되면 윗목에서 똥을 쌌다. 참다못한 어미는 사내를 내쫓았다. 돈을 벌어오라는 것이었다.

사내는 툭툭 손을 털고는 대뜸 마당부터 파기 시작했다. 이 게으름뱅이가 땅을 파면 얼마나 깊이 팠으랴. 대충 깊이가 생기자마자 그는 윗목에 쌓인 똥을 들입다 붓고, 어미에게 깨를 가져오라 일러 한 섬 쏟아부었다. 무섭게 자라난 깨나무에서 난 기름은 순식간에 항아리를 채웠다. 다음 이야기부터는 모두가 아는 결말로 달려간다.

사내는 장례식장 앞에 서서 다시 한번 슈트를 매만졌다. 매무새를 다듬는 것이 아니라 끈끈하게, 진득하게…… 구겨지지만 않는다면 있는 힘껏 주물러보고도 싶은, 그렇지만 끝끝내 참아야만 하는 안타까운 그런 손을, 사내는 가지고 있었다.

삼일 상을 치르는 동안, 수많은 생각들이 사내를 에워싸고 휘돌아 나가고, 하고많은 옛날이 떠올랐다가 휩쓸려 나갔다. 그 많은 이야기들을 여기 다 옮길 수는 없으며, 그럴 이유도 없으리라. 이제 애초에 하려고 했던 '이 일'에 대하여, 모든 신비를 벗겨내는 과학조차 설명의 엄두를 낼 수 없는 이 일에 대하여, 오직 그것에 몰두해야 할 것이다.

허정허정 걸음을 옮기는 사내의 다리는 노인의 그것처럼 앙상해 보인다. 양복점에서 치수를 잰 것이 불과 보름 전이라는 사실을 누가 믿을 수 있을까. 정확히는 이 주하고도 장례 기간인 사흘이 흘렀다. 그러나 그의 바짓가랑이는 나풀거렸고, 상체는 슈트 대신 돕바뿐이다. 혹, 마린플라자로 달리던 자전거 위에서처럼 재킷 위에 돕바를 걸쳤을 거라 의심도 해보지만, 돕바 아래로 나부끼던 슈트의 아랫자락이 보이지 않는다. 기분 때문인지, 그의 돕바조차 한 수십 년은 낡아 보인다. 그 구겨지고 갈라진 동잠바 위로 비듬이 진눈깨비처럼 내렸다. 그는 장례식장에서 한 번도 머리를 감지 않았는지, 뒤통수, 옆통수 가릴 것 없이 머리칼이 납작하게 눌어붙었다. 사내가 천천히 뒤를 돈다. 그러니까 우리를 향해 몸을 돌린다.

놀랐는가? 애기했질 않은가. 그는 정말이지, 단번에 삭아 버렸다고. 십수 년 후, '이 일'을 직접 당하거나 목격한 자들이 평생토록 잊을 수 없는 존재는 바로 저 얼굴을 하고 있었다. 그들은 한입 모아 저이를, **'악어'**라고 불렀다.

반복해서 하는 얘기지만, 우리는 그가 어떻게 사흘 만에 저런 몰골이 되었는지 결코 설명할 수 없다. 그러나 본격적인 이야기에 앞서, 이것만은 덧붙여야 악어의 서정—과연, 그러한 것이 남아 있기라도 한다면—에 대해 조금이라도 이해의 문이 비뚜름히 열리지 않을까 한다.

옛날 옛적, 부자가 된 사내더러 함부로 해피엔딩이라 여겼던 그는 장례를 치르는 동안 생각을 고쳐먹었다. 진정 행복한 결말이 되려면 사내가 여전히 아무것도 하질 않고도 오래오래 아랫목에서 밥 먹고, 윗목에서 똥을 싸고, 쿨쿨 잠을 잘 수 있어야 한다. 이미 돈 버는 재주를 깨친 그는 이전의 사내가 아니지 않은가.

ㅂ시에 도착해서야 그는 애기씨의 전화를 받았다. 그녀는 신사에게 찾아온 비보에 입을 틀어막았다. ㄱ시의 찬바람을 벌써 몇 시간이나 맞고 서 있었던 서운함 따위 드러내지도 않았다. 그녀는 울음을 삼키며, 저도 얼른 ㅂ시로 향하겠다고 전했다. 사내의 곁에 있겠다고 했다. 다음날 출근이 새벽조로 잡혀 있던 애기씨는 영양사에게 전화를 걸었다. 그녀는 눈물로 애원하며 연차 신청을 부탁했으나, 영양사는 단칼에 거절했다.

"왜요? 누가 죽기라도 했나요?"

영양사는 믿어달라는 애기씨의 말이 자신을 놀리는 것처럼만 들렸다. 나아가 환청까지 들리기 시작했다. "남친이 갑자기 여행 가자는데 어떡해요?" "벌거벗은 애인하고 뒹굴어야 하니 눈치껏 전화 좀 끊으세요!" 영양사는 자신의 머리를 쥐어뜯으며 비명을 질렀다. 그의 머릿속엔 직영 노동자로부터 밤새 사랑받을 보조의 미끈한 몸뚱어리만 둥둥 떠다녔다. 쾌락에 신음을 흘릴 저 보조년의 행복을 며칠씩 이어가게 만들순 없단 말이다! 모르는 이모들은 하던 일을 놓고 허리를 폈지만, 저이와 오래 일한 야간조 이모들은 혀만 끌끌 찰 뿐이었다. "저년 저거 또 시작이네……"

그런 것도 모르고, 애기씨는 급한 마음에 영양사가 있을 조선소로 바쁜 걸음을 옮겼다. 그리고 운수가 더럽게 안 좋다는 말밖에 할 수가 없는 일이 벌어졌다. 진수(進水)를 불과 열흘 앞둔 4,500TEU*급의 선측 상갑판에서 떨어진 것으로 추측되는 대형 후렉션 스크류가 애기씨를 이겨버린 것이다. 영양사의 상상 속에서 애기씨의 몸뚱어리는 뜨겁게 달아올랐으나, 현실의 그녀는 싸늘하게 식어갔다.

　사내는 어미가 저의 애기씨를 데려갔다고 여겼다. 잃어버린 슈트 탓이 아니었다. 파르르 몸이 떨렸다. 그녀의 죽음은 사내에게 닿기까지 이틀이 걸렸다. 두 사람이 사귀는 것은 비밀 아닌, 결국 비밀이 되어버려 ㄱ시의 누구도 ㅂ시의 그에게 전할 생각을 않았던 것이다. 사내는 애기씨를 둘러싼 이들 중, 그녀의 죽음을 가장 늦게 접한 사람이었다. 때문에 사내의 마음속에는 죽은 자를 향한 원망이 싹을 틔우고, 동화 속 깨나무처럼 삽시간에 그걸 어마어마하게 키워낼 수도 있었다. 아무리 자신을 반대했던 사람이었더라도 사랑하는 사내의 어미가 아닌가, 어떻게 마지막 가는 길조차 배웅을 않는단 말인가! ㄱ시로 돌아가기만 하면, 정말 결혼도 다시 생각해야겠다. 그러나 저 홀로 수천 번을 다시 생각한들, 사내는 애기씨와 결혼할 수 없게 되었다. 다시 태어나지 않는 이상.

　사연 없는 사람 하나 없는 이 동네에 또 하나의 사연이 피어보지도 못하고 납작하게 이겨졌다. 그곳에서의 죽음이란, 끼니때가 돌아오듯 이럭저럭 안 죽어나간다 싶을 때 꼭 찾아

---

* 20피트 컨테이너 4500선적.

왔다. 한 해에 삼십쯤은 그렇게들 가니, 애기씨의 죽음 또한 대단히 특별한 일이래야 일일 수 없었다.

"식당 아 하나 죽었다는 얘기 들었나?" "어. 근데 우짜다가?" "너트가 풀리가꼬." "어. 그라면 바로 죽었겠네?" "하모, 백 미터 아래로 떨어졌는데 박살이 나지 그럼 살겠나?" "거 대포겠네." "이상한 거는 식당 아가 와 글로 갔을꼬?" "몰라. 씨씨티비 돌려보니께 퇴근해가 마린플라자 앞에서 한참 있다가 다시 들어왔다 카대……"

조선소 사람들은 민감하지만, 무던한 자세로 이야기를 나눴다. 장초(長草) 한 대가 다 타들어갈 때까지만.

2

자전거

사내가 눈을 떴을 땐, 십 분 단위로 설정해놓은 마지막 알람이 울고 있었다. 다섯시 삼십분에 눈이 떠지면 급여에서 오백 원을 차감하는 타각을 찍고 식당 밥을 먹을 수 있었고, 사십분에 일어나면 편의점에서 그보다 천 원이 더 비싼 편의점 샌드위치를 먹어야 했고, 오십분에 눈을 뜨면 머리 감는 걸 포기한다면 모를까 굶어야 했다. 사내는 갈빗대를 치켜올려 빈속으로 공기를 들이마셨다. 그래봐야 해무에 갇힌 분진을 흡기하는 것뿐이지만, 바람 속에서 계절의 변화를 느낄 수 있다. ㄱ시에도 겨울이 물러나고 있었다.

사내는 궁둥이를 조금 든 채로, 반쯤 서서 페달을 밟았다. 기어를 조절하고 상체를 좌우로 흔들어가며 페달을 밟는 동안, 에이치투오는 경사로를 성큼성큼 올랐다. 하루 이틀 겪는 출근길도 아니지만, 그는 매번 이 이른 아침의 풍경을 경이롭게 느꼈다. 세상의 모든 자전거들이 모인 양, 원룸촌의 골목골목마다 자전거들이 합류하기 시작했다. 타시에서 자전거는 거리의 조연에 불과하다. 차도에는 차가, 인도에는 사람이 주연이고, 자전거는 눈치껏 양쪽을 기웃거려야 한다. 그러나 행렬을 이룬 이곳의 자전거들은 차도, 인도 할 것 없이 어디든 가득 메운다.

언젠가 자연 다큐에서 도로를 뒤덮은 붉은 게들의 이동이나 메뚜기 떼를 본 적 있다. 압도적인 수의 개체들을 보고 있노라면 두려움이 일 것이다. 그 두려움에 굴하지만 않는다면, 이내 사내가 보는 것처럼 경이로 바뀔지 모른다. 그것들이 모두 오스트레일리아나 중국 같은 먼 대륙에서 일어난 기이한 현상이라면, 이곳 ㄱ시에서는 매일 아침 지겹도록 되풀이되는 광경이었다.

언덕길의 끝에서 신호를 받은 행렬이 잠시 멈춘다. 사내도 페달에서 발을 떼고, 잠시 땅을 밟는다. 초록불이 들어오자마자 선두부터 미끄러지듯 달음질을 놓기 시작한다. 파도처럼 도로를 뒤덮은 자전거 떼는 입구가 좁은 깔때기로 빨려 들어가듯 여섯 개의 문을 통과한다. 그렇게 직영과 협력, 명찰만

다르고 거죽은 같은 돕바를 걸친 오만 노동자가 현장으로 빨려든다. 이때, 완장을 차고 경광봉을 든 '안전(관리자)'이 보호 장구 안 한 놈, 잠바 안 입은 놈들을 솎아내기 시작한다. 그의 호루라기 소리에 세우지 않을 수 있는 이는 아무도 없다. 이 출근 시간이라면 더욱이.

'작업 중지권'이 있는 그들에게 밉보여서 좋을 게 없었다. 특히, 사내 같은 직영은 몰라도, 협력 내 비정규직에 속하는 이른바 물량팀에게 이들은 꽤 귀찮은 존재였다. 예를 들어, 파워* 등의 고소 작업을 하기 위해 족장** 위로 조공을 올려 보내면 꼭 어디선가 안전이 나타났다. 빼도 박도 못하게 채증부터 들이댄 그들은 체포 직전 외는 미란다 원칙처럼 안전수칙을 읊기 시작했다. 구구절절, 주옥같이 맞는 말씀인 걸 모르지 않지만, 꼼짝없이 듣고 있는 올해 쉰 줄 앉은 족장공에겐 대가리에 피도 안 마른 놈이 늘어놓는 훈계만 같다. 그래, 1절까진 들어준다. 그러나 이 노래가 2절, 3절 넘어가리라는 걸 모를 리 없다. 그러니 개새끼 소새끼 소리는 어차피 튀어나올 예정이다.

"안 돼진다니까 그러네. 족장사로 구른 짬이 얼만데." "지

---

* 도장 작업 전에 실시하는 표면처리 방법 중 하나로, 그라인더에 각종 도구를 부착해 철판 표면의 녹이나 불순물을 제거하는 작업.
** 노동자들이 지상에서 1미터 이상의 고소에 설치하는 임시 발판. 비계가 표준어이며, 현장에서는 일본식 발음인 '아시바'라 불리기도 한다.

금 안전 지시 불이행하시겠다는 겁니까?" "어이, 말 참 싸가지없게 하네. 보소, 내가 언제 안 하겠다더나?" "됐고, 지금 내려오고 있는 쟤 조공 아닙니까?" "아이다, 기공인데?" "뭘 기공이야? 딱 봐도 대학생이구만." "아, 이 호랑말코 같은 새끼가 아까부터 반말 찍찍 하네. 너 이 새끼, 해보자는 기가!" "지금 그쪽이 하고 있는 게 반말이고요."

안 봐도 무수히 반복되어 펼쳐지는 장면의 끝은 대개 족장 공이 안전의 멱살을 잡고서 형광조끼가 구겨지도록 흔들어대는 것이었다. 그러면 물량팀장이 달려와 뜯어말리곤 했다. "아따, 행님예, 참으이소. 일마들 어디 하루 이틀인교." 족장 공의 악력에 안전모가 반쯤 벗겨진 안전의 반격이 이어진다.

"너희 협력 어디야?"

"와? 안 갈카줄 끼다!"

"이 회사 오늘 일 못합니다. 작업 중지!"

"누가 돼지길 했나, 뭔데 작업 중지라 카노!"

'작업 중지권'이란 건 조공이든 기공이든 가릴 것 없이 현장직 노동자 모두가 저의 신체적 위협이 발생할 것 같은 상황에서 발동할 수 있는 권리다. 허나 참방참방 짬이 차지 않은 일용직 중에 "저는 못 올라가겠습니다!"라고 외칠 수 있는 사람이 있으랴. 그러니 안전들의 권위 의식도 이해는 간다.

"죽으면 지만 손핸가? 회사도 씨발것 손해라고 인간들아, 창립 때만 해도 두 개밖에 없던 중대안전수칙이 지금은 열두

개가 됐다고! 이게 다 너네가 자꾸 처죽으니까 만든 거 아냐. 하여튼 삽대가리 새끼들하고는."

　귀에 못이 박이도록 되풀이하는 안전교육도, 수칙 따위도 노동자의 죽음을 다 막아낼 수 없듯, 이곳에서는 '아. 사람이 이렇게도 죽는구나' 싶은 갖가지 방법으로 사람들이 죽어나 갔다. 거대 쇳덩이를 품어 안는 대가로 포세이돈은 그렇게 사연 많은 이들의 목숨을 바라나 보다. 거기, 사내의 애기씨도 끼게 됐다. 그녀가 떠나고도 조선소의 시계는 멈추지 않고 흘러갔다. 납작하게 이겨진 육신이 남긴 흔적도 희미한 얼룩으로만 남았다가, 그조차도 일상의 더께를 입고 수개월이 지나지 않아 육안으론 그 자리가 어디였는지 찾을 수 없게 되었다. 수개월이 다 뭐야, 일주일도 안 걸렸을 것이다.

　사내도 한동안은 일과를 끝내면 작신작신한 몸을 끌고 꼭 그곳을 찾았다. 고개를 꺾어 들고 응시한 어두운 하늘엔 몇 점의 별빛이 박혀 있었다. 별이라 부르기도 민망하도록 점점이 박힌 그것들은 잔업자들의 작업이 일으킨 분진 탓에 눈에 잘 들어오지도 않았다. 그러니 '애기씨는 저기 저 별이 되었을까' 하는 낭만적인 생각 또한 들지 않았다. 생각의 물꼬를 다른 쪽으로 틔었다. 그녀에게 스크류를 튕겨낸 배는 진작 진수를 마치고, 지금쯤 인도양 어디쯤 돌고 있을 것이다.

　'인도양이라……'

　사내는 잠시 현기증이 일어 눈을 질끈 감았다 떴다. 작업화를 끌며 털레털레 걷기 시작했다. 몸을 돌려 걷는 동안에도 그의 사념은 이어졌다. 인도양 어디쯤 떠 있을 배와 밤하늘에 박힌 그녀, 그리고 눈 비비고 선 자신을 꼭짓점으로 한 삼각형을 그려보았다. 이 삼각형은 점과 점 사이가 너무도 멀어 선분의 길이를 잴 수도 없을 것이다. 삼각형의 한쪽 꼭짓점인 그의 걸음은 나머지 두 꼭짓점의 기준에서 보자면 아주 미약한 이동일 뿐이었다. 생각이 그런 식으로 괴자, 그의 걸음도 점점 빨라졌다. 누가 보면 염불이라도 하는 것처럼 "나보여 나보여……" 중얼대던 사내는 마침내 달리기 시작했다.

"나 보여요?"

그렇게 달려 그가 도착한 곳은 자전거 거치대였다. 한참을 내달려 닿은 곳이 겨우 그곳이라니, 실망했을지 모르겠다. 바다를 낀 조선소의 등을 따라 박힌 버스 정류장만 스무 개는 족히 되니, 사내가 한참 달릴 만한 거리긴 하다. 그렇긴 해도 애기씨가 떠난 마린플라자 쪽 자재 출입문과 제가 출근해 자전거를 묶어두는 곳까지의 거리는 여전히 두 꼭짓점의 기준으로 보면 미미한 눈금에 불과할 것이다. 사내는 이제 자전거로 선수를 교체하여 실컷 달려볼 생각이다. 애기씨가 알아차릴 때까지.

그런데, 사내의 자전거가 보이지 않았다. 그 녀석이 있어야 할 자리엔 절단된 체인만 시체처럼 널브러져 있을 뿐이었다. 절단면이 마치 곡가공 장비라도 사용한 듯 깔끔했다. 하긴, 배도 만드는 놈들이 뭘들 못하랴. 과장 조금 보태 그들은 세상의 모든 걸 만들 수 있었다. 사내는 술이라도 부은 양 비칠거렸다. 이 넓은 조선소에서 한번 잃어버린 자전거를 찾는 다는 건 불가능한 일이었다. 훔친 자전거를 제가 일하는 안벽 쪽으로 가져가면 찾을 도리가 없는 것이었다. 사내에게 에이치투오는 외투와 함께 그녀와의 기억을 공유한 유일한 사물이었다.

사내는 소리 내어 구슬피 울었다. 오지도 않을 미래를 생각해 그렇게 서로에게 선물 하나 할 줄 모르고 살았던가……
그는 다시 고개를 젖혀 하늘을 올려다보았다. 별도 보이지 않는 캄캄한 어둠뿐이었다.

"안 보여요. 안 보여요."

축구

하여튼, 보면 꼭 뭘 그렇게 잃어버리는 사람이 있더라니까…… 세상엔 잃어버리고 뜯기는 사람이 있는 만큼 빼앗는 사람도 있다. 외투와 자전거, 돈과 시간, 기회와 행운 따위를 줍거나 알겨먹는 이들 말이다. 사내의 경우, 오늘은 내내 빼앗기기만 하는 날들을 살고 있지만, 마냥 억울하다 생각할 것은 없으리라. 그 또한 누군가의 귀중한 기회를 빼앗은 적 있기 때문이다.

사내의 어미는 모르긴 몰라도 꽤 실력 있는 피부관리사였다. 그래봐야 한갓 동네 목욕탕 아줌마가 아니냐 물으면 아니라고 할 수 없겠지만, 소속이 실력을 다 말해주는 것은 아니다. 요한 크루이프나 로베르토 바조, 소크라테스가 월드컵을 들어 올리지 못했다고 해서 최고가 아닌 건 아니니까. 그렇다. 그녀 또한 낙후한 어느 동네 목욕탕에선 메시요, 마라도나였다. 그렇지 않다면 콧대 높은 마나님께서 어인 일로 이 누추한 곳을 찾았겠는가. 아니나 다를까, 사모님은 맨날 하는 소릴 또 한다. "내는 원장님 아니면 여기 안 온다." 사내의 어미도 한 서너번째부터는 반갑다는 인사려니 친다. 목욕탕에서 알몸을 내놓는 게 부끄러울 일도 아닌데, 사모님은 주위를 슥 둘러보곤 미친년처럼 타월을 휙 던졌다. 날아가는 타월을 좇는 고 사이, 그녀는 얼른 엎드렸다.

"늘 하던 코스로요."

'늘 하던'이라고 했으나, 그 구성은 매번 바뀌었다. 팩의 종류라든지 그날그날의 피부 컨디션에 따라 마사지의 강도라든지, 세부를 들여다보면 전문가만이 알아차릴 수 있는 바리에이션이 헤아릴 수 없었다.

"우리 원장님은 늘 극존칭이시더라. 재미없젝허흐……"

사모님은 말을 다 잇지 못하고 입술을 물었다. "허억, 오늘은 좀, 맵네?" 어미는 손가락 끝으로 더욱 힘을 모았다. "스페셜 데이니까요. 기대하세요. 이제 시작이니까."

시종 격렬했던 코스가 종국에 다다랐을 때, 어미는 두 다리로 서 있지 못했고, 사모님은 폭행을 당한 사람처럼 군데군데 검푸른 멍이 올랐다. 사모는 그날 넉 장을 내밀었다.

"오늘 대단했어요. 역시 원장님이야."

이날 어미는 넉 장의 종이보다 더 많은 것을 얻었다. 저 밥맛없는 년이 어디 끈이 센 놈의 여편네라는 건 어디서 주워들어 알고 있었지만, ㄷ조선의, 그것도 전 인사부장 출신이자, 임원까지 해먹은 높으신 분의 사모인 줄은 꿈에도 몰랐다. 모든 일이 지나치게 잘 풀려간다 싶어 불안이 엄습하기도 했다. 그러나 어미는 곧 평정심을 찾았다.

'이제라도 그네가 알려준, 그 뭐랬더라…… 프, 프로젝트? 프로세스대로 하자, 하면 된다.'

그녀는 믿지도 않던 전생까지 떠올리며, 지지리 복도 없던 지난 신세를 반전시킬 수도 있으리라는 희망을 품어보았다.

어미는 우선, 여러 군데로 쪼개어놓은 통장을 허물고 허물어 삼천만 원을 만들었다. 그러곤 아랫목에 누워 있던 사내의 궁둥이를 찼다. 화들짝 놀란 아들의 등을 연방 후려치며, "터럭이라도 쫌 줍고!" 소리쳤다. 사내는 아무렇게나 터럭을 흘리고 다녀도 타박이 돌아오지 않는 곳으로 쫓겨났다. 그네가 알려준 ㄷ조선의 기술교육원으로.

그곳에서 삼 개월을 버틴 사내는 이윽고, 대망의 직영 등록

시험을 치르게 되었다. 그러나 이미 필기와 실기에서 중간도 들지 못한 사내에게 맹모삼천 조공의 힘이 닿을 기회는 오지 않았다.

"하이고, 참 오랜만에도 오셨네."

"잘 지내셨죠? 원장니임⋯⋯"

"그놈의 원장 타령은, 나 원장 아닌 거 알잖아?"

"아. 그렇지⋯⋯ 그, 그래도 실력 있는 사람이 원장이지이⋯⋯" 사모는 원장의 일그러진 표정과 끝처리를 잘라먹은 말씨에 선뜩함을 느꼈다.

"그건, 새로 뽑으셨나 봐?" 어미의 턱짓에 사모는 숨겨질 리 없는 숄더백을 끌어안았다.

"아. 이거? 있던 거, 있던 거⋯⋯ 이번에 산 거 아냐."

"그래서 어떻게? 늘 하던 대로?"

"오늘은 쩌기, 관리받으러 온 거 아니고오⋯⋯" 사모는 괜한 말을 꺼내서 아쉬운 소릴 해야 하는 상황이 굴욕적으로 느껴졌다. 그럴수록 그녀는 어깨끈을 꽉 쥐었다.

어미는 다시 한번 돈을 마련했다. 이번엔 천 깎았고, 깎인 만큼 사모도 이번엔 핸드백으로 만족해야 했다. 사실, 이런 청탁은 그네의 남편이 아무리 끗발이 세도 혼자 다 먹을 수는 없는 거이었다. 곳곳에서 밀려드는 경쟁들도 경쟁이거니와 무엇보다 인사팀장, 기술교육원장 등, 하다못해 장차 사내가 배속될 해양생산팀장까지 두루 먹여 공범들로 만들어놔야 했기에, 생각보다 품이 드는 일이었다. 사내는 재수 끝에 필기에서 턱걸이를, 실기에서 5등을 했다. 이번 직영 티오는 다섯이었다.

교육원 동기들은 직영 등록 면접까지 치른 몇을 빼곤 모두 협력업체의 정규직으로 채용되었다. 처음부터 협력 쪽의 일당직을 생각했다면 굳이 교육원에서 시간 죽일 필요가 없었기 때문이다. 그럴 시간까지 그네들에겐 다 공수였다.

'직영', '협력'이란 구분만 나뉘었을 뿐, 숱한 미증유의 나날이 펼쳐질 아이들은 모두들 이제 겨우 시퍼런 이십대를 나고 있었다. 대폿집에서 막걸리를 마시던 그들은 요란하게 미리 축하부터 건네고 까불거렸다. "행님요, 축하합니더. 날이 날인데, 담배 한 갑씩들 돌리지예." "나중에 현장에서 보믄 모른 척하면 안 됩니데이." 오가는 덕담 속에서도 사내에게 축하를 건네는 이는 아무도 없었다. 그렇게 막걸리를 수십 통 비우고, 술이 약한 놈들이 먼저 나가떨어질 즈음에야 '이제는 말할 수 있다' 분위기가 되었다. 미리 축하를 받은 놈들이 하나둘 털어놓기 시작했다.

스물일곱짜리 하나는 고등학교, 대학교 모두 선박전기와 해양플랜트 쪽으로 나온 놈이었다. 그것도 모자라 제대하고, 벌써 물량팀에서 이 년쯤 바닥부터 구른 녀석이었다. 몇몇은 혀만 찼고, 또 몇몇은 턱을 죽 떨어뜨렸다. '이런 놈이 있는데, 내가 어떻게 붙어……' 하는 표정이었다. 오직 그를 빼곤 하나같이 끈 하나씩들 붙잡고 있었다. 하나는 아빠 친구가 ㄷ조선의 부사장이었고, 다음 놈은 아빠 친구 찾을 것 없이 저희 아빠가 여기 공무부장이었다. 마지막으로 입을 연 네번째 놈도 아빠부터 찾았다.

"저희 아버지는 일당직이셨어요."

사내를 포함해 모두들 그에게 눈을 돌렸다. 잠깐의 휴지를 두고, 말을 이었다.

"이 일, 저 일 옮겨 다니시다가…… 사고가 났던 그날은 안벽에 접안하는 선박을 계선주(Mooring Post)에다 묶는 일을 하고 있으셨죠. 그런데 반대쪽에서 수동 윈치(Winch)를 좀 많이 감았대나 봐요. 그 바람에 이쪽 줄이 끊어져버렸죠. 즉사랬어요. 그 팔뚝만 한 로프가 후려치면 누구라도 단번에 갈 수밖에 없겠죠. 전 돌아가신 아버지의 끈을 붙들고 여기까지 왔어요. 다행히 그 줄이 여태 끊어지지 않았나 보죠. 사측에서 먼저 제안했어요. 산재 처리 대신이라 생각하라고."

사내는 주억거리기만 했지, 그날이 다 새도록 끝까지 입을 열지 않았다. 면접 때 역시, 입을 열 기회는 오지 않았다. 대기실에서 제 차례를 기다리던 사내는 벽을 타고 드문드문 들려오는 면접관의 질문에 귓바퀴를 세우고 있었다.

"이십일세기…… 해양…… 미래…… 조선의 위기…… 고부가가치…… 비전……"

저게 다 한국말인가 싶기만 했다. 질문을 듣는 것만도 충분

히 지쳤다. 하나하나 길기는 또 어찌나 긴지 한숨 자고 일어
나도 되겠단 생각이 들 지경이었다. 강한 낙방의 예감에 사로
잡혀 있을 즈음, 사내가 호명됐다. 그는 삭힌 홍어 같은 얼굴
을 하고서 면접장 안으로 흐물흐물 걸어 들어왔다.

"안색이 안 좋은데, 잠 못 잤어요?"

"네."

사내는 꽉 잠긴 목소리로 겨우 답했다.

"자, 그럼 건강 이상 없고…… 지원자 분."

"네."

"축구 좋아하시죠?"

사내는 얼결에 고개를 끄덕였지만, 그 순간 제가 정작 좋아
하는 스포츠는 야구라는 사실이 번뜩 떠올랐다. 그러나 답을
정정할 기회는 오지 않았다. 면접관들이 알았다는 듯 저희들
끼리 연신 고갯짓을 해대더니, "그럼 다음 사람 들어오세요!"
라고 외쳤기 때문이다.

사내는 흘러내리는 눈물을 닦아낼 생각도 못 한 채, 그날의
면접장을 떠올렸다. 그가 축구를 좋아하지 않는다고 대답했
으면 어땠을까. 어미에게 궁둥이를 걷어차일 때 조금만 더 버
텼다면 어땠을까. 삼천을 날린 어미가 사모의 숄더백을 빼앗
아 들어 그녀를 후려치기라도 했다면 지금쯤 어떻게 됐을까.
그랬다면 애기씨의 몸뚱어리는 저 아닌 낯모르는 누군가의
애무에 침 범벅이 되어 있을지는 몰라도, 적어도 핏덩이가 되

는 꼴은 면했을 테다. 그리고 에이치투오를 도둑맞을 일도 없었겠지…… 그렇게 얼마나 눈물을 흘렸을까. 용접 흄*이라도 낀 듯 눈알이 뻑뻑했다. 사내는 눈을 감는 것밖에, 할 수 있는 게 아무것도 없었다.

세월

　사내가 눈을 떴을 때, 그의 휴대폰은 멀뚱히 잠자고 있었다. 검은 화면에 손가락을 대자 겨우 시각만 알려줄 뿐이었다. 그는 더 이상 알람을 몇 개씩 맞추질 않았다. 그러질 않아도 한방을 공유하는 놈들이 돌아가며 귀찮게 해 눈이 절로 뜨였기 때문이다. '영감' '아재' '형씨' '어이' '햄' 등, 사내를 깨우는 호칭은 최소 댓가지는 넘었다. 그중에서도 그가 양껏 성질을 부릴 수 있는 호칭은 '형' 정도밖에 되지 않았다.
　"형, 혀엉……"
　"오늘 재껴."
　"반장이 오늘 안 나오면 끝이랍니다."
　"재껴. 나 안 간다고."

＊　금속을 녹이는 용접 과정에서 발생한 고온의 증기가 공기 중에 급속히 냉각되면서 이는 분진.

"나도 늦었어요. 어서 일어나요."

"됐다고, 씨발 재낀다고오……"

"행님, 내 분맹히 깨았심니데이. 아오 좆같은 노인네……"

사내는 다들 나가고서야 몸을 일으켰다. 직영 때 생각은 지우기로 했으나, 돼지우리 같은 원룸에서 물량팀 노가다들과 뒤섞여 지내야 하는 하루하루는 옛날을 지우기는커녕, 더 생생히 희구하게 만들었다. 그는 거울 한 번 보지 않고 맨몸뚱이에 하복 점퍼만 걸치곤 스쿠터에 궁둥이를 앉혔다. 스쿠터는 오십만 원짜리 중고였다. 하기야 저도 중고 중의 중고 아닌가. 진작 부서져도 아깝지 않을 인생이 참기름이라도 발라놓은 양, 끈질기게도 이어지고 있었다. 아니다. 참기름은 무슨, 원유겠지…… 어느 사모님들의 하루치 피부 관리 비용밖에 안 되는 달구지에 이름 따위 붙일 리가. 녀석은 그냥 H사의 SCL110이었다.

사내가 현장에 도착했을 땐, 이미 티비엠*이 한창이었다.

"오늘 쪄 죽는 날이랍니다. 식당에서 식염포도당 노나주고 있으니 다들 꼭 챙겨 드시고, 점슴에는 얼음물 줄 겁니다. 또 주머니에 넣고 애끼다가 쓰러지는 사람 안 나오도록 하십시

---

* 툴박스미팅(Tool Box Meeting), 말 그대로 공구 상자를 앞에 두고, 작업자들이 모여 반장 혹은 직장을 중심으로 해당 작업의 내용과 안전에 대해 서로 확인하는 시간을 말한다. 주로 오전과 오후, 특근 작업을 시작하기 전, 개별 현장 단위로 소집하여 작업환경 내 위험요소를 환기하는 것을 목적으로 한다.

다. 어이, 석현이 임마, 니는 짱박히지 마라이, 일하다 쓰러지면 살리주지만, 어디 짱박히 있다가 핑 돌면 바로 죽는 기다. 다음 티비엠 때 없으면 제사상부터 차릴 끼니까 알아서 해라. 알겠나?"

"나물은 빼고 올리주이소."

"주둥아리 찢어뻰다이. 자, 다들 이인 일조로 다니시고요. 근데 영감 이거는 안즉 안 나왔나? 석현아, 그 씨발새끼 잡아와. 아니다, 그 새끼는 안 되겠다."

사내는 원을 그리고 있는 작업자들 속으로 비죽 얼굴을 들이밀었다.

"아이, 깜짝아! 당신은 뭐 지금 해병대야? 한번 직영은 영원한 직영이다 이거야? 영감은 직영 때 붙은 썩어빠진 버릇 좀 버리시든가, 아니면 고마 인생 자체를 하직하든가 하소. 일도 드릅게 못하는 기…… 자자, 현호 니는 또 얼굴이 와 글노? 또 술이가? 그럼 족장 타지 말고 밑에서 작업해. 금일 작업은 부재* 취부**와 가용접이죠. 용접팀은 본용접 전에 순차적으로 취부 끝난 것부터 가용접 들어가시고……"

"저 새끼 저거 말 원래 저렇게 많았나? 귀에 따까리 앉겠다."

* 구조물의 뼈대를 형성하는 재료.
** 부재를 정위치에 설치하는 행위.

"몰라, 반장 달고 저라대."

"일 찬찬히 들어가면 좋지 뭐."

"거기, 누가 잡담합니까?"

"귀 졸라 밝네."

"자자, 빨랑 쫑낼 테니까 잡담들 하지 마시고. 금일 안전구호는 고소 작업 시, '미끄럼주의 좋아'로 하겠습니다. 미끄럼주의 좋아!"

"미끄럼주의 좋아! 미끄럼주의 좋아!"

"거 씨발, 박수 안 칠래!"

사내는 용접면과 봉을 들고, 작업 안벽으로 이동했다. 탑재 직전의 대조립 공정을 진행 중인 만재배수량 34만 톤급 FPSO*가 차츰 외양을 갖춰가고 있었다. 물론 한눈에 들어와 파악할 수 있을 리는 없고, 제가 맡은 파트만 보고 그렇게 하는 말이었다. 작업자들의 시야는 총 길이 334미터 선체의 일부만을 톺아볼 수 있을 뿐이다. 벌써 화기 작업으로 손상된 도장 부위를 터치업**하고 있는 모습도 눈에 들어왔다. 워낙 대형선박들이다 보니 다들 제가 만들고 있는 게 어디쯤 갖다

---

* '부유식 원유생산 저장 하역 설비(Floating Production Storage and Off-loading)'로, FPSO선박은 일반적인 선박이라기보다 특정 해상에 일정한 기간 머물며 원유를 시추하거나 정유를 생산하고 보관하는 등의 역할을 소화하는 복합 구조물에 가깝다. 고부가가치 선박의 대표격이다.

** 도장 후 이루어지는 취부, 용접 등의 작업으로 손상된 도장 부위를 롤러나 붓 등으로 덧칠하는 작업.

붙는지, 제가 붙들고 있는 것이 배긴 한 건지도 모르는 채로 세월 보내다 보면 어느새 뚝딱뚝딱 건조되어 대양으로 내보내고 있었다. 그렇다고 늘그막에 다다른 노동자들이 모두 배 만드느라 세월 다 갔다고, 그렇게 감상적인 생각에 젖진 않았다.

노동을 빼고도 그들의 생은 너무도 바빴고, 또 많은 것들이 갈마들어 있었다. 머스매들더러 하지 마라고, 하지 마라고 보따리 싸들고 다니면서 말리는 것이 '술', '여자', '도박'이랬나? 그런데 이 부지런한 인간들은 하나도 아니고, 세 개 다 하는 인간이 천지였다. "내가 말이야"로 시작한 술자리는 윗대가리들 욕을 하는 동안 이슥해져만 갔고, 다음 날 빠개지는 골을 안전모로 질끈 싸매고 있으면 으레 고 새파란 것들로부터 한 따까리 아니 들을 수가 없었다. 그러면 또 씨발씨발거리면서 매번 '꽃인 줄 알았더니 파리지옥이더라……' 후회하고도 헛심을 쓰러 가야만 하는 것이다. 낮에도 뻉이를 쳤는데, 지난밤에도 뿌리까지 뽑혔으니 이제는 아랫도리를 좀 쉬게 해줘야 하질 않느냐 말이다. 그렇게 궁둥이 붙이고 앉은 노름판에서 일당 날리고, 월급 날리다 한세월 앉은뱅이로 난 자들이 줄잡아 저런 배 몇 대는 채울 만큼일 것이다.

사내는 용접면을 뗐다. 벌건 얼굴이 푹 젖었다. 이미 저 얼굴을 모르는 사람은 없겠지만, 용접반의 인부들은 그를 보면 홍어좆을 떠올렸다. 세월은 누구에게도 공평하게 내리는 것이지만, 희한하게도 저 좆같은 얼굴은 십수 년 전이나 이제나 여전했다.

　이럭저럭 오전 일과가 갔다. 용접면과 봉을 티비엠이 열릴 현장 바닥에 놓고, 쭐레쭐레 열을 따랐다. 처음 가는 식당이었다. 이십 년 가까이 조선소 기름밥을 먹으며 푹 삭아가는 동안, 들르지 않은 식당이 있다는 사실이 잠깐 안 믿겼다. 단가 따라, 일감 따라 옮겨 다니는 물량팀 신세라 사내는 전기, 보온, 배관, 도장, 용접까지 안 겪어본 파트가 없었다. 이제 직영 때 시간들이란, 사내에게 까마득한 옛날 옛적의 일이다. 산에는 호랑이가, 바다에는 어느 멍텅구리가…… 사내에겐 애기씨가 살아 있던 시절의 기억이다. 그땐 몰랐다. 전기 파트가 제일 양반 직종이라는 것을. 그쪽은 활선이 되기 전까지만 '공사'라 불렀다. 어떻게든 죽어 나가는 사람이 있는 조선소라지만, 활선 이후론 더 이상 안전하지 않기도 어려운 파트가 바로 전기부였다. 그걸 걷어차고, 아니 차이고 나오니 이 프로젝트, 저 안벽들 따라 이 식당, 저 식당에서 골고루 끼니를 때워온 것이 사내의 지난 세월이었다.

　입 떼기 시작하면 죄 쓸데없는 말뿐이오, 생각들뿐이다, 사내는 머리를 흔들었다. 이제나 저제나인 것은 사내의 얼굴만이 아니다. 이 밥이나 저 밥이나 다 같은 기름밥 아니겠나.

　용접부로 옮긴 후론 더한 것 같다. 사내는 통 입맛이 없었다. 왜 아니겠나, 알량한 용접면이 있더라도 그것이 용접 흄, 매캐한 가스, 칼날처럼 파고드는 파르스름한 빛을 다 막아줄 수는 없었다. "공구소 쌍노무새끼들 같으니라고, 저거가 불출대장 개 아들놈같이 관리해놓고……" 다들 이를 갈았지만, 직영 노조는 이쪽으론 고개도 안 돌렸다. 물량팀장만 적당히 쇼부 치고 돌아서서 야부리 터는 것으로 끝이었다. 덕분에 아크 길이만 긴 싸구려로 용접봉을 바꾸는 통에 흄이 더 늘었다. 무병장수는 바라지도 않는다만, 중금속중독으로 가는 것까진 누가 바라랴.

사내의 식판엔 봉지 김만 달랑 올라 있고, 섞박지, 숙주나물, 무생채는 건너뛰었다. 오늘의 메인은 고등어구이였다. 어느 실없는 놈 하나가 영양사로 뵈는 할매인지 아지매더러 "그렇잖아도 물가에서 일하는데, 물것 말고 육것 좀 올리라고!" 하고 따진다. 그런데, 저이도 영양사 짬이 짬인지라 그냥 넘어가진 않는다. "에라, 육시럴이다!" 그녀는 집게로 구이용 필레의 부스러기만 휘적거려 식판에 올렸다. 웬일인지 사내는 뭘 씹어 삼키긴 하자는 의욕이 일었다. 입맛이 없다 해도 허기까지 사라지는 건 아니었고, 그렇게라도 채우질 않으면 철판에 난반사되는 볕을 이길 수가 없었다.

"아이고, 아저씨는 이런 데서 일할 손이 아닌데……"

사내는 저도 모르게 식판을 그러쥐었다.

"이래 고운 손가락이 곱은 채로 오래도 버텼네."

"나 아요? 생선이나 올리소."

사내는 반장이 시킨 대로 얼음물과 약을 챙기고는 다시 저 말도 안 되는 굉음 속으로 걸어 들어가야 한다. 그런데, 환장할 노릇이다. 용접면이 사라져 보이지 않았다. 얌전하게 벗어둔 용접각반만 사정 후의 죽은 성기처럼 누워 있었다.

얼굴을 도둑맞은 사내는 다른 작업자들의 얼굴을 훔칠 배포도 없었다. 협력업체 공구장에서 하는 말도 그 말이다. "아니, 남들은 다들 어디서 주운 걸로 적당히 파손시켜가지고선 새거랑 맞교환하러 오는데, 영감님만 왜 그래요? 정 욕 듣기 싫으면 사재로 똑같은 걸 사오시든가." 싫은 소리 들은 대가로 사내는 어디서 낡아빠진 얼굴 하나를 얻었다. 한참 세월을 입은 저 용접면을 보고 있으니, 꼭 저와 비슷하단 자조가 일었다.

그러느라 현장에 늦었다. 도착해보니 용접부 새끼들부터 남의 반인 도장부 놈들까지 가릴 것 없이 사내를 보고 웃는다. 반장이 고개를 들고 두리번거린다. 그가 키득대는 원인을 제일 늦게 알아차렸다.

"야이 씨발, 절마 저거는 일부러 저라나?"

오후가 완만히 이울어가는 세시, 모든 작업자들이 손을 놨다. 직영과 협력, 소장부터 조공까지 공평하게 주어진 휴식시간 십 분 동안, 모두 담배 한 개비씩들 물었다. 사내도 바다쪽으로 눈길을 던졌다. 바다로 나가는 배만 실컷 만들었지, 진수한 배를 타고 바다를 겪은 적은 이제껏 한 번도 없다는 새삼스런 자각이 들었다. 그는 파도가 부서지는 방향으로 긴

꼬리를 문 연기를 뱉었다.

수면에 잠기게 될 부분까지 땅 위에 올린 선박은 높이만도 이십층짜리 아파트만 했다. 용접이 끝난 선체 아래에서 도장부 작업자들이 쇠기둥 사이를 오가며 기다란 스프레이로 색을 입혔다. 어디선가 나타난 호루라기 소리와 함께 "피부암 걸리고 싶지 않으면 페이스 쉴드 똑바로 쓰라"고 안전이 소리쳤다. 탈북자 출신의 김씨가 경상도 사투리를 섞어 "아새끼래 고함은 와 지대냐" 대거리하는 소리가 풍경 속으로 섞여들었다.

가면라이더

반장은 굼뜨게 마무리 작업을 하고 있는 사내에게 다가왔다. "영감, 특근 친 지 오래됐지?" 반장은 마치 마약쟁이들의 거래처럼 은밀하게 던졌다. 아는 바대로 사내는 돈을 모을 이유도, 노동의 보람 따위도 느끼지 못하는 자였기에 반장은 거절을 대비해야 했다. 사람들 잘 구슬려 부리는 능력이야말로 물량팀장의 역량을 가늠하는 중요한 요소였다. 그는 괜히 영감한테 제안했다 까이는 꼴을 누가 볼세라 더욱 목소리를 낮췄다. "오늘 오랜만에 놀면서 공수 하나 더 챙기자고." 반장은 한때, 사내가 제 발로 나가떨어졌으면 하는 마음으로 갖은 모욕을 퍼부은 적도 있었다. 그러나 사내는 요지부동으로 한 사람 몫을 갉아먹기만 했다. 그런 사내 때문에 반장은 프로젝트가 꾸려지면 난감하기만 했다. 이러니저러니 위에서 하달한 특근 개수는 맞춰야 했기에, 그는 아까부터 웃음이 하나도 들어 있지 않은 웃음소리를 연방 내고 있었다. 그런데, 들은 척도 않던 사내가 갑자기 용접면을 벗고 대꾸했다.

"저녁은 여기서 줬던가? 특근하면?"

"그, 그럼. 지금 오십오분이니…… 자, 다들 밥 먹으러 갑시다."

반장이 굽혔던 무릎을 펴고 박수를 치는 동안, 사내가 식당으로 앞장섰다. 그를 본 잔업자들은 하나 빠짐없이 수군거렸다.

"저 인간, 오늘 남아?" "반장이 어떻게 구워삶았길래?"

사내는 이것저것 가리지 않고 찬을 봉분처럼 퍼 담아가고선 가장 오랫동안 식사를 했다. 잔업자들이 대강 빠져나간 식당은 주방세제 풀어놓은 물에 텀벙텀벙 식판 담기는 소리만이 울렸다. 그 소리 속으로 사내의 목소리가 섞여들었다.

"보소."

"봤소."

"아지매는 영양사요?"

사내는 "당신은 왜 이리 오래 일하냐?" 물었다. 워낙 터무니없는 질문이었기에 영양사는 잠시간 말문이 막혔다.

"집에 일찍 가봐야 반겨줄 사람도 없는 홀몸인데, 뭐 하게 예? 와, 돈이 최고 아닌교?"

"음, 위험수당 없어가 돈 되나?"

"아나 콩콩이요! 노가다들 돈 지랄하는 건 똑같네. 수작도 어디 수작같이 걸어야지, 꼭 뭣같이 생긴 게."

"아니, 그런 건 아이고……"

"아재는 여서 몇 년 굴렀노? 모르는 소리 하덜 마이소, 기름밥 자시는 인간들 중에 쇠대가리가 따로 있는 줄 아는교?"

"누가 뭐라 캤다고……"

사내의 기어들어가는 목소리에, 영양사가 굳히기를 들어간다.

"여도 어디 한직인 줄 아요? 식당서 일하는 아 중에도 철때 반죽된 아 있었구만."

순간, 사내는 머리가 띵해온다. 영양사는 그러거나 말거나다. "보자…… 벌써 한 십수 년은 됐을 끼구만. 이름이 뭐더라……" 천장 보고 눈꺼풀까지 까뒤집으며 손가락을 접는다. 사내가 몸의 반쪽이 무너져 내리는 사람처럼 무릎이 꺾인다.

"근데 이 양반이, 어디 아픈교? 아프면 빙원엘 가야재. 아이고 팔자 사나운 년…… 인자는 직영, 협력 가릴 처지도 아이다. 아재요, 후딱 정리하고 술이나 한잔할랑교?" 영양사는 사내에게 하는 말과 혼잣말을 마구 섞어 내뱉고 있었다. "머리통만 아픈 거 맞재? 아랫도리도 고장 난 거면 나가린

데……"

사내는 손바닥 부채로 날파리를 쫓듯 홰홰 손을 흔들며 돌아섰다. 영양사의 목소리가 그의 귓가에 끈끈하게 들러붙었다. 마치, 갓 시추한 원유처럼.

사내는 식당을 빠져나와 용접면을 가슴팍에 꼭 끌어안았다. 손가락에서 힘이 풀려 더 들고 있을 수가 없었다. 그 순간, 코앞으로 뭔가가 지나갔다. 한여름 저녁의 공기를 가르며 사내로부터 멀어지고 있는 저것은…… 믿을 수 없겠지만, 십여 년 전 잃어버린 에이치투오였다.

사내의 두 다리는 본능적으로 뛰기 시작했다. 그렇지만 자전거와의 거리는 점점 벌어지기만 해 마침내는 땅거미가 내린 시야에서 완전히 사라지고 말았다. 그는 방향을 꺾어 스쿠터로 달려갔다. 사내가 등진 현장 쪽에서 반장의 욕설이 하늘로 흩어졌다.

스쿠터는 최대 속력으로 막연히 에이치투오가 내달아간 방향으로 달리기 시작했다. 이 다저녁때의 추격전은 한밤까지 이어졌다. 실은 추격은 진작 실패했고, 광인으로 분한 사내가 이 잡듯 서문과 남문 일대를 뒤질 뿐이었다. 원룸촌과 유흥가, 불이 있는 곳과 어두운 곳을 가리지 않았다. 자전거를 발견한 곳은 어느 포장집 뒤 전봇대였다. 사내는 십여 미터 앞에서 스쿠터를 세웠다. 그는 홀린 듯 허리 묶인 에이치투오를 향해 나아갔다. 무릎을 꺾어 뒷바퀴에 매달린 장식을 쓸어 만졌다. 오래전에 형광빛을 잃은 듯한 그것은 분명, 살구였다.

사내는 소리 내어 울었다. 그러나 눈물은 흐르지 않았다. 그의 두 눈은 아주 옛날에 말라 있었다. 그렇게 울고만 있을 게 아니기에, 그는 스쿠터 안장을 젖히고 작업 도구를 뒤적였다. 지금 쓸 만한 건 손바닥만 한 니퍼뿐이었다.

사내는 용접면을 뒤집어쓴 한낮보다 더한 땀을 쏟으며, 전봇대와 에이치투오를 결속한 체인을 조금씩 갉아먹고 있었다. 체인의 강철과 소형 니퍼의 날은 양쪽 모두에게 깊은 상처를 내며 파괴되어갔다. 이 와중에도 사내의 품엔 여전히 용접면이 안겨 있었다. 지금 필요한 건 면 따위가 아닌 봉이었다. 용단기가 내뿜는 불꽃 몇 방이면 간단히 녹아버릴 것을…… 그는 뜬금없이 현장으로 돌아가 미친 듯이 철판을 자르고 싶다는 생각을 했다.

"도둑이야!"

그때, 물을 빼러 나온 한 점퍼가 어둠 속에서 뭔가를 썰어대고 있는 사내를 발견하곤 소리를 질렀다. 그 소리에 곧장 한 무리의 점퍼들이 포장을 젖히고 튀어나왔다. 동시에 체인이 끊어졌다. 사내는 찰나에 스쿠터 쪽을 한번 훑고는 페달에 발을 얹었다.

"가자, 에이치……"

출발하자마자 사내는 뒷덜미가 잡혀 바닥에 내동댕이를 당했다. 누가 살면서 그렇게 작신작신 밟혀보겠는가. 암만 사내라도 그런 일은 처음이었다. 가능한 얘기가 아니긴 하지만, 소감을 물으면 그는 이리 술회할지도 모른다. 보통 신발 밑창이 따라올 수 없는 특별함을, 이 안전화는 가지고 있었다고. 게다가 저 발들은 세상 무서운 줄 모르는 젊은 놈들의 것이었으며, 결정적으로 취기가 풀어놓은 광기까지 한 스푼 끼얹어 사내를 초주검으로 만들고 있었다. 그는 쏟아지는 발길질 속에서 안간힘을 다해 품속의 용접면을 꺼내 얼굴을 가리었다.

얼마나 시간이 지났을까. 단말마의 비명이 났다. 곧이어 엉엉 우는 소리가 났다. 비록 어둠에 뒤섞여 있었지만, 저 물기 섞인 울음이 사내의 것이 아니라는 건 단박 알겠다. 사내는 용접면을 쓴 채, 겨우 몸을 일으켰다. 그의 양손엔 선회축나사가 이탈하여 양날이 분리된 반 쪼가리 니퍼가 각각 쥐어져 있었다.

아들

사내의 손에서 니퍼가 떨어진 것은 노란 불빛의 어느 가게 앞에서였다. 쇼윈도에 비친 그는 깨지고 휘어진 용접면을 쓰고 있었다. 그는 제 몸을 더듬었다. 저 얼굴 없는 마네킹이 입은 잘 다려진 수제 양복을 벗기고, 대신 제가 입고 있는 피 칠갑이 된 점퍼를 입혀주고 싶었다. 아. 공짜로 그러겠다는 것은 아니다…… 중얼거리며, 사내는 정신을 잃었다.

눈을 뜨자마자 사내가 물은 것은 에이치투오였다. 아들은 그의 주변에 자전거 따위 없었다고 했다. 다음 날 경찰을 대동하여 찾은 현장에도 사내의 스쿠터뿐, 그가 끊어낸 체인도, 자전거도 보이지 않았다. 사내는 양복점의 총각이 난쟁이의 아들이라는 사실을 바로 알 수 있었다. 다행히 아들은 아버지와 달리 슈트가 잘 어울리는 키다리였다. 키다리는 사내가 꺼낸 난쟁이 아버지의 얘기에 귀를 기울였다. 사내는 기억을 더 끄집어내어 말을 잇고 싶었지만, 오래가지 못했다.

사내가 현장에 복귀하지 않는 동안, 반장은 하루도 거르지 않고 그에게 음성메시지를 남겼다. 오전 티비엠이 끝날 즈음 녹음된 욕설은 이날도 지구가 멸망하지 않았다는 증거였다. 조선소로 흘러들어올 인생들이야 언제나 차고 넘치지만, 꼭 사내를 잡아 족쳐야만 해결될 일이 있는 것이다. 특히, 반장이란 자가 사는 세상이 그랬다. 이를테면, 오야의 리더십? 체면? 뭐 그런 게 있단 말이다. 반장은 포기하지 않고 티비엠마다 사내를 수소문하겠지만, 끝내 아무 소식도 건져지지 않을 것이다.

사내는 숙소를 나와 여인숙에서 묵었다. 이십일세기에도 여관발이가 있긴 하나, 사람 좋아 보이는 주인은 방에서 두문불출하는 이 유령 같은 존재에게 한 번도 권한 적 없었다. 뭐, 찔러본대도 사내 역시 생각이 없었다. 그의 머릿속을 가득 채우고 있는 것은 아들이 정성껏 치수를 재고, 재단할 수제 양복 한 벌뿐이었다. 그러나 노동으로부터 풀려난 육체는 사내의 정신과 별개로 종종 얄궂은 성욕을 일으켰다. 그는 무언가에 쫓기는 사람처럼 성기를 꺼내 주물렀다. 그때마다 머릿속이 희끔해질 때까지 애기씨와의 처음이자 마지막이었던 시간을 떠올렸으나, 절정에 도달하기도 전에 그녀의 몸은 산산조각이 나버리고 말았다. 한번은 볼품없이 죽어버린 성기를 내려보며, 영양사를 떠올린 적 있었다. 그녀가 고등어구이를 흰쌀밥에 올리고는 사내에게 '아' 벌리라고 하는 순간, 더 버티질 못하고 사정하고 말았다. 그의 성기는 멀건 침을 뱉어내며 빠르게 죽어갔다. 흡사 벌겋게 화를 내서 미안했다 속죄라도 하듯이. 사내는 괜히 입맛을 다시며 중얼거렸다.

"입에 넣지도 못했는데……"

사내는 여인숙에 틀어박히자고 마음먹은 그날, 편의점에서 레토르트 죽을 양껏 쓸어 왔다. 그는 그것만으로 허기를 달랬다. 하루 하나씩 먹으면 꽤 버티겠다 싶었다. 혹, 양복 값을 감당 못해 그런 건 아니었다. 그가 아무리 가진 것 없어도 그간 벌이한 조선소의 일당을 무시하면 아니 될 것이다. 하루만 굴러도 이런 죽 따위 얼마든지 살 수 있다. 픽, 하고 비웃을지 모르지만, 사실 이 늙어빠진 사내는 '핏'이란 걸 생각하고 있었다. 오직 그것만을 위해, 그는 톱클래스 모델들처럼 거식증이라는 기묘한 병에 빠져들어갔다.

이제는 다들 들어 아시겠지만, ㄱ시에는 동네 개들도 만 원짜리를 물고 다닌다는 얘기가 있다. 물론, 옛날 옛적의 얘기다. 산에 호랑이가 살고, 바다엔 어쩌고 하던 그 옛날로부터 지금껏 견뎌온 한 사내가 있다. 한때, 홍어좆 같은 얼굴을 가졌던 그도 이제는 바싹 말린 가오리처럼 미라 꼴이다. 그러는 동안 사내의 수중에도 이제 양복 한 벌 살 돈만 남기고 모조리 말라버렸다.

사내는 양복점으로 가는 길에 몇 번이나 쉬어야 했고, 가는 길을 셀 수 없이 잊어버렸다. 그의 머릿속 고장 난 내비게이션은 묻는 길은 알려주지 않고, 자꾸 도움 될 것 없는 망상만 훤히 보여주었다. 예를 들자면, '내게도 아들이 있었다면, 저렇게 미끈하게 컸을 텐데……' 같은 생각이었다. 왜 아니겠는가? 난쟁이 아들도 저렇게 자랐는데 말이다. 그러나 사내는 정작 중요한 것 하나를 놓치고 있었다. 아들이 없기도 하지만, 있더라도 그가 아들에게 물려줄 만한 직업이란 게 어디 있는가? 난쟁이는 아들에게 키만 빼놓곤 모든 걸 물려주었다. 파괴된 내비게이션은 금세 또 다른 화면을 보여주었다. 오래전, 장례식장에서 사내가 잃어버렸던 그 마이는,

'대체 누가 바꿔 입고 간 것일까. 내 아들이라도 입고 갔나……'

3

악어

　사내의 이야기가 여기서 끝을 맺었다는 것을 누가 짐작이나 했겠는가. 그를 마지막으로 목격한 여인숙 주인의 말에 의하면, 미리 치른 방세가 아직 남았기에 잠시 외출을 하는 줄로만 여겼다고 했다. 지금 와서 생각해보면, 꾸벅 인사하는 것이 다시 돌아올 사람 같아 보이진 않았다고 혼잣말을 덧붙였다. 그가 키다리 아들의 양복점에 들렀는지는 아직까지 밝혀진 바가 없다. 보다 진실의 실체에 접근해 있을지 모를 아들은 세상에 마른 사람이야 얼마나 널렸는데, 그따위 걸 묻느냐고 오히려 반문했다. 의심스러운 과학의 힘을 빌리고 싶진 않으나, 그가 저렇게 수상하게 나오는 이상 어쩔 수 없다. 조선 경기 불황을 딛고 일어서다가 일어서다가…… 여태 일어서고만 있는 중인 ㄱ시는 도둑은커녕 도둑고양이조차 보이지 않는 도시가 되었기에, 밀레니엄하고도 강산이 한두 차례나 바뀔 세월 속에서도 골목 곳곳의 CCTV는 작동을 않거나 믿을 만한 화질을 기대할 수 없었다. 개중 주목할 만한 장면을 고르자면, 사내가 양복점에서 불과 이백여 미터까지 근접한 곳에서 사라졌다는 것이었다.

그렇더라도 키다리 아들에게 강제력을 동원할 수는 없었다. 어떤 혐의점도, 원한 관계도 없었기 때문. 더욱이 주어진 사실은 단순 가출 또는 실종이었다. 이를 입증할 수 없는 뜬소문들에 의해 강력범죄로 몰고 가는 것은 소설에서나 가능한 일이었다. 그것도 망상에 근거한 십구세기 풍의 삼류 소설.

이제 소설의 영역에서 벗어나 실제를 듣고자 한다. 그 이야기를 가장 생생하게 증언해줄 수 있는 사람을 물색하던 중, 우리는 ㄷ조선의 한 협력업체에서 작업반장을 맡고 있는 이를 찾을 수 있었다. 듣자 하니, 그는 티비엠 때마다 이런 말을 자주 했다고 한다.

"박 군아, 아침은 먹었어? 그래도 해장은 해야지. 그래야 나이 들어서 속 안 버린다. 그러니 어서 가봐. 해장하러. 니는 씨발, 나오지 말라고. 니 그라다가 죽으니까 나오지 마라. 죽어도 다른 팀 가서 죽으라고. 너 동네에서 술 처먹는다 소리

들리면, 산재 당하기 전에 내가 먼저 죽여버린다. 다들 잘 듣습니다."

"야, 반장 저거 완전 막가파네. 살벌해서 일하겠나."

'자주 했다'는 말은 곧 나온다. 잠시만 기다려봐라.

"거기, 나 귀머거리 아닙니다. 조용히 하고 듣습니다. 작업자들 죽이는 건 그놈의 악어가 아닙니다. 마찬가지로 우리를 살리는 것도 다름 아닌 우리 자신이라는 거 명심합니다. 거지방방송 하지 마라 캤다. 금일 안전구호는 '이격거리 준수하여 협착사고 예방하자'로 하겠습니다. 이격거리 준수 좋아!"

"이격거리 준수 좋아! 이격거리 준수 좋아!"

"……싫어!"

"방금 '싫어' 한 새끼 누구야?"

"……"

"안전구호를 외치는데 장난을 해! 나와!"

"어요, 여가 군대가! 보다보다 안 되겠네."

"행님 한판 뜰까요? 이리 나와보소."

"니가 조폭이가 뭔데? 자슥아."

갑자기 싸움한댄다. 끝날 때까지 기다리자. 어, 금방 끝났다. 사람들이 뒤엉키기 시작하는데, 저래 되면 싸움은 물 건너간 것이다. 좋은 구경하나 했더니.

"반장아, 니 헛것이 들리나?" "누가 싫타꼬 했다는 긴데?" "반장님, 귀신 썬 거 아닙니까?"

"악어고 유령이고 나오기만 해봐. 그냥 아크로 지져버릴 테니까."

자, 드디어 나왔다! '아크로 지져버릴 테다!' 저만한 결기라면 픽션이 아닌, 실제의 세계로 우리를 인도해줄 거라 믿음직하지 않은가?

반장의 손에서 아크가 떠나지 않던 어느 가을밤이었다. 잔업의 끝물에 그는 삼십 분 일찍 팀원들을 사무실로 보냈다. 가끔 그렇게 뜨뜻한 믹스커피라도 마시게 하고 시간도 꽁으로 먹게 해줘야 약속한 공수를 채울 수가 있었다. 타들어가는 담배 한 개비를 문 채, 그는 천천히 허리를 숙였다.

"하여튼 빌어먹을 놈들 같으니라고. 돈은 지들 주머니로 들어가는데, 왜 내가 정리를 하고 앉았냐……"

인적 없는 안벽에서 반장은 혼잣말은 아닌 것이 그렇다고 마냥 아닌 것도 아닌 말들을, 모르는 사람이 들으면 누구 들으라고 하는 음량으로 지껄이고 있었다. 가만 보면 반장은 늘 사람들 앞에서 소리만 치는 사람이었지, 누군가와 대화라는 걸 하는 사람은 아니었다. 한마디로 티가 나지 않았다뿐, 그는 가는귀가 팔부 능선은 넘은 사람이었다.

반장이 그렇게 된 연유를 아는 사람은 많지 않았다. 그나마도 지금 ㄷ조선에 남은 사람들 중엔 아무도 기억하지 못했다. 한 스무 해쯤 됐나…… 지금보다 젊었던 그도 실은 전형적인 '어느 날 정신 차려보니 조선소에서 일하고 있더라'는 케이스였다. 삼십 줄 넘을 때까지 어영부영 양아치 짓만 하면서 인생 썩고 있는 줄 모르다 흘러들어온 것. 아니다 다를까, 이 양아치는 제 버릇 개 못 주고 저 모양이 된 것이었다.

조공 시절, 그는 버는 족족 '하지 마라'는 세트를 두루 섭렵하고 있었다. 공수는 바짝 올리고 싶고, 돈만큼이나 잠도 모자랐던 그가 하필 시간 죽이러 짱박힌 곳이 하이드로 테스트*가 진행되는 펜스 안쪽이었다. 철저한 통제와 밀폐가 핵심인 테스트의 사각에서, 이 가련한 한 마리 양아치는 귀마개도 없이 그 순간을 맞았다. 하필, 정말 드물게 일어난다는 결합부의 누출(Leak) 탓에 어마어마한 폭발음이 났던 것이다.

반장은 양쪽 청력의 팔십 퍼센트 이상을 손실했다. 사람들은 그더러 목숨이라도 건진 걸 다행으로 알라는 위로 아닌 위로를 건넸으나, 그즈음까지만 해도 입 모양을 읽을 줄 몰랐던 그에게 저 위로들은 고스란히 폐기되었다. 만약, 그가 어쭙잖은 위로에 젖어 있었다면 입술 읽기 훈련에 몰두할 수 있었을까? 각설하고, 그렇게 익힌 것은 신통방통한 재주가 되어 현장의 그를 단연 눈치 빠른 놈으로 만들었다. 하이드로 테스트가 아니래도 현장엔 지천으로 널린 것이 굉음이었고, 정신이 제대로 박힌 작업자들이라면 모두들 귀마개를 소홀히 하지 않

---

* 배관 설치 작업이 끝난 탱크에 물과 같은 안전한 유체를 주입해 누출이나 안전성, 신뢰성을 확인하는 테스트.

았다. 현장에서의 반장은 이제 '아' 하면 '어' 하고 찰떡같이 알아듣게 되었지만, 현장을 떠난 그는 말 그대로 귀머거리였다.

그런 반장의 몸을 기분 나쁜 한기가 훑고 지났다. 속수무책으로 떨어대던 그는 한순간에 깨달았다.

'아! 영감, 너구나!'

그런 생각을 하자마자, 반장의 눈앞에 악어가 모습을 드러냈다.

'오랜만이라고, 다 반가운 것은 아니구나…… 그렇지?'

악어는 음성으로 말하고 있지 않았다. 다만, 반장에게 전달될 뿐이었다. 반장의 장기 속으로 언어들이 흘러들어갔다고나 할까. 반장뿐만 아니라, 악어를 목격한 사람들의 공통된 증언이 그랬다. 그 대면의 장면이 녹화된 폐쇄 회로를 돌려보면, 그 사람 홀로 버둥거리는 등의 갖가지 반응을 하고만 있었다. 그러니까 악어는 제삼자의 시각으론 보이지도 들리지도 않으면서 엄연히 존재하는 어떤 것이었다. 누가 보면 딱 미친놈처럼 보이기 좋은 상황에서 이 반장의 대응은 어떠했을까. 과연, 지져버리겠다며 용접봉을 치켜들 수 있었을까?

아나 콩콩이다. 어라, 저건 누가 쓰던 말이었더라? 영양사다. 그녀는 반장보다 악어를 먼저 만났다. 그 짤막한 이야기는 뒤에 이어 하겠다. 지금은 반장과 악어의 싸움을 제대로 구경할 차례다. 헌데 이번에도 싸움은 물 건너간 듯싶다. 현장에서 굴러먹은 세월이 그의 손에서 봉을 놓치게 만들진 않앉으나, 뜨듯한 물에 한참이나 젖어가는 아랫도리까지 잠그진 못하였다. 사위는 끊임없이 밀려와 부서지는 잔파도 소리뿐이었다. 고요 속에 지린내는 멀리도 퍼져갔다.

열시 일분, 공수를 찍은 작업자들이 하나둘 사무실을 나오기 시작했다. 저마다 자전거와 스쿠터로 찢어질 그쯤, 사람들은 믿기지 않는 얼굴을 하곤 현장으로 모여들었다. 어쩐 일로 정리를 다 하시겠다고 남았던 반장이 태아처럼 몸을 돌돌 만 채, 젖은 바닥에 누워 있었다. 평소 티비엠 때마다 지방방송 끄라고 지적받던 김씨가 안전화 끝으로 반장을 툭툭 밀었다.

"이봐 반장, 죽었어?"

"그래가지고 살았는지 죽었는지 알 수가 있나."

최씨가 보다 과감하게 반장의 코 밑으로 손가락을 대보았다. 그러곤 따귀를 날렸다. 반장이 번쩍 눈을 떴다.

"씨발, 깜짝아!"

김씨, 최씨를 비롯해 반장을 둘러싸고 있던 자들은 모두 수류탄이라도 터진 것처럼 놀랐다. 그 와중에 몇몇은 나동그라지기도 했다. 또 몇몇은 젖은 바닥에 엉덩방아를 찧는 바람에 이 축축한 것이 오줌이라는 걸 뒤늦게 알아차리기도 했다. 반장은 그로부터 한 달도 못 돼 ㄷ조선에서 자취를 감췄다.

그날, 난닝구만 입고 바들바들 떨던 반장의 모습은 삽시간에 직영과 협력을 가리지 않고 퍼졌다. 뿐만 아니라, 아직 허기진 이야기는 식당으로도 흘러들어갔다.

"그러길래, 내가 말할 때 다들 안 믿었지?"

영양사는 수백 명이 그득 자리를 채우고 앉은 점심시간에, 누구라도 좀 들으라는 듯 가살지게 외치고 있었다.

"아니, 이 언니가 왜 이리 소리를 질러댄대."

반장이 겪은 얘길 전하고 있던 주방 이모가 영양사의 그런 모습에 학을 떼겠다는 듯 고개를 저었다. 사실, 반장 일이 터지고도 영양사의 얘기를 진짜라고 믿는 사람은 아무도 없었다. 그 믿기 힘든 이야기의 전말은 이러했다.

그날은 거리가 좀 어둡다 싶은 것만 빼고는 평소와 다름없는 퇴근길의 다저녁때였다. 그런데 등지고 걷는 조선소의 작업등들이 먼저 꺼지더니, 멀쩡하던 가로등마저 깜빡거리기 시작했다. 큰길까지만 나가자, 생각했지만 멀리 보이는 마린플라자마저 불빛이란 불빛은 찾을 수 없었다. '이상하다, 저긴 새벽까지 불이 안 꺼지는데⋯⋯' 그녀가 뛰듯이 걸음을 떼자마자 마침내 사방의 모든 불이 꺼졌다. 가방에서 휴대폰을 꺼내려는 그때, 겪어보지 못한 한기가 엄습해 이마저도 놓치고 말았다.

'때는 이천년⋯⋯⋯'

영양사는 악어구나, 직감했다. 그러나 두려움보다 저이가 무슨 얘길 꺼내려는 건가 하는 위태로운 호기심이 출렁거렸다. 그녀는 눈을 깜박거리면서 말했다.

"네네, 말씀하세요."

그 순간, 영양사는 깨닫지 못했지만, 가로등 몇이 들어왔다 다시 꺼졌다.

'말 안 끝났다……'

악어는 목을 가다듬고 다시 말했다.

'때는 이천년, 저곳에서 죽은……'

"아! 걔 말이죠?"

이번에는 그녀의 등 뒤로 조선소의 작업등이 몇 개 켜졌다가 촛불처럼 휙 꺼졌다. 이때부터 영양사는 묻지도 않은 말들을 쏟아내기 시작했다. "워낙 오래전 일이라 잘 기억은 안 나지만"으로 포문을 연 그녀는 쪽파를 가져오랬더니 대파를 가져오더라는 지독히도 세부적인 얘기를 비롯해 십일 자를 그려야 할 젓가락질이 엑스를 그리면 안 된다며, 자기가 시집가기 전에 고쳐주겠다고 했다는 얘기, 아 그리고 보니 걔가 당시 사귀던 직영이랑 결혼을 앞두고 있었는데……로 좀체 끝을 모를 얘기를 미끄덩미끄덩 이어만 가고 있었다. 악어는 이 부분에서 깊이 무너져 내렸다. 그러나 악어가 되기 전부터 눈물이 말라버렸던 그가 악어가 되었다고 눈물을 흘릴 수 있는 것은 아니었다. 영양사의 이야기가 이어지면 질수록 악어는 '언제 끝나나' 하고 점점 곤혹스러워졌다. 그녀의 결론은 자매처럼 지내던 동생이 그런 사고를 당해 너무 슬펐다는 것이었다. 그러곤 눈빛이 돌변해 이렇게 덧붙였다.

"직영, 협력 가릴 처지가 아닌데, 사람, 악어라고 가릴까!"

'무, 무슨 말을……'

악어는 뒷걸음질 치듯 미끄러졌다.

"방 잡을까? 아니면, 어디 이슥한 곳으로 가?"

'오지 마라……'

"익히 알고 있겠지만, 여기 되게 넓다? 밖에서도 난 괜찮아."

'오지 마……'

악어는 입을 쩍 벌리며 사라졌다. 불빛이 밝힌 만큼, 세상에 내린 어둠은 밀려나 있었다. 그녀는 집으로 가는 길 내내 살을 맞은 짐승처럼 심장을 움켰다. 그러나 이 실패담은 익일부터 격렬한 성애담으로 뒤바뀐다. 그녀가 퍼트리려 애쓰는 이야기를 가만 들어보면 연결고리가 허술했고, 무경험에서 나온 것이기에 듣는 이를 자극하는 결정적인 매가리가 결여되어 있었다. 그런 것이 반장 사건이 터지고 새롭게 재조명되기 시작한 것이다.

영양사는 이를 계기로 '나 안 죽었어!' 또는 '악어도 드나든 그곳을 지닌……' 따위의 시선들을 기대했겠지만, 정작 노동자들의 눈엔 저 말들이 사실이라 쳐도 '상종 못할 년'이라 쓰여 있었고, 거짓말이면 정말 '답 없는 년'이 되는 것이었다. 사람들은 영양사가 일하는 식당에서 밥 먹기를 꺼렸고, 굳이 일이십 분 거리의 다른 식당으로 가 줄을 서기도 했다. 물으니, 찝찝하다는 것이었다. 근 이십 년을 근속했던 직장에서 쫓겨난 것은 당연한 수순이었다. 영양사는 아예 ㄱ시를 떠났다. 섬과 육지를 연결하는 대교를 지나는 동안, 그녀는 멀어져가는 ㄷ조선을 바라보았다.

'저 머스매 버글버글한 곳에서 처녀 한 번을 못 버렸다니……'

영양사는 눈을 감았다. 그날 밤, 패션모델처럼 말쑥한 맞춤 정장 차림이었던 악어의 모습은 오래도록 지워지지 않을 것이다.

'악어님, 다시 한번 와주실 거죠?'

그렇게 두 사람을 떠나보낸 것으로 그것도 사라졌다면, 이 같은 추적을 시작하지 않았을 것이다. 악어는 여전히 살아 있다.

조선소 밖에서도 목격된 케이스들이 있으나 일일이 옮길 수는 없다고 말하려는 순간, 쩌으기 구경났다! 저 시비하고 있는 마담과 노동자를 보라.

"내 돈 읎다!"

"육백칠십도 아이고, 육십칠만 원도 없나?"

"아가리 안 득치나……"

"씨발, 육십오만 원 해줄게."

그제야 남자는 가누지 못해 허우적거리는 팔로 지갑을 꺼내 인출기 앞에 섰다. 마담은 훤히 드러난 가슴이 밀려 올라가도록 팔짱을 낀 채, 단물이 다 빠진 껌을 요란하게 씹고 있었다. 그러곤 지나는 누구라도 눈이 마주치면, 어김없이 먼저 쏘아주었다.

"그냥 가던 길이나 가세요."

"무어?"

"오빠한테 안 했다. 빨리 뽑아라. 내 시간 없다. 아씨, 뭐 하노, 뒤집어 넣었네. 나온나. 이거 파란 거 맞나? 지갑 내봐 봐. 도보라꼬. 쫌. 노란 거 아니고? 비번은 뭐꼬? 비번 불러 라, 비번!"

휘청거리던 남자가 택시를 잡으러 이슥한 지름길로 접어들 때였다. 오랜만에 때려 박은 위스키로 데워지다 못해 뜨거웠 던 몸이 싸늘히 식어 오들오들 떨리기 시작했다.

'당신, 칠십만 원 털렸다……'

"유, 유령 아니, 악어다!"

남자는 다리에 힘이 풀려 주저앉았다. 착각인지 모르겠지 만, 악어는 혀를 끌끌 찼다.

'입고 있던 외투 하나 맡기면 양껏 외상술을 먹을 수 있던 시절이 있었다…… 물론 너처럼 직영 놈들만 가능했던, 옛날 옛적 이야기다……'

그날 이후, 악어에 관한 소문은 상상력의 날개를 달고 높이 날았다. 그가 한때는 직영 노동자였으나, 방탕한 생활에 빠져 물량팀으로 흘러들어갔다는 것이 요체였다.

"그게 한이 되어 마담이 슈킹 치는 것도 알려주고 말이야."

"근데, 네 외투는 왜 벗겨 갔대?"

"명찰을 딱 보더니, 직영이다 이거지. 씨발, 몰라!"

누가 알겠나. 무너진 조선 경기로 이렇게 수만에 달하는 노동자와 그 가정이 ㄱ시를 떠나게 될 줄을. 기성 삭감에 대해서도 마찬가지였다. 일시적이란 약속을 아무도 믿진 않았지만, '고통 분담'이라던 알량한 수사조차 사라질 줄을. 모두들 짊어질 만큼 짊어졌기에 분담이라는 것은 더는 불가능한 것 아닐까. 절이 싫으면 중이 떠나라고, 그만둘 노동자를 대체할 물량팀들은 ㄱ시 밖에서 언제나 낭창거리고 있었다.

지금도 ㄷ조선의 출근길엔 자전거의 행렬이 이어지고 있다. 하지만 거기에 예전만 한 위용은 보이지 않는다. 악어는 이 출근길에도 종종 출몰했다. 무엇을 그리 톺아보는지 미간을 좁히고 있는 악어를 마주하는 날이면, 놀라 브레이크를 잡고 넘어지기 일쑤다.

한번은 출근 시간이 얼추 끝나 현장으로 들어가는 안전을 악어가 막아섰다. 오들오들 떨고 있는 안전에게 악어는 어떤 자전거에 대해 설명하고 또 설명했다는데, 아무리 들어도 너무도 평범하기만 한 자전거여서, 그는 뭐라 답을 하지 못했다고 했다.

"그러니, 이렇게 외투라도 벗겨 간 거야?"

동료들이 물어도 그가 뭐라 답을 할 것인가. 일개 안전일 뿐인 그가 대체 뭐라고 답을 할 수가 있단 말인가.

가난의 리얼리즘

전성욱(문학평론가)

정재운의 소설들을 읽고 난 뒤에 새삼 가난이라는 말이 사무치는 의미로 다가왔다. 그의 소설은 남루한 삶일지라도 존중받아야 할 인간의 존엄에 대해서 이야기하고 있는 듯하다. 물질적 궁핍과 그에 따른 정신적 모멸은 그 당사자를 죽음으로까지 몰고 갈 수 있다는 점에서, 가난이란 그야말로 죽고 사는 것이 걸린 문제이다. 이와 같은 절박한 생존의 문제는 누군가에게는 형이상학적인 실존의 문제를 도발하기도 한다. 그래서 어떤 작가들은 바로 그 생존의 구체성이라는 바탕 위에서 구원의 형이상학을 깊숙이 파고든다. 그러나 또 어떤 작가는 오직 생존을 둘러싼 세속의 이전투구를, 그것 자체로 핍진하게 보여주려는 재현의 성실성을 통해서 자기의 할 일을 해내기도 한다. 켄 로치가 딱 그런 작가가 아닐까 싶은데, 예컨대 그의 영화 「나, 다니엘 블레이크」(2016)는 그 제목에서부터 이미 한 인간의 존엄에 대한 정당한 인정을 강력하게 요청하고 있다. '다니엘 블레이크'라는 이름은 단지 사회복지의 일개 수급자로서 환원될 수 없는, 한 생명의 유일무이한 '고유명'이다. 물론 이 영화는 수급의 자격을 스스로 증명해내라는 국가 행정의 무도한 명령 앞에서, 끝까지 자기의 존엄을 꺾이지 않으려는 자의 결연한 투쟁을 인상적으로 보여준다. 그러나 나는 그것보다도, 이른바 싱글맘으로 두 아이를 키우고 있는 케이티라는 여성이, 결국 그 인간 존엄의 비참한 훼손을 드러내고 마는 장면에서 오랫동안 빠져나올 수가 없었다. 자기의 존엄을 수호하기 위해 맞서는 다니엘의 투쟁은, 정치적으로 올바를 뿐만 아니라 영웅적이기까지 하다. 그는 사회의 부조리에 맞서 싸우면서도, 연대의 책임을 다해 이웃을 돕는 선량하고 정의로운 사람이다. 반면에 염치도 챙길 수 없는 극도의 빈곤 속에서, 인간으로서의 존엄은커녕 수치와 모멸을 감당해야 하는 케이티의 처지는, 그저 한없이 비참하다. 정재운의 소설을 앞에 두고 길게 에둘렀으나, 그의 인물들은 사치와 풍요로 치장된 이 역설적인 빈곤의 시대에, 바로 그 인간의 수치와 모멸과 비참을 직시하게 한다.

　가난은 그저 개인적인 불운의 결과가 아니며, 따라서 그것은 단지 실존적인 헐벗음의 문제로만 국한되지 않는다. 가난과 궁핍은 빈곤(poverty)이나 빈민(the poor)과 같은 공식적인 개념으로 정립됨으로써, 마침내 공공의 장 안에서 사회적인 것(the social)으로 받아들여지게 되었다. 그러나 모든 관심이 오직 개발과 성장으로 모아진 세대 속에서, 빈곤의 구제는 긴급한 사회적 의제가 되기 어려웠다. 그래서 가난은 오랫동안 나랏님도 구제 못할 그들 각자의 운명적인 재난으로 받아들여져야 했다. 그렇게 사회적인 것으로서 보장되지 못하고 방치되었던 빈곤한 현실을, 공공영역을 대신하여 떠맡아야 했던 것이 가족이었다. 그러니까 사회 보장이 확립되지 못한 거버넌스의 미비를, 전통적인 의미의 가족 단위에서 대신 책임져야 하는 부조리한 상황 속에서, 사람들의 가난은 사회적 빈곤으로 받아들여지지 못한 채 어찌할 수 없는 제각각의 운명으로 방치되었던 것이다. 그런 사정을 배경으로 가난을 재현해야 했던 한국 소설의 절대다수는, 가족이라는 또 다른 체계의 난경(難境) 속에서 그것을 검질기게 다루어왔다. 요컨대 한국 소설에서 가난은, 아버지의 부재를 대신해서 보충하는 누군가들(어머니, 누이, 소년)의 억척스런 역할을 부각시키는 양상으로, 다시 말해 정상가족의 훼손이라는 재현의 틀을 통해서 빈곤 서사의 상투적인 문법을 정착시켰다.

가족은 가정이나 식구 또는 집이라는 말과도 비슷하게 쓰이지만, 그것들보다는 훨씬 관념적인 성격이 짙은 느낌을 준다. 그래서 「지구라는 집을 놓고 생각해보면」이라는 제목을 좀 더 주의 깊게 들여다보게 된다. '가족'이라는 추상적 개념이 아니라 '집'이라는 구체성의 장소를 내세우되, 그것을 '지구'라는 거대한 공간을 가리키는 비유로서 사용한 맥락을 곱씹어볼 만하다. 물리적인 가난은 무엇보다 입고, 먹고, 거처하는 곳의 결핍과 남루함을 통해서 적나라하게 드러난다. 특히 먹을 것이 없다는 그 육체적 굶주림이야말로 적빈(赤貧)의 가장 원초적인 문제이다. 일찍이 「박돌의 죽음」이나 「기아와 살육」과 같은 최서해의 몇몇 소설들에서 볼 수 있었던 바와 같이, 먹고사는 것이 걸린 문제는 생사를 다투는 것이라서 그 갈등과 투쟁의 양상도 지극히 격렬하다. 그래서 굶주림과 관련된 극빈의 서사는, 그것이 갖는 육체적인 결핍의 절실함이나 적나라함과는 다르게, 오히려 적대적 정념과 관념으로 비등하고 폭발하는 경우가 많았다. 그래서 빈곤의 핍진성을 재현하는 데는 섭식(攝食)의 결핍과 관련된 사건들 이상으로, 생존의 거처이자 생활의 참상이 드러나는 집이 사건성의 장소로서 두드러지게 부각되었다. 빈곤을 그려내는 각종의 미디어가 그때마다 관습적으로 불러들이는 캐릭터가 홈리스나 쪽방촌의 사람들이라는 것도, 거처가 불미한 자들의 남루한 형상이야말로 관념이 아닌 선명한 감각으로 그 빈곤을 생생하게 가시화해주기 때문이다. 살 곳을 빼앗긴 철거민들의 이야기를 특유의 환상성으로 조형해낸 조세희의 『난장이가 쏘아올린 작은 공』이 이룩한 성취도, 바로 그 생활의 장소를 상실당하는 구체적인 수난의 감각 위에서 가능한 것이었다.

「지구라는 집을 놓고 생각해보면」이라는 소설은, 거처할 곳이 없어 비참을 겪어야 했던 그 극빈함의 피폭(被爆)이 남긴 트라우마를 다루고 있다. 소설은 결혼 삼 년 차의 남자가 이사를 앞두고 이런저런 실무적인 고민으로 잠을 설치는 장면으로 시작한다. 그리고 이사가 시작되었지만 일의 진행이 순조롭지 않게 되면서 남자는 점점 지쳐가는데, 그 수선스러운 틈에 집에 관한 그의 진솔한 고백이 회상의 형식으로 전개된다. 무엇보다 그는 정착하거나 안착하지 못하고 끊임없이 떠돌아야 했던 사람이었다. "잠시 거쳐 간 곳은 빼고, 한두 해라도 살았던 곳만 꼽아도 양 손가락은 진작이고 발가락까지 접을 지경이었다."(156쪽) '답보 상태'의 인생에서 벗어나 결혼을 했고, 비정년 트랙이긴 하지만 이제 막 대학의 전임 자리를 얻은 아내의 배 속에는 곧 태어날 아이가 자라고 있었지만, 그렇게 나름의 안정된 가정을 이루었음에도 그는 여전히 불안해 보인다. 무엇보다도 안주하지 못하고 떠돌아야 했던 주거의 불안정이 그 불안의 주된 이유인 것처럼 보인다. 중학생이었던 때에 외삼촌 집에 더부살이를 했던 기억은 그에게 지우기 힘든 모멸의 상흔을 남겼다. 그 집에 얹혀살았던 것은 겨우 몇 달에 불과했지만, 그곳에서 그는 자존하지 못하고 의존해야만 하는 가난한 삶의 비참함을 알게 되었다. 아버지는 이미 오래전에 죽었고, 어머니는 전혀 어른답지 못했다.

"어른답다고 하는 게 워낙 추상적인 말이긴 하지만, 매사에 함부로 들뜨지 않고 차분한 맛이 있다는 걸 뜻한다면 그녀는 그쪽과는 영 거리가 먼 사람이었다. 그러니 그 긴 시간 남편 없이 살면서도 모질어지지 못하고, 덥석 남 말을 잘 믿는 게지."(161쪽) 한마디로 그는 기댈 데가 없이 불안했던 유년을 지나온 사람이었다. 어른에게 의존할 수 없었던 아이는 자라서 결혼을 했고 이제 곧 아비가 될 것이었지만, 그는 아직까지 스스로를 어른으로 성장하지는 못했다고 여기는 듯하다. "어디에서 꽂혔는지, 어제부터 그렇게 '어른'이란 말이 맴돌더니 찔리는 바가 있어 그랬구나 싶다."(154쪽) 그러니까 이 남자의 성장을 가로막은 것은, 의존과 자립 사이의 심연 속에서 익사할 뻔했던 그 참혹한 가난의 체험이었다고 할 수 있을 것이다.

아버지는 부재했고, 어머니는 어른답지 못했고, 외할머니는 너무 늙었으며, 그와 누이는 아직 학생이었다. 자립할 수 없었던 그들의 빈곤한 처지는 공공의 영역 안에서 제대로 된 도움을 얻지 못했다. 그래서 그들은 사회적인 것으로부터의 도움을 대신해 가족(외삼촌)에게 의존하게 된다. 외삼촌 댁인 안창마을은 이른바 달동네로 불리는 빈민들의 거주지였다. 외삼촌 역시 누군가를 도울 처지가 아니었지만, 가족이라는 이유로 동생네 가족을 거두어주지 않을 수 없었던 것이다. 당시 열일곱 살이었던 그의 누이는 지금까지도 그때의 비참하고 수치스런 기억으로부터 벗어나지 못한다. "오륙 평짜리 단칸방에 네 식구가 함께였다. 그녀는 말끝마다 반복해서 "기억나지?"를 붙이며 이야기를 이어갔는데, 듣는 내내 메뚜기처럼 뛰어오르는 기억들이 생게망게해 나는 넋을 놓고 그녀를 바라볼 뿐이었다."(167쪽) 실업계 고등학교를 다녔던 누이는 달동네에 산다는 자격지심으로 친구들이나 좋아했던 남자에게 떳떳할 수가 없었고, 가난을 숨겨야 하는 내밀한 압박감에 시달려야 했다. 그런 누이의 인생에서 결혼 말고는 달리 그 지독한 가난을 벗어날 수 있는 다른 길이 없었지만, 누이는 사십이 다 되어 결국 고만고만한 남자를 만나 타협하듯 결혼을 해버리고 말았다. 외삼촌은 유사 아버지의 역할을 떠맡을 만한 책임감 있는 '어른'이 아니었고, 그나마 그들이 그 집으로 이사를 간 지 얼마 되지 않아서 죽어버렸다. 그와 누이, 그 수치스런 궁핍의 시간을 견뎌내야 했던 남매의 기억은 안창마을의 음침한 밤을 짖어대던 '개'의 이미저리로 각인되어 있다. 외삼촌과 어머니, 그 역시 그들과 같은 남매였다. 사회적인 것의 무책임 속에서 때때로 가족은 애틋함이 아니라 공포가 될 수도 있는 것이다. 그렇다면 그 공포에서 벗어나기 위해서는 어찌해야 하는가. "한번 생각해봐라. 방이라는 좁은 공간을 넓혀놓고 보자고. 그 말을 할 때의 난 그간 나와 우리 가족이 지나쳐온 수많은 동과 구들을 떠올렸다. 그렇게 넓히다가 마침내 지구라는 집을 놓고 생각해보면 말이야. 다 그

안에서 죽고, 태어나는 거 아니겠나."(183쪽) 공공의 책임을 가족이라는 것으로 봉합할 수 없듯이, 고립 속에서 홀로 목을 맬 수밖에 없었던 자의 '방'을 지구라는 거대한 관념의 '집'으로 치환하는 것으로는 그 죽음의 불안과 충동을 어찌하지 못한다. 그러니까 리얼리즘이란 장소(place)를 공간화하는 것이 아니라, 그 공간(space)을 장소화하는 것이라고 할 수 있지 않을까.

아이들이 마법의 성이나 슈퍼맨과 같은 영웅을 꿈꾸는 것은, 그들 스스로의 힘으로 살아내기에는 현실이 너무 막강하기 때문이다. 그래서 늘 어린아이들은 초월의 환상 속에서 구원을 소망한다. 정재운의 소설에서 '어른'에 대한 절실한 갈망은 바로 그 소망에 견줄 수 있을 것이다. 「레이니데이」의 엄마(구금비)와 딸(신은비)에게도 기댈 곳이 없다. 그들에게는 바이오맨이나 후뢰시맨과 같은 든든한 남편이나 아버지가 없다. 그들의 남자 카심은 몇 해 전에 공장에서 일하던 중에 죽었다. 이주 노동자이자 불법 체류자였던 그는 산재 판정도 받지 못했다. 대신 마흔이 다 되어가는 금비는 여덟 살 은비를 위해서 '화이트맨'처럼 하얀 작업복을 입고 김치공장에서 고된 노동을 견디며 일한다. 금비에게 슈퍼맨은 다른 무엇도 아니고 오직 돈이다. "갈수록 그녀가 실감케 되는 것은 돈의 가치, 위력뿐이었다."(47쪽) 금비는 싱글맘이고 그러니까 은비는 이른바 결손 가정의 자녀이다. 거기다 은비는 혼혈이라는 이유로 아이들과 교사로부터 차별과 멸시를 당한다. 이 모녀에게 김치는 그냥 음식이 아니라 가난과 차별을 의미하는 것이기도 하다. 한국적인 것을 상징하는 김치는, 한국인이라는 동일성을 분별하는 표식으로서 배타와 박해의 근거가 되기도 한다. "젓가락질 따위 때 되면 누구나 하는 거잖아. 한국인이라면."(41쪽) 은비는 자기 반에서 젓가락질을 제일 잘하고 한글도 제일 반듯하게 쓰지만, 아이들은 은비를 '튀김(튀기)'이라고 부르며 모욕한다. 그것이 가난의 맛인지 무엇이지 잘은 몰라도, 은비는 한국의 음식인 김치를 결코 남기는법 없이 꼭꼭 씹어서 먹는다. 금비와 함께 김치공장에서 일하는 베트남인 응언과 중국인 왕팡 같은 이주여성노동자들의삶도 녹록지 않다. 인종이 다르다고, 정규직이 아니라고, 그리고 무엇보다 가난하다고 해서 배제당한 사람들은, 거듭되는 그 소외의 경험 속에서 더 이상 인정이나 희망 같은 것을 기대할 수 없게 되고 만다. "내리는 저 비는 아무리 기다려도 그치지 않을 거야!"(56쪽) 「레이니데이」는 그렇게 절망으로 미끄러지고 있는 딸을 붙잡으려는 엄마의 안간힘을 그린 소설이다. 비가 오는 날 금비는 공장을 뛰쳐나와 은비에게우산을 전해주러 간다. "비밀 지켜줄래? 실은 엄마 뒤엔 누가있어. 화이트맨이라고…… 가끔 급할 땐, 아까처럼 뒤에서밀어줘."(61쪽) 그리고 둘이서 함께 '김치'를 외치며 환한 표정을 지어 보이고 사진을 찍는다. 카심이 공장에서 사고를 당할 때 그의 곁에 남겨져 있었던 유품이 사진기였다. 그렇다면 이 모녀에게 가난이라는 폭우를 막아줄 우산, 즉 구원의 영웅인 '화이트맨'이란 무엇인가. 금비와 은비라는 이름처럼, 그들은 모녀의 연대를 통해서 그 비를 금과 은처럼 고귀하게 맞아내고, 마침내는 더 강하고 유연하게 살아가는 사람이 될 것이라는 믿음, 그것이 이 소설에 담긴 바람인 것처럼 보인다.

「섬 자장가」는 봉래산 영도할매 전설을 가져와서 만들어낸 이야기인데, 걸쭉한 사투리와 이 고장 특유의 정서를 잘 녹여낸 지방성이 짙은 작품이다. 봉래산의 삼신할매는 영도 사람들의 삶을 돌보는 수호신이다. 섬 바깥을 떠돌며 고된 삶을 살다가 돌아온 한 남자의 인생 역정을 이 영도할매의 입을 통해서 들려준다. 일인칭의 서술자 역할을 맡은 영도할매는 시종 타박하고 나무라는 어조이지만, 역설적으로 그런 힐난의 말투에는 상대의 속마음을 깊이 헤아리고 공감하는 경상도 특유의 곰살맞은 인정(人情)이 담겨 있다. 그러니까 화가 잔뜩 묻어나는 그 말투에는, 잘 풀리지 못한 그 사람의 인생사를 마치 자기의 일처럼 안타깝게 여기는 속상한 심사가 투영되어 있는 것이다. 다른 사람의 말은 없고 오직 영도할매의 일인칭 서술로 펼쳐지는 유장한 이야기에서, 예순 남짓한 이 남자의 고단하고 슬픈 인생사의 요점은 역시 가족사의 파란만장으로 드러난다. 어려서 바다에 아버지를 잃은 남자는 태풍에 어머니마저 잃었다. 그래도 씩씩하게 가정을 꾸리고 아들도 낳았으며, 사업을 벌여서 같이 잘 살아보려고 애를 썼다. 그러나 사기를 당해 사업이 망했고, 건장했던 아들은 다쳐서 누워 지내다가 끝내 죽어버렸으며, 그 때문에 상심한 아내는 집을 나가서 중이 되었다. 집 나간 아내를 찾아서 영도를 떠나 각지로 떠돌며 술로 세월을 보내다가 한 여자를 만나 함께 몇 해를 같이 살았지만, 결국은 스스로 여자를 밀어내고 야밤을 틈타서 영도로 돌아온 바로 그날인 것이다. 이 소설은 그렇게 혼자가 되어 돌아온 남자를, 속상해서 성질을 내는 그 말투만큼이나 애틋한 마음으로 다독이며 위로하는 영도할매의 자장가이다. 그러니까 영도할매는 현실의 수난에 고통받은 사람들의 무너진 마음을 일으켜 세워주는 절실한 구원의 손길, 예의 그 슈퍼 히어로와 같은 '어른'인 것이다.

아버지의 상실과 부재 속에서 자란 아이, 어른의 손길에 대한 갈망에서 벗어나지 못한 아이는 평범한 어른으로 성장하기가 어렵다. 자기의 자식을 유아화(infantilization)함으로써 그 아이의 성장을 가로막는 부모를 일컬어 '독성의 부모(毒親, toxic parents)'라고 하는데, 이들은 본인의 정신적 상처와 결핍을 자식에게 투사함으로써 그 아이의 성장을 방해하거나 삶을 파탄낸다. 중편 「악어」의 주인공인 남자는 유복자로 태어나 그런 독성의 엄마에게서 양육되었다. 「지구라는 집을 놓고 생각해보면」의 엄마는 책임감 있는 어른과는 거리가 먼 철없는 사람이었지만, 그래도 이 소설의 엄마는 목욕탕에서 때를 밀어서 돈을 벌고 뒷돈을 써서까지 자식을 거대 조선소의 직영(정규직)으로 취업시킨다. 그러나 사고로 남편을 잃은 이 엄마의 아들에 대한 집착은 집요할 뿐 아니라 성애적이기까지 하다. "사람들마다 추적할 수 있는 기억의 가장 구석진 자리가 다를 테지만, 사내에겐 지독한 가난과 어미의 슬픔이 있었다. '가난', '슬픔'처럼 두루뭉술한 서술 말고 구체적인 장면을 캐내어보라면, 사내는 검정 비닐봉지에 관한 얘기를 할 수밖에 없으리라. 그리고 어미의 오열과 지랄발광의 시간을 더듬어 떠올릴 수밖에, 다른 도리가 없다."(198쪽) 남편을 잃은 여자는 그 결핍감을 술로 채우려고 했고, 그것으로는 되지 않아서 아들을 통해 채우려고 했다. 매번 엄마는 늦은 밤에 술이 취해 들어와서, 자는 아들을 깨우고 홍어가 든 검정 비닐을 내밀었다. 남자에게 홍어의 그 매력적인 부패의 맛은 자립의 삶을 위해서는 반드시 끊어내야 하는 유독한 유혹이었다. 조선소의 식당에서 보조 영양사로 일하는 여자를 만나 사랑에 빠진 남자는 홍어를 끊고 새로운 삶의 기대로 부풀었지만, 갑작스런 엄마의 죽음으로 장례를 치르는 동안에 그 여자마저 사고로 잃게 된다. 그는 신사복(결혼 예복)을 맞추고 신사처럼 살 수 있기를 바랐지만, 두 여자의 상실을 겪으며 "홍어좆 같은 얼굴"(257쪽)을 한 사람으로 변해버렸고, 결국에는 조선소의 곳곳을 배회하며 출몰의 소문으로 떠도는 '악어'라는 유령이 되고 말았다.

출구가 없어 보이는 빈곤한 삶의 현실은, 언제나 해피엔딩으로 끝나는 전래동화의 막연한 희망과 선명한 대비를 이루며, 현재의 그 참상을 더욱 도드라지게 부각시킨다. "우리가 살아본 적 없는 옛날 옛적에 호랑이들을 주렁주렁 꿴 사내가 있었다. 그는 장터에서 호랑이 가죽을 벗겨 팔아 부자가 되었다. 그렇게 이야기는 해피엔딩이었다."(221쪽) 전래동화 속에서 빈둥거리던 게으름뱅이 남자를 닦달하여 돈을 벌어 오라고 밖으로 내몬 것은 그의 '어미'였다. 남자의 엄마는 죽으면서까지 아들의 갈 길을 가로막았다. "사내는 어미가 저의 애기씨를 데려갔다고 여겼다."(226쪽) 그는 엄마와 아내 될 여자를 잃었고, 정장과 자전거를 잃었으며, 직영이라는 자부심을 잃은 뒤에 마침내 자기 자신마저 잃어버렸다. "세상엔 잃어버리고 뜯기는 사람이 있는 만큼 빼앗는 사람도 있다. 외투와 자전거, 돈과 시간, 기회와 행운 따위를 줍거나 알겨먹는 이들 말이다."(234쪽) 그러나 이런 잃음과 뜯김 자체만으로 그 사람이 다른 무엇으로 변화되거나 끝내 소멸되고 마는 것은 아니다. 잃음과 뜯김, 상실과 부재를 건너내고 이겨낼 수 있는 사람이라면 새로운 시작은 가능하다. 그러나 악어가 되어버린 이 남자는 자력으로 살아낼 수 없는 무능한 사람이었기에, 끝까지 돌봄과 보살핌의 갈망 속에서 벗어나지 못했다. 물론 남자는 식당의 여자와 관련된 그런 사실을 모르지만, 자기의 애기씨를 그렇게 모질게 대했던 식당의 영양사에게마저 잠시 위안의 기대를 건다. 이 남자의 이런 비루한 의존성은, 역시 '어른'이 되지 못한 그 성장의 불구성에서 비롯된 것이라고 할 수 있겠다. 사람을 홀로 서지 못하게 한다는 것, 빈곤으로부터의 피폭이란 이렇게 무서운 것이다.

「물이 물속으로」는 좌절(트라우마)과 그 극복(치유)의 문제를 다룬다. 헤어진 지 삼 년이 지난 예술가 커플이 다시 만나서 보낸 하루의 시간 속에 지난 시절의 이야기들이 틈입되어 있다. 괜스레 난해한 말을 늘어놓는다거나, 경계를 가로지르는 불연속의 감각으로 꿈과 현실을 뒤섞는 등 이 작가의 다른 소설들과는 형식적으로 결을 조금 달리하는 작품이다. "시간순으로 펼치는 이야기의 장점은 빠뜨리는 게 적다는 것이다. 하지만 그만큼이나 누락 없는 정보 때문에 포인트가 숨쉴 자리가 없다. 작은 공기에 꾹꾹 눌러 담은 밥처럼. 포인트는 낯설고 불친절한 대기 속에 숨 쉴 공간을 만들어 꼭꼭 숨어든다."(102쪽) 그러니까 이 소설은 그런 형식의 변조를 통해서 규범화된 체계의 틀을 어긋내고, 또 그 어긋냄의 의미를 탐문한다. 그래서 소설에서는 중국의 대도시와 부산의 중앙동을 병치하는 가운데, 자본주의라는 체계의 총화인 대도시에서 드러나는 어떤 부조리한 풍경들을 스냅사진처럼 포착한다. "이 거리에 존재하는 이웃들은 막연한 타인들일 뿐이며, 공황 상태에서 벗어나지 못한 채 불합리한 사고와 도덕 없는 순간을 살고 있었다. 그들은 서로가 서로에게 가짜 식품과 가짜 약, 가짜 신앙을 팔았다."(113쪽) 여자의 머릿속에 자꾸 떠오르는 '홍어의 자지'는 그런 체계의 부조리에 대한 일종의 야유처럼 보인다.

여자는 예술가로서 자신의 실패를 인정해야 했고, 그래서 도망치듯 타국으로 떠나야 했다. 유학이라면서 떠났지만 사실은 벌이를 위한 결정이었다. 예술을 하는 데는 자본이 필요했고 여자는 그 사실에 굴복할 수밖에 없었다. "물이 물속으로 흐르듯 대열과 대열이 만나 그들은 각자의 방향으로 나아갔다."(93쪽) 그렇게 그들은 다른 선택과 함께 각자의 방향으로 갈라져서 헤어졌다. 남자는 화장을 하고 향수를 뿌린 여자의 모습에서 그전과는 달라진 점을 느낀다. 여자는 창작의 길 대신에 다른 길을 선택했고 변신을 기도했지만, 남자는 물에 빠져서 죽을 뻔했던 공포의 경험 때문에 오히려 그런 실패와 수난을 견뎌낼 수 있었다. "그가 자본의 주목을 받지 못하면서도 아직 숨을, 창작을 이어갈 수 있었던 것은 익사 직전까지 갔던 침몰의 체험 때문이었다."(118쪽) 요컨대 그것이 포인트이다. 두 사람은 선택의 포인트가 달랐다. "포인트란 무엇일까. 그녀가 마련하지 못했던 결정적인 포인트는 총명함을 상회하는 어떤 것이었다. 덧붙여 가지런히 정돈된 사고를 뛰어넘을 용기였다. 예술이든 사랑이든 숨어 있는 포인트가 곧 숨어 있는 흐름을 이끈다."(118쪽) 규범을 요구하는 체계에 대해서는 총명함으로 순응할 것이 아니라, 고통받았던 수난의 체험으로 돌파해야 한다는 것이다. 가난이라는 수난의 체험을 단련의 계기로 삼을 수만 있다면, 언젠가 그것은 가지런히 정돈된 것들의 편집증적인 요구에 대항할 수 있는 '흥어의 좆' 같은 무엇이 될 수 있을지도 모른다는 말이다.

범례와 규율을 통해서 단정한 정돈을 요청하는 체계 속에서, 예술가라는 별종은 그런 요구를 어긋내며 어떤 혼돈을 창안해내는 사람들이라고 할 수 있을 것이다. 그러므로 그런 불화를 감당하는 삶의 풍경이란 역시 그렇게 단정할 리가 없다. 「물이 물속으로」의 커플이 서로 다른 각자의 길로 헤어질 수밖에 없었던 것도 그런 사정과 무관하지 않은 것이었다. 마찬가지로 '내 가난한 비행의 동화'라는 부제를 달고 있는 「어느낮」이 소묘하고 있는 풍경 역시, 체계와의 기꺼운 불화를 대가로 감당해야 하는 그 '가난'의 쓸쓸함에 대한 것이다. 이 소설은 코로나 팬데믹 시기를 통과하고 있는 지역 예술가들의 인터뷰를 취재하는 형식을 통해 무용인 정연과 미술인 철호의 가난한 사정을 보여준다. 정연은 쉽지 않은 여건이지만 그래도 야박한 수준의 '벌이'라도 찾아서 이리저리 분주하게 잡다한 활동들을 이어나가고 있다. 그러나 철호의 형편은 좀 더 참담하다. 어렵게 대학에 들어간 딸의 등록금을 내줄 수도 없고, 보습학원을 하며 생계를 책임져온 아내와는 이혼을 앞두고 있다. 값이 싼 만큼 자극적인 동네 밥집에서 하루 한 끼로 때우는 형편이다 보니 이제 그는 '돈 안 되는 짓'(체계에 대한 어긋냄)을 생각하기도 어려운 처지다. 가난한 현실을 굳세게 밀고 나가서 완성한 창작동화로 나름의 인정을 받기도 했으며, 그렇게 번 돈으로 "이것저것 돈 칠하는 시도도 많이 했다"(148쪽)지만, 지금의 그는 차마 취재한 내용을 잡지에 신기에도 서글플 만큼 쓸쓸하다. 저 빈곤의 비참이 나를 덮칠 수도 있다는 공포는, 인간이라면 가져 마땅한 그 불화의 의지와 창의의 의욕을 잠식한다. "그사이, 나도 딸애 아버지가 됐다. 내 딸이 대학에 갈 즈음이면, 철호 형 나이쯤 돼 있을 테다. 지금 같아선 나도 딸애 등록금을 못 맞출지 모른단 서늘한 생각이 이마빼기를 스치고 지나간다. 나야 아내가 버니까⋯⋯"(135쪽) 그러나 아내의 벌이가 자기를 책임져줄 수 없다는 것은, 이미 철호의 사례를 통해서 분명하게 드러나지 않았는가. 문제의 핵심은 자기를 책임져줄 누군가를 기대하는 대신에 스스로를 책임지는 '어른'이 될 수 있느냐이다.

「경이로운 동그라미」는 어떤 기백과 강력한 의지를 공표하는 선언문처럼 읽힌다. 현철은 대학 졸업 전에 단순한 봉사활동이라고 생각하고 가난한 동네의 청소년들을 가르치는 '동그라미'라는 공부방의 교사로 참여했다. 그 안에서 적지 않은 시간을 보내는 동안 나름의 보람을 느끼지 않았던 것은 아니지만, 남들과 비교하며 자기의 앞날을 내다보면 희망을 갖기 어려웠다. "나란 인간이 사회에서 완전히 도태되었음에도 세상은 아무런 실금도 가지 않았다."(20쪽) 이렇게 그는 세속적인 현실의 도태에서 벗어나 새로운 시작을 하려고 공부방을 그만두고 나왔다. '동그라미'는 이 가난하고 찌그러진 현실을 벗어난 유토피아와 같은 이상을 표현한다. 친구 준엽은 '현실의 경이로움'이라는 그 이상을 굳게 믿는 사람이었다. 그러나 그런 믿음에 지친 현철에게는 준엽과 같은 사람은 그저 '미친놈'이고 '돈 안 되는 인간'일 뿐이다. "미친놈이 아닌 바에야 그렇게 할 이유도 없는데, 참 고집스러운 놈이었다. 이런 자들더러 사회는 돈 안 되는 인간이라고 하질 않나."(10쪽) 이 소설은 그렇게 '동그라미'(완전한 이상)라는 믿음의 바깥으로 뛰쳐나갔던 현철이, 그곳에서 가르쳤던 아이들의 처참하게 타락한 모습(찌그러진 현실)을 고통스럽게 마주한 뒤에, 마침내 존재론적 갱신(metanoia)을 겪어내고 다시 그 불가능한 이상을 향해 투신하는 과정을 그리고 있다. 현철은 저 진창 속의 아이들에게 위로와 더불어 삶의 의욕을 복돋아줄 수 있는 좋은 어른이 되어야겠다고 결심한 것이다. 공부방을 나와 공부에 대한 책들(『공부의 철학』, 『논어』, 『페스탈로치 평전』)을 읽으며 나름의 길을 모색했던 현철은, 진짜 공부란 그런 책을 통해서가 아니라 가난한 삶의 현장에 함께 더불어 사는 것으로써만 가능하다는 자각에 이르게 되었다. 그렇게 치안(police)의 불미함에 대한 자각은 정치(politics)를 개시하겠다는 결연한 의지로 반전되었다. 그러나 그가 돌아가서 마주할 현실이, 과연 개인들의 그 변덕스러운 의지와 신념으로 대응할 수 있는 것인가에 대해서는 역시 명쾌한 대답을 내놓기가 쉽지 않다.

정재운의 소설이 여러 가지 모습으로 담아낸 빈곤의 현실은, 그것이 인간의 존엄에 대하여 얼마나 큰 위협일 수 있는가를 새삼스럽게 환기시킨다. 빈곤의 수난으로 자기의 존엄을 훼손당한 사람은, 삶의 의욕과 희망을 놓쳐버리거나 놓아버릴 수 있다. 내재적인 해결의 가능성으로부터 멀어질수록 초월적인 것에 매달리게 되고, 거듭되는 실패 속에서 무너져버린 자존감은 고립과 동시에 외부에 대한 의존을 강화시킨다. 경쟁의 체계에서 의존은 일종의 무임승차로 여겨지며, 따라서 의존할 수밖에 없는 취약한 자들은 혐오와 멸시의 대상으로 내몰린다. 그런 비정하고 가혹한 빈곤의 체계에서 살아남기 위해서는 어찌해야 하는가. 「물이 물속으로」와 「경이로운 동그라미」에서는 생존을 위한 나름의 방안을 궁리하고 제기하기도 했다. 다른 소설들에서도 어른이라는 존재를 통해서 '책임'의 문제에 대한 질문을 제기했다. 그런데 이렇게 책임이 빈곤의 문제와 만나게 될 때 가장 흔하게 자행되는 것이, 가난의 당사자에게 그 책임을 묻거나 돌리는 방식이다. 이른바 자립과 자활의 담론들이 그 당사자들에게 탈빈곤의 책임을 압박한다. 물론 스스로의 삶을 책임질 수 있는 어른이 되어야 하지만, 어른들의 돌봄에서 소외됨으로써 취약해져버린 결핍의 상처를 간단하게 질타할 수는 없다. 어른이 된다는 것은 개인적인 차원의 문제가 아니다. 자립은 관계 속의 협력을 통해서만 가능하다. 그러므로 어른이 된다는 것은, 사회적인 것의 협력 속에서 서로가 서로를 돕는 상호 의존의 당연한 과정을 통해서 이루어져야 하는 것이다.

마지막으로 덧붙이는 말은 역시 사족이겠지만, 이 작가와의 사적인 인연 속에서 하는 쑥스러운 당부이며 응원이다. 고백은 위태롭고도 위험한 행위이다. 대화가 아닌 고백은 자기에 대한 소명과 변명의 열정에 사로잡히기 쉬우며, 그 때문에 타자와의 만남은 지연되거나 영영 이루어질 수 없는 것이 될 수 있다. 그러므로 발설하려는 자는 언제나 고백의 유혹 가운데서 자기를 설명하고 설득하려는 그 도저한 욕망을 누그러뜨릴 수 있어야 하겠다. 물론 나는 이 첫번째 창작집이 개인적인 고백이 아니라 용기 있는 말 건넴이라고 믿는다. 다만 자기라는 덫에 걸려 넘어지지 않을 수 있는 안간힘의 공부, 그 막대한 인류사의 공부를 호기롭게 부탁해보는 것이다. 그리고 한 가지 더. 불안은 마음에서 일어나는 심리적 사태이지만 그것은 우리 모두의 구조적 상황에서 비롯된 공통적인 것이다. 그렇다면 어른 없는 밤을 홀로 지새우며 울어야 했던 그 짙은 어둠 속의 시간은, 누군가들의 미래를 밝히는 고귀한 공유의 자산이 될 수도 있을 것이다. 이 자비 없는 세계에서 그 간난(艱難)을 견뎌내고 살아남아, 기어코 소설가가 되었다는 것, 그렇게 자기의 이야기를 증언해낼 수 있는 역량을 길러내어 마침내 이 한 권의 책으로 출발할 수 있게 되었다는 것을, 나는 마음 깊이 감사드리고 싶다.

소설집의 제목을 중편 수록작인 '악어'로 생각했었습니다. 소설은 2020년 여름내 '외투'라는 제목을 먼저 붙이고 써 내려갔습니다. 눈치채셨겠지만, 「외투」는 고골의 작품입니다. 한 번도 가본 적 없는, 저 먼 페테르부르크라는 인공의 도시가 낳은 이야기까지 저의 소설로 끌어들인 까닭은 무얼까…… 소설을 쓰는 동안에도 알지 못했던 그 이유를 첫 소설집 출간을 앞둔 이제야 짐작해봅니다.

한참 꼬맹이 시절부터 가졌던 꿈이 문학소년기를 나는 동안에도 벗어지지 않자, 저는 스스로 소설가가 될 운명이라고 끄덕였던 것 같습니다. 그러나 그 막연한 고갯짓을 한참 이어가는 동안에도 저는 무언가가 되지 못했습니다. 누구보다 소설가처럼 행세했으나, 투고한 소설에 대한 응답은 좀처럼 없었습니다. 이만하면 근사하지 않은가, 여겼던 소설들도 멀찍이 시간을 통과시키니 하나같이 바래고 바스러졌습니다. 저의 고갯짓은 누군가의 눈길을 받을 만한 작품이 되지 못한다는 인정의 끄덕임으로 바뀌었습니다. 낭창낭창한 운명 같은 것에 더는 기댈 수 없을 때, 고골 선생 바짓가랑이라도 붙들고 매달렸던 소설이 「외투」였습니다. 그러나 그 작품은 동아일보 신춘문예 중편소설 부문의 본심에도 언급되지 못하고 낙방하였습니다.

외투가 벗겨진 소설 속 인물처럼 오들오들 떠는 제게 함정임 교수님께서는 말씀하셨습니다. 무엇이 소설을 쓰게 하는가. 좌절과 용기, 열망의 순환이 작가를 백지 앞으로 불러들인다. 재운아, 나는 네 소설이 좋다, 언젠가 너의 소설이 세상과 만날 수 있는 날이 올 것이다 하셨습니다. 당신의 확신이 없었다면, 그 질척질척한 의심의 세월을 건너지 못했을 것입니다.

교수님, 저는 지금, 우리의 만남은 물리적인 거리가 가능케 하는 것이 아니라 쓰고 있는 바로 그곳에서 이루어진다고 하셨던 또 다른 말씀을 떠올리고 있습니다. 생활에 쉽게 우선순위를 내어주고 쓰기에 성실하지 못했던 제가 드문드문 써온 일곱 편의 소설을 묶어 내놓습니다. 부끄럽기 짝이 없는 일이 아닐 수 없습니다. 용서를 구하는 늦된 제자의 마음을, 선생은 아실지…… 생각할수록 까마득합니다.

정홍수 선생님의 제안으로 표제를 '경이로운 동그라미'로 정하자 그제야 맞는 옷을 입은 것 같다고 저는 또 끄덕입니다. 경이는 일상의 틈을 깨뜨리는 찰나의 발견일진대, 동그라미의 온전함과는 어울리지 않습니다. 그 불균열이 소설집을 이루는 이야기들을 설명하는 데에 맞춤하다는 생각입니다. 제가 쓴 소설이지만, 저는 저의 이야기를 온전히 알고 있는 것 같지 않습니다. 저보다 더 깊이 소설을 읽어주신 선생님께 감사드립니다.

정재운이, 네 첫 소설집은 강에서 만들어줄게 하시던 그 낮은 음성이 귀에 쟁쟁합니다. 선생님께서는 약속을 지켰다 생각하실지 모르겠습니다만, 실은 제가 약속을 지키려 버둥거렸습니다. 적어도 책 한 권을 묶을 때까지 포기하지 않았던 것은 선생님의 말씀이 있었기 때문입니다. 제까짓 게 속된 바람을 품어보자면 한 권이라도 더 팔려 출판사에 끼친 폐가 조금이라도 상쇄되었으면 하는 것입니다. 아울러 세심한 손길로 소설집의 구석구석을 만들어주신 이명주 편집자 선생님께도 감사합니다.

응답 없는 문예지에 투고하는 날들은 신춘문예 당선 전이나 후나 마찬가지였습니다. 한 군데의 청탁도 없는 와중에 부산소설가협회와 부산작가회의에서 마련해주신 지면에 소설 몇 편을 발표할 수 있었습니다. 「경이로운 동그라미」와 「지구라는 집을 놓고 생각해보면」은 작년에 쓴 소설입니다. 모두 동인지와 무크지에서 정한 '공부'와 '집'이라는 주제어를 품고 있습니다. 그런가 하면 「물이 물속으로」는 십 년 전에 썼으며, 어디에도 발표하지 못한 소설입니다. 한 권을 이루는 소설들이 이 같은 시차를 지니게 된 까닭은 제 욕심 탓입니다. 순전히 개인적인 기억과 의미에만 의존해 꼽고 보니, 이 소설과 저 소설 사이를 꿸 수 있는 경향이라는 게 있을까 하는 뒤늦은 걱정이 일었습니다. 제가 얼마나 바보 같은 생각을 했는지, 전성욱 교수님의 해설을 읽으며 깨달았습니다. 선생은 교집합을 고려 않고 고른 소설들에 근사한 해설의 집을 지어주셨습니다. 선생님의 당부를 새기고 또 새깁니다. 안간힘의 공부로 고백의 유혹에 빠지지 않고, 인간학이 전제된 대화의 쓰기를 위해 노력하겠습니다.

하지만 오늘의 의지가 내일의 나를 수월하게 견인했던 적은 단 하루도 없었습니다. 아무리 마음을 걸어도, 제 마음이 그렇게 걸어둘 만한 가치가 있지도 않다는 불안은 또 어떻고요. 세상은 저의 형편없이 앙상한 내면을 보듬어주거나 가리어주기는커녕 최소한의 도마저 망실된 채로 부려져 있습니다. 저기 윤석열 같은 자를 보면, 과연 저이와 내가 같은 인간 종(種)이라 믿을 수 있는가라는 생각이 듭니다. 권력자 하나를 콕 집어 욕한다고 세상이 달라질 수 없다는 것쯤 알고 있습니다. 어디 네타냐후 하나가 사라진다고 저 살육의 역사가 종식될 수 있을 리가요. 우크라이나에서, 가자지구에서, 레바논에서…… 세계에서 일어나는 반인륜적 시간들은 어떻게 해야 끝을 낼 수 있습니까. 이 끈끈한 액체 같은 시간이 길어질수록 우리는 언어를 잃고 숫자를 셉니다. 비축해둔 무기가 얼마나 남았는지, 경제가 얼마나 작살나고 있는지, 사람이 몇이나 죽었는지……

보잘것없는 인생의 최대 소원이자 희망이었던 출간을 앞두고, 저는 절망합니다. 이렇게 써서는 아무런 의미가 없다. 나는 완전히 실패했다. 절망 속에서 저는 겨우 뭘 좀 알 것 같습니다. 무의미로 점철된 세계에서도 죽음에 도착하기 직전까진 숨어있는 의미를 발견해야 한다는 걸 말입니다. 저는 그 의미를 선(善)이라고 여기고 있습니다. 시장형 인간이 판을 치는 세상에서 선을 택하는 것이 어디 간단하겠습니까. 그 어렵고 지난해 보이는 길을 택함의 가치를 저는 소설을 통해 이야기하고 싶었습니다. 그러나 제대로 해낸 것 같지 않아 의미를 잃고 절망합니다.

그렇지만 어머니, 이 무의미로 가득한 세상에 나를 밀어 넣어주셔서 감사합니다. 표지를 만들어준 조종성, 이세윤에게 고마움을 전합니다. 그들은 대가 없는 노동을 창작 열의로 바꾸어내었습니다. 놀라운 역전입니다. 저의 울분과 때로 지나치게 차가웠던 마음을 견디어준 벗들도 제게 아름다운 역전을 보여주었습니다. 도대체 되지도 않는 문장들을 우정 하나로 스스로 말의 그물코를 기우며 읽어주었던 것입니다. 그들이 없었다면 오늘의 절망도 없었을 것입니다. 절망이라도 해볼 수 있게 해준 모든 이들의 이름을 조용히 호명해봅니다. 그중, 아내 박소연에게 진 빚이 가장 큽니다.

2024년 10월

정재운 올림

수록 작품 발표 지면

경이로운 동그라미 _ 『황벽나무 노란 속껍질』(동귀소설강독회, 2023)

레이니데이 _ 『국제신문』 2022년 신춘문예 당선작

섬 자장가 _ 『2023 신예작가』(한국소설가협회, 2022)

물이 물속으로 _ 미발표작

어느 낮 _ 『오늘의 좋은 소설』 2023년 겨울호

지구라는 집을 놓고 생각해보면 _ 『무크지 쨉』 2023년(8호)

악어 _ 『소설의 발견』 2021년 12월(3호)

경이로운 동그라미

ⓒ 정재운

1판 1쇄 발행 | 2024년 11월 22일

지은이 | 정재운
펴낸이 | 정홍수
편집 | 김현숙 이명주
펴낸곳 | (주)도서출판 강
출판등록 | 2000년 8월 9일(제2000-185호)

주소 | 서울시 마포구 동교로17안길 21(우 04002)
전화 | 02-325-9566
팩시밀리 | 02-325-8486
전자우편 | gangpub@hanmail.net

값 15,000원
ISBN 978-89-8218-351-5   03810

* 본 도서는 2024년 부산광역시, 부산문화재단 〈부산문화예술지원사업〉으로 지원을 받
았습니다.